世界侦探推理名著文库

[英]约翰·巴肯 著

九 羽 译

三十九级台阶

群众出版社
·北京·

图书在版编目（CIP）数据

三十九级台阶／（英）巴肯著；九羽译.—北京：群众出版社，2016.3
（世界侦探推理名著文库）
ISBN 978-7-5014-5480-8

Ⅰ.①三… Ⅱ.①巴… ②九… Ⅲ.①推理小说—英国—现代
Ⅳ.①I561.45

中国版本图书馆 CIP 数据核字（2015）第 311395 号

世界侦探推理名著文库
三十九级台阶
［英］约翰·巴肯 著 九羽 译

出版发行：群众出版社
地　　址：北京市丰台区方庄芳星园三区 15 号楼
邮政编码：100078
经　　销：新华书店
印　　刷：北京兴华昌盛印刷有限公司

版　　次：2016 年 3 月第 1 版
印　　次：2016 年 3 月第 1 次
印　　张：4.875
开　　本：880 毫米×1230 毫米　1/32
字　　数：105 千字

书　　号：ISBN 978-7-5014-5480-8
定　　价：23.00 元

网　　址：www.qzcbs.com
电子邮箱：qzcbs@sohu.com

营销中心电话：010-83903254
读者服务部电话（门市）：010-83903257
警官读者俱乐部电话（网购、邮购）：010-83903253
文艺分社电话：010-83903973

本社图书出现印装质量问题，由本社负责退换
版权所有　侵权必究

总序

阅读经典　收获智慧

于洪笙

在色彩缤纷的世界文学园林里，侦探推理小说是一株盛开着奇异的花朵、分外引人入胜的巨大乔木。《中国大百科全书》"外国文学卷"对"侦探推理小说"这个词条是这样定义的：它是西方通俗文学的一种体裁，与哥特式小说、犯罪小说以及由它们衍生出来的间谍小说、警察小说、悬疑小说同属惊险神秘小说的范畴。侦探推理小说主要描写具有惊人推理、判断能力的人物根据一系列的线索，破解犯罪（多是凶杀）的疑案。它的结构、情节、人物，甚至环境都有一定的格局和程式，因此它也是一种程式文学。

但就是这种文学样式,在自己并不太长的发展历史中,创造出两个奇迹:其一,产生了一个读者不准其死去的文学形象"福尔摩斯"。英国作家柯南·道尔一八八七年在《血字的研究》中创造了他,从此福尔摩斯成为人类智慧的符号并承担起人类"保护神"的重任。这不仅标志着福尔摩斯这个人物形象在文学意义上的不朽,更重要的是在现实生活中世界读者对它的需求,这是从人类文学产生之日起任何文学形象所不能比拟的。其二,产生了一位被称作"侦探小说女王"的作家——阿加莎·克里斯蒂。在她生前,即二十世纪六十年代,她的作品就在一百多个国家发行了四亿多册,仅次于《圣经》。如果考虑到《圣经》的销售主要依赖于悠久的宗教历史和庞大的教会系统作为背景的话,那么克里斯蒂就是世界文学史上最受读者欢迎的作家了。

不朽的人物形象、世界上最高的图书销

售量，均是在侦探推理小说领域创造的。如果我们还不能就此下结论说侦探推理小说是最好的文学样式，那么至少可以说它是最受读者欢迎、极具文学魅力的文学样式。

自一八四一年美国作家爱伦·坡创作《莫格街凶杀案》之后，侦探推理小说便以其曲折的情节、强烈的悬念、严谨的逻辑为表现手段，闪耀着理性的光芒，以智慧文学的形式显示出独有的魅力，在世界文坛上脱颖而出。从此，侦探推理小说便在世界各国拥有广大的读者，有关图书始终占据着国际图书市场销售量的四分之一以上，成为其他文学类图书难以企及的畅销、长销的图书类型。究其原因，侦探推理小说强大的生命力无非是由它的内容和形式所决定的。首先，侦探推理小说的巨大魅力，在内容上与它在审美上的主体意识被读者认可有关。一篇（部）优秀的侦探推理小说，不管故事发生在何国何时，不论篇幅长短，它都不能缺少一位正面人物。这个正面人物继承的是世界文学传统，如史诗、悲剧中的英雄原型。在这个带有英雄色彩的正面人物即"侦探"身上，体现着人文精神和对人性的优点的描述，如正义、智慧、维护文明秩序，为纠正法制生活中的失衡、偏颇而奋不顾身等。他的主体人格应该是伸张正义、嫉恶如仇、尽忠职守、视死如归。这样一个在社会生活中具有奉献精神、牺牲精神的文学角色被创造者赋予的理想的色彩，是人类在生存、繁衍、发展、进步、创造文明的过程中所必须发扬光大的。正如比利时著名诗人维尔·哈伦所说："文学的主旋律是对人的肯定和人性的张扬。"因为信仰、理想犹如阳光对于万物，是被人类自己肯定、歌颂的，所以它便具有了永久的魅力。这种理想色彩的魅力，满足着人类对英雄的崇拜需求，也就是人类对自己理想的肯定。

与此同时，侦探推理小说是用故事的载体，反映着人类同自身存在的毒瘤——犯罪的斗争，是人类对自身文明进化过程的不断反思。文明与犯罪，是人类历史进程中的双生子，而人类是必须要前进的，因此，同形形色色的犯罪作斗争，则集中反映着正义与邪恶、文明与贪欲、"真善美"与"假恶丑"的较量，体现着人类对自身理想的坚定捍卫。在这种较量中，文学的真谛得到了阐述。从这个角度讲，侦探推理小说还应在"智慧文学"前面加上"理想文学"。

同时，关于侦探推理小说在文本形式上的魅力，早在二十世纪三十年代，意大利杰出的马克思主义理论家安东尼·葛兰西就做了研究。他写道："侦探推理小说这类书籍为什么总是令人读得如此入迷？它们能使人们得到什么样的满足？符合怎样的兴致？它们能给予人们什么样的特殊幻美？……阅读时，人们在幻想着'美丽的'、'有趣的'冒险，这种冒险应是个人不受约束的主动的精神表现。"

好奇地逗留在事物面前，屏住呼吸并密切地注视它们的奇异性，这是人的特性。

而正是这种好奇心，促使人类产生了区别于动物的伟大的想象功能。想象，这一人类本身所具有的天性，是人类生存、发展和创造文明的需要。正是想象才构成了人类行为中的创造性的基本特征。没有了想象，只知道追求近前的目标，人们就会减弱并失去活力。正是想象，激发着人类走向一个又一个未知的世界。在想象中去探秘，去历险，去体验英雄般的感受，人们这一古老的愿望正是在侦探推理小说中得到了满足。

作为一种智慧文学，侦探推理小说情节的主要框架是解谜，而读者的阅读实质上即是参与分析、判断、推理的解谜过程。对青少年读者来说，这更能激发他们的好奇心及探险、揭秘的心理，进而满足他们想象的乐趣、思索的乐趣、发现的乐趣、参与的乐趣，使他们在阅读的愉悦中不知不觉地进行了思维训练，提高了智能。因此，人们称侦探推理小说是"脑力体操"，这种脑力体操对当今的青少年尤为重要。

日本东京创造力开发研究所所长山上定也先生认为:"推理锻炼可以使头脑聪明,而作为一个现代人,应当及时掌握当代独特的成功利器——信息推理术,并把它和演绎法相结合,这能使你由此及彼、由表及里、举一反三、触类旁通,从而以高超的创造力迎接信息社会的挑战。"这番话倒是从另一个角度回答了孩子们为什么爱读侦探惊险作品的问题。一九九八年,由中国出版工作者协会少儿读物工作委员会和中华读书报社联合进行的"中国的孩子爱读什么书"的调查结果显示,侦探惊险作品超过"卡通漫画"及"寓言童话",独占鳌头。

基于以上原因,由北京侦探推理文艺协会和群众出版社联合策划,决定推出《世界侦探推理名著文库》这套丛书,作为献给全国热爱这一文学样式的广大读者的一份珍贵的礼物。北京侦探推理文艺协会是我国目前在侦探推理文学研究、创作领域唯一的专业协会;群众出版社则是最早翻译出版《福尔摩斯探案全集》和大量世界侦探推理佳作的全国著名的出版机构,在此样式的出版上声誉卓著。协会与出版社强强联合推出这套丛书,意在从权威的角度向读者推荐世界侦探推理文学领域的泱泱名作,其中包括这一文学样式在一百七十多年发展历程中涌现出的众多流派的巅峰之作。与此同时,对收入本套丛书的每部作品,我们均特邀专家撰写导读文章,发挥他们各自独特的审美才华,对文库收纳的众文本进行阅读上的尽情评点,从而使广大读者更加明白什么叫精彩、什么是名著、悬疑之美是如何形成的……从某种角度上看,我们这种阅读加欣赏、点评的做法是希冀读者在读完文库后能有一个宏观上的史线般的阅读收获,即知晓在世界侦探推理文学领域有哪些优秀的代表作家,那些精彩绝伦的作品为什么能够影响至今。如果这些不是我们的奢望的话,那么丰富的知识信息定会使这些图书成为读者朋友阅读、收藏、研究这一文学样式的最佳文本。

爱因斯坦说过:"我们所能有的最美好的经历是对神秘的感悟。它是坚守在真正艺术和真正科学发源地的基本感情。谁要是体验不到它,谁要是不再有好奇心,也不再有惊讶的感觉,那就形同行尸走肉……"让我们放松心情,敞开胸怀,捧上这些充满神秘、惊险、智慧并能引发我们的好奇心的经典之作!让阅读这些作品成为我们人生最美好的经历吧!

(本文作者为中国人民公安大学教授、北京侦探推理文艺协会常务副会长)

导读

悬念，再上新台阶

张禹九

约翰·巴肯（1875—1940），出生于苏格兰，先后就读于格拉斯哥大学和牛津大学。他当过律师、出版行政官。他是历史学家、军官、英国下院议员。一九三五年，他被封为特威兹缪尔男爵，并被任命为加拿大总督。

他创作的《三十九级台阶》发表于一九一五年。

《三十九级台阶》借鉴了《沙漠之谜》①

---

① 爱尔兰作家厄斯金·蔡尔德（1905—1974）的著名小说。

的某些技法，其成就却超过了《沙漠之谜》，真可谓"青出于蓝而胜于蓝"①。

《三十九级台阶》独辟蹊径，形式新颖。后辈作家，诸如埃里克·安布勒②、伊恩·弗莱明③、约翰·卡雷这一批写谍报、悬念、国际阴谋的各有特色的作家，都从《三十九级台阶》中获益匪浅。

策划悬念，巴肯恐怕还胜柯南·道尔一筹。在《福尔摩斯探案全集》里，悬念断断续续，而在《三十九级台阶》里，则可以说是悬念接二连三。仅就此而言，巴肯也毫不逊色于跟他同时代的以写惊险小说著称

---

① 此小说也得益于十九世纪后半叶的侦探推理小说，尤其是柯南·道尔（《福尔摩斯探案全集》的作者，1859—1930）的侦探推理小说。小说里的种种"疑阵"和对"疑阵"的侦破，是跟柯南·道尔的传统一脉相承的，也是跟美国作家、侦探小说的先驱埃德加·艾伦·坡（1809—1849）的传统一脉相承的。

② 埃里克·安布勒（1909—1998），英国间谍和侦探推理小说家。

③ 伊恩·弗莱明（1908—1964），英国小说家，创作了"詹姆斯·邦德系列"（即"007系列"）。

的小说家们,如埃德迦·华莱斯(1875—1932)和爱德华·菲利普·奥彭赫姆(1866—1946)。

巴肯在写惊险、悬念等"外在"元素之际,不时地配以俏皮、讥讽等"内在"元素。这非但不相冲突,反而相辅相成。正如紧张、激扬的交响乐章里不时奏出几个诙谐的音符。这是要有相当高的创作技法才能做到的。

巴肯的精细微妙,使他比惊险小说家高出一筹。小说《三十九级台阶》似乎也比电影《三十九级台阶》高出一筹。巴肯写的《三十九级台阶》和希区柯克导演的电影《三十九级台阶》之间,是有某种潜在的"亲属关系"的。但在许多必不可少的细节上,两者是各不相同的,对"三十九级台阶"这一主题的设定和赋予此主题的意义也是"各抒己见"。

希区柯克比较单一地运用了他最拿手的以心理的细微差别为准绳的"情节扭曲"手法,巴肯则以其布局之精妙、精当、精密而见称。两者自有高下之分。

《三十九级台阶》不是文学经典，却是小说佳作。它遵守文学的规矩，它是文学苍穹里的"微粒"。写惊险小说或悬念小说，文字不可过于"俗"，太"俗"难免流于油腔滑调；也不宜过"雅"，太"雅"难免显得装腔作势。这个"度"，约翰·巴肯掌握得游刃有余。

约翰·巴肯的文笔，因人物、情节、境遇、气氛之不同而变化有方。他用的是老式英文（跟当今的英文相比而言），当然十分规范，却不刻板；当然讲究修辞，却不做作；当然风格独特，却不卖弄。

巴肯的这种文笔的形成、成型，乃是多年"操练"的结果，更是文化积累、多重生活履历的沉淀所得。英国下院议员和加拿大总督等职务，对他同样起到了"操练"的作用。

约翰·巴肯写惊险小说，写悬念小说，手到擒来、操纵自如。那么，他对此类小说有没有看法,有没有说法,有没有评述呢？有，当然有。

　　他写给好友汤米的一封短信，话不多，仅十行，谈惊险或悬念小说的只有两行。他写道，这类小说"通篇虚构，种种事件根本不把可能性放在眼里，而是长驱直入可能性的领地"。

　　说得多透彻，多含蓄，多俏皮！

目 录

第一章　死了人 …………………………………（1）
第二章　送奶人上路 ……………………………（16）
第三章　客栈老板闲聊文学 ……………………（24）
第四章　激进派候选人 …………………………（40）
第五章　戴眼镜的养路工 ………………………（54）
第六章　秃顶收藏家 ……………………………（65）
第七章　捕鱼人用假饵 …………………………（83）
第八章　"黑石头"露面 …………………………（96）
第九章　三十九级台阶 …………………………（106）
第十章　海上风云 ………………………………（116）

第一章
死了人

那年五月的某个下午三时左右,我从伦敦商业中心区返回,对生活无比反感。我在故国①已有三个月,对它厌倦之至,若是一年前有人对我说,我一定会有此感受。我会嘲笑他一番,不过事实终归是事实。气候使我大动肝火,普通英国百姓的谈吐令我作呕。我缺乏体育运动。伦敦的娱乐活动单调乏味,活像晒在太阳下的苏打水。"理查德·汉尼,"我时常对自己说,"你可是找错了地方。我的朋友,还是脱身为妙。"

---

① 英国殖民地的人对英国的一种称呼。

我想到前些年在布拉瓦约①制订的种种计划，倒使我把愤怒强忍了下去。我的财运尚可——不是发大财，对我却已足矣。我想出各种办法让自己过舒坦的日子。我六岁那年，父亲带我离开苏格兰，打那以后就没回去过。所以，英格兰在我看来就是《一千零一夜》里的阿拉伯，指望后半辈子能在那里落脚。

可是，从一开始我就对它很失望。不出一周，我对观光就已感到腻味。不到一个月，我就对餐馆、剧院以及赛马会感到厌烦了。没有真正的伙伴陪我到处游逛。这大概已经把情由说清楚了吧。很多人邀我去他们家，可他们对我却没有多大兴趣。他们随口问一两个有关南非的问题之后，便各自去忙自己的事了。许多拥护神圣罗马皇帝的贵妇请我去喝茶。我认识了从新西兰来的一些教师和从温哥华来的一些编辑。这才是诸事之中最沉闷无聊的事。本人在此，三十七岁，身体强健，有足够的钱过舒舒坦坦的日子，成天打哈欠，无所事事。我正打算一走了之，回南非草原去，因为联合王国使我再烦心不过了。

那天下午，我稍微动了动脑筋便已使我的几位经纪人为投资之事十分犯难。在往回走的路上，我走进一家俱乐部——倒不如说是小酒馆，在殖民地工作过的人可以入内。酒喝了很长时间，看了几份晚报。报上全是近东纠纷，其中有一篇是关于土耳其总理卡洛里迪斯的文章。我十分欣赏此人。从各种说法来看，他都是这场较量中的大人物。他也主张走正道，这对他们当中大多数人而言算是难能可贵的了。

---

① 今津巴布韦西南部的一座城市。

我推测，在柏林和维也纳，他们都痛恨他，而我们则会拥护他。有份报纸说他是欧洲与大决战①之间的唯一障碍。我想，能不能在那些地方找个工作呢？我觉得，可以不让人打哈欠的地方，非阿尔巴尼亚莫属。

大约六点钟，我回来整了整装束，在皇家咖啡馆进餐，然后走进一个杂耍剧场。表演十分无聊，女人玩玩闹闹，男人尖嘴猴腮，我未久留。夜色温柔，我朝我在波特兰大街附近的公寓套间走去。人行道上人群蜂拥而过。忙忙碌碌，喋喋不休——这些人总有事可做，我真羡慕。女店员、职员、纨绔子弟、警察，都对生活颇有兴趣，所以他们才过得下去。我给了乞丐半个克朗，因为看见他也在打哈欠，证明他也饱受此症之苦。我来到牛津圆形十字路口，抬头看看春天的夜空，立下了誓言。我再给这故国一天的时间，看是否能让我遇到适逢我的心意之事。如果一切照旧，我便决定乘下一班船去开普敦。

我的公寓套间在兰姆大街后面的一幢新大楼的二楼，有公用楼梯，大门口有门房和开电梯的工人。没有餐厅之类的设施，各套间相互隔离。我不喜欢有仆人住在楼里——有个帮手，白天来照应我。他每天早上八点钟之前来，总在晚上七点钟走，因为我从不在屋里进餐。

正当我把钥匙插进门里，看见我附近有一个人。他走近，我没看见；突然出现，把我吓了一跳。他身材瘦小，留着褐色短胡子，蓝眼睛小而有神。我认出了，他是顶层的一个套间的住户，我常在楼梯上碰见他。

---

① 在《圣经》中，指世界末日的善恶大决战。

"我能跟你说话吗?"他说,"能进去一会儿吗?"他竭力使自己的声音沉稳下来,用手抓住我的胳膊。

我打开门,示意让他进去。他刚一进门就朝我的里屋冲去,那里是我抽烟和写信的地方。然后,他又跑了回来。

"门锁好了?"他焦急地问,用手闩牢门链。

"我很抱歉,"他低声下气地说,"这么做实在是太不像话了,不过像你这样的人是能理解的。这一个星期以来,每当遇到棘手的情形,我都会想到你。能帮我吗?"

"我愿洗耳恭听,"我说,"仅此而已。"对这位紧张不安的小个子的古怪行径,我有些担心。

他身边桌子上的盘子里放着几杯酒。他拿起一杯,兑上烈性威士忌加苏打,三口便把酒喝完了。放杯子时,他把杯子碰坏了。

"请原谅,"他说,"今晚我有点儿慌乱。你知道,说来也巧,在此刻我就应该死了。"

我在扶手椅上坐下,点上烟斗。

"是何种感觉呢?"我问道。我十分肯定,我要对付的是个疯子。

他那扭歪的脸上露出一丝笑意。"我没疯——不过,先生,我一直在注意你:我认为你为人慎重。我也认为你为人正派,是会不惜大力相助的。我要向你吐露秘密。我需要帮助,比任何人都急。我想知道,我能不能指望你。"

"那你就接着讲讲你的故事吧。"我说,"讲完了,我就告诉你。"

他似乎尽了最大努力才振作起来,接着说他那无比奇怪的冗长的废话。刚开始,我没听出名堂,只好打断他,向他提出一些问题。其要点如下：他是美国人，来自肯塔基州。大学毕业后，他手头宽裕，周游世界。他写过一些东西，为芝加哥的一家报社当过战地记者，在南欧和东欧待过一两年。我推测，他懂多种外国语，颇了解上述地区的社会。提到许多人的名字时，他都显得十分熟悉。这些名字我在报纸上都见过。

　　他告诉我，他搞过政治。起初是为了政治，后来则是欲罢不能了。我看得出来，他是个精明而闲不住的人，遇事都要刨根问底。他需要这，需要那，却要过了头。

　　我把他对我说的以及我能听明白的情况都告诉你。远离众多政府和军队的背后，从未停止过秘密活动——策划者是万分危险的人物。他跟这种活动沾上边，纯属偶然。此事使他产生了很大的兴趣。他越陷越深，结果无法摆脱。我料想其中大多数人是受过教育而搞革命的某种无政府主义者。除了这些人，还有些赌钱的金融家。一个精明的人是能够在衰落的市场上获取暴利的，这正符合以上两类人控制欧洲的惯例。

　　他告诉我的一些怪事，使某些让我迷惑不解的事情有了解释——巴尔干战争①中发生的事；一个国家如何一崛而领先；种种联盟为何形成又如何破裂，有某些又为何消失；军费从何而来。整个阴谋的目标是要让俄国同德国兵戎相见。

　　我问他这是为什么，他便说，那些无政府主义者认为，这么干能使他们有机可乘。一切回炉重来，他们指望看到一个新的世界出现。资本家到处搞钱，买下战后留下的烂摊子

---

① 此战争是第一次世界大战的导火线。

而大发横财。他说,资本是没有良心、没有祖国的。另外,在此背后还有犹太人——犹太人恨透了俄国。

"你知不知道?"他大声说,"他们三百年来一直受迫害。这次他们就是要对大屠杀①进行反击。到处都有犹太人,但你要深入到秘密之处才能发现他们,比如在任何一家由条顿人②开的商业大公司。你跟它打交道,遇到的第一位这亲王那公爵的,其实也就是一个能说一口伊顿和哈罗③英文的文雅年轻人。可是此人不起作用。如果你要做大买卖,你会在幕后发现一个下巴突出的威斯特伐利亚人。此人额头凹陷,举止粗野。他才是把你们英国的证券市场搞得像得了疟疾一样时寒时热的德国商人。如果你做的是最大的买卖,那么就该去找真正的老板。他十有八九会把你带到一位脸色苍白的小个子犹太人面前。他坐在浴室的椅子上,目光像响尾蛇。是的,先生,他就是如今控制世界的人。他要向沙皇俄国进行报复,因为他的姑母遭到过凌辱,他的父亲在伏尔加河畔的某个小地方遭到过鞭打。"

我不得不说,他的那些犹太无政府主义者们似乎有些过时了。

"是,也不是。"他说,"在一定程度上,他们赢了。但是,他们也找到了比金钱更重要的东西,这是买不到的。这东西就是人类那古老而根本的好战天性。如果会牺牲,便打出某种旗号和国号为之战斗;如果能幸存,就该珍惜这件大

---

① 特指帝俄时代对犹太人的屠杀。
② 古代日耳曼人的一个分支。
③ 指伊顿公学和哈罗公学,都是英国的名牌中学。

事。这些鲁莽的武夫之辈已经查明他们所关心的某种情况，从而打乱了在柏林和维也纳设下的妙计。不过，我的朋友们还没有打出第一张牌。他们手里有大牌。他们会因打这张牌而成为赢家，除非我能活一个月。"

"我刚才还以为你已经死了呢！"我插嘴说。

"**死为生之门。**①"他笑了笑。（我听得懂这句引文。我听得懂的拉丁文也就这么多了。）"这事，我等会儿再说。首先得让你把许多事情弄明白。你要是看报，就一定知道康斯坦丁·卡洛里迪斯这个名字。"

一听这话，我立即坐了起来，因为我在报上读到过有关此人的事，就是在当天下午。

"他挫败了他们的所有诡计。纵览全局，只有他足智多谋，恰好又为人正直。在过去的十二个月里，他的行踪一直受到监视。这情形我早已发现——这并不难，连傻瓜都能推测出来。不过我发现的是，他们在盘算着如何暗杀他。发现了这一情况，那是要送命的呀！所以我不得不死。"

他又喝了一杯酒。我亲自为他调酒，因为我对这家伙发生了兴趣。

"他们没法在他的国家干掉他，因为他有一名保镖，是伊庇鲁斯②人，此人会把他们那些人的祖母的皮给剥下来的。在六月十五日这一天，他会到伦敦来。英国外交部常常举办一些国际性茶话会，其中最隆重的一次定在六月十五日。卡洛里迪斯被视为最重要的贵宾。如果我的那些朋友能得逞，

---

① 黑体字原文为拉丁文。
② 位于阿尔巴尼亚南部、希腊西北部。

他就无法回到他那令人羡慕的同胞身边了。"

"这太好办了。"我说,"你可以警告他,让他留在本国。"

"让那些人打如意算盘?"他尖锐地问道。

"如果他来不了,那他们就赢了,因为只有他能澄清这场纠葛。如果希腊政府被警告,他就不会来,因为他不知道六月十五日是个多大的赌注。"

"英国政府呢?"我说,"他们总不会让贵宾们遭暗杀吧。向他们使使眼色,他们就会采取额外的预防措施。"

"没用。他们可以把你的城市塞满便衣侦探,警察人数会加倍。康斯坦丁的命运仍然是注定了的。我的朋友们玩儿这场游戏可不是为了糖果啊!他们要为暗杀大造声势,让全欧洲有目共睹。要暗杀他的是个奥地利人。许多证据都能证明,这是得到维也纳和柏林的大人物们默许的。这当然将成为可恨的谎言,不过此情对世界而言是足够邪恶的了。我不是吹牛,朋友。我在无意中得知了这一奸计的种种细节。我还可以告诉你,这将是自博基亚斯①以来策划得最为精细的恶棍行径。如果有某人知其底细——在六月十五日这一天,就在这伦敦,某人还活着——那么暗杀便无法得手。某人将成为你的仆人,名叫弗兰克林·斯柯德。"

我对这小个子逐渐有了好感。他的嘴像捕鼠器似的合上了,锐利的眼里冒出战斗的火焰。如果他对我讲的是故事,那么想必是有其言也有其行。

"你是在哪里发现的?"我问。

---

① 十五世纪前后,意大利大家族的一支,以残暴著称。

"在蒂罗尔①的亚琛希的一家小酒馆里发现了最初的形迹，促使我进行调查。在布达②的加利西亚区的一家皮货商店，在维也纳的一家'外国人俱乐部'，在莱比锡的拉克尼兹大街一侧的一个小书店里，我找到了另外一些线索。十天前，我在巴黎完成了证据收集工作。我现在无法把细节告诉你，因为那简直就是一段历程。我拿定了主意，觉得还是消失得无影无踪为好，于是找到了一条十分奇特的路线，才到达了这个城市。我离开巴黎时，是个穿着时髦的年轻的法籍美国人。我从汉堡坐船离开时，是位犹太钻石商人。在挪威，我是研究易卜生③并为讲课收集资料的英国学者。离开卑尔根④时，我成了随身带着滑雪影片的电影制作人。我从利斯⑤来到这里，口袋里全是有关制纸浆木材的种种建议，以供伦敦各家报纸采用。直到昨天我才感到，总算把我的行迹遮掩过去了，不禁有些高兴。后来……"

此番回想似乎使他有些心烦意乱。他又喝了些酒。

"后来，我看见一个人站在这一街区外面的街上。我成天闭门不出，只在天黑之后才外出一两个钟头。我在窗口看了他一会儿，觉得我认出了此人……他走进大楼，跟门房说过话……昨夜，我散步回来，发现我的信箱里有一张名片，上面是此人的名字。在这个世界上，我最怕看到的就是这个名字。"

---

① 奥地利西南部的一个州。
② 布达佩斯的一部分。
③ 亨利·易卜生（1828—1906），挪威剧作家。
④ 挪威西南部的一座城市。
⑤ 在苏格兰的爱丁堡区。

我这位朋友眼里的神色,以及他脸上显露无遗的惊恐,使我对他的诚实坚信不疑。我问他后来怎样时,我自己的声音也变急促了。

"我知道,我已成了瓮中之鳖。出路只有一条,非死不可。追击我的那些人知道我已死,就可以高枕无忧了。"

"你是怎么对付他们的?"

"我对那个给我当仆人的人说我身体很糟,装出快要死的样子。这并不难,因为搞伪装,我是有一套的。后来搞到了一具尸体——只要你有路子,在伦敦总是能弄到的。我把尸体放在一辆四轮马车的车顶上,放在箱子里运了回来。上楼抬进屋还得有人帮一把。我还得积累一些证据,以应付调查。我躺在床上,叫仆人给我调制好安眠剂之后,叫他离开。他要去请医生。我叨咕了几句,说我信不过那些江湖郎中。剩下我一人时,我便将尸体装扮了一番。它跟我身高相近,我估计是饮酒过量而死,于是备好烈性酒放在它旁边。下巴长得不像,成了破绽,于是我开一枪而毁之。我敢说,明天就会有人发誓曾听到枪声。不过,我这一层楼里没有其他住户,我能冒这个风险。我把尸体放在床上,给它穿上我的睡衣,然后往铺盖上放了一把手枪,把周围搞乱,一片狼藉。我换上了我留着应急的一套衣服。我没敢刮胡子,怕留下线索——想办法去街上也是白搭。我成天想着你。毫无办法,只能向你求救。我站在窗口张望,终于看见你回来,便悄悄下楼见你……先生,我相信你对此事的了解丝毫不比我少。"

他坐着,眼睛直眨,像只猫头鹰。他心慌意乱,却非常果断。这时,我深信他对我是直言不讳的。那所叙所述可谓荒唐透顶,不过这类玄乎之谈,我这辈子听得可多了,结果表明都是真的。我惯用的办法是：只鉴别其人，不鉴别其事。如果他是想在我的住处找个落脚之地，然后割断我的喉咙，那么他该把故事编得更婉转些才对。

"把你的钥匙给我，"我说，"我要看看尸体。请原谅我的小心谨慎！如果我可以验证的话，我是决心要加以验证的。"

他摇了摇头，十分沮丧地说："我知道你会要钥匙，可我没有，钥匙在镜架上的钥匙链上。我必须把它留在屋里，因为我不能留下任何线索而引起怀疑——追杀我的那些家伙都眼尖手快。今晚你就得信我的。有关尸体的证据，你到明天就能知晓了。"

我想了片刻，然后说："行。这一夜我就信你。我要把你锁在这个房间里，钥匙由我管。话说在前头，斯柯德先生，我相信你是坦诚的。如果反之，我警告你，我的枪法可准呢！"

"那当然。"他兴奋得跳了起来，"我还没有请教你的大名呢，先生。的确，你是个有教养的人。把你的剃须刀借给我用用——不胜感激！"

我把他带进我的睡房，任他自便。半个小时后，走出来一个人，我简直认不出了。只有那锐利而充满渴望的眼神依然如故。胡子剃得干干净净，头发从中间分开，并修剪了眉毛。更有甚者，他的举止彬彬有礼，仿佛刚进行过操练，就连那黑里透红的肤色都堪称长期在印度服役的英国军官的表率。他的鼻子上还夹着个单片眼镜，说话间已无半点儿美国口音。

"嘿！斯柯德先生——"我结结巴巴地说。"不是斯柯德先生,"他纠正道,"是第四十廓尔喀①兵团的塞奥菲鲁斯·狄格比上尉,现在回国休假。这一点你要好好记住,我将感激不尽,先生。"

我在吸烟室里给他铺好床——我在长沙发椅上将就将就。一个月来,我还从没像现在这样高兴过。即使在这个被上帝遗忘的大都会里,奇人奇事也是偶有所闻的。

翌晨,我醒来时听见我的仆人派道克在吸烟室门外吵吵嚷嚷。我远在赛拉克威时对他很好,一回到英国就把他套住②给我当仆人了。他能说会道,当仆人并不是一把好手。不过我知道,我能指望的是他的忠诚。

"别嚷了,派道克。"我说,"我的朋友,什么什么上尉——什么什么上尉,"我没记住他的名字,"在屋里睡觉。去准备两个人的早餐,等你回来再说。"

我给派道克讲了一个精彩的故事:我的这位朋友是个大名人,因工作过度而神经衰弱,要得到绝对的休息和静养。不得让任何人知道他在这里,否则他会受到印度外交部和首相的一大堆通知的骚扰,那他的疗养就给毁了。我得说,斯柯德先生来吃早餐时表现得十分出色。他透过眼镜盯着派道克看,活像个英国军官。他向派道克问起布尔战争③,又滔滔不绝地对我胡诌一些莫须有的伙伴的种种事情。派道克总是学不会称我"先生",可对斯柯德却一口一个"先生",像

---

① 尼泊尔的一个部族。
② 这是南非英语的说法。
③ 十九世纪末、二十世纪初英国与布尔人(葡萄牙人后裔)之间的战争。

是靠"先生"为生似的。

我给他留下报纸和一盒雪茄，下楼到伦敦商业中心去，直到午餐时间。我回来时，开电梯的工人脸色阴沉。

"这儿出事了，今儿早上，先生。十五号的先生自杀了。刚把他抬到停尸间。现在警察已经来了。"

我上楼到十五号房，看见几名警察和一名巡官正忙于调查。我问了几个不三不四的问题，他们立即把我轰了出去。我找到给斯柯德当过男仆的那个人，向他打听打听。我能看出来，他认为没有什么可疑之处。此人老爱嘀咕，哭丧着脸——半个克朗便足以给他安慰了。

翌日，我出席了审讯。某出版公司合伙人提供的证据是，死者生前曾交给他一些木浆制纸的建议书。死者是一个美国商家的经纪人。陪审团裁决为因精神不健全而自杀的案件，少量财物将交给美国领事馆处理。我把全部经过一五一十地告诉了斯柯德，使他大感兴趣。他说他要是能出席审讯该多好，因为那就跟看到自己的讣告一样有滋有味。

头两天，他跟我一起待在屋里。他很平静，看看书，抽点儿烟，在一个笔记本里草草地写下大量笔记。我们每天晚上都下棋，他总是把我杀得惨败。我想他是在振作精神，以恢复健康，因为他毕竟有过一段苦不堪言的时日。到了第三天我便看出，他开始坐立不安了。他列出日期表，一直列到六月十五日，用红铅笔一一做上记号，并用速记符号逐一写出说明。我常发现他在阴暗的书房里，十分消沉，锐利的双眼显得很茫然，一阵沉思之后便垂头丧气。

我也看出，他又开始神经紧张了。稍有动静，他就会仔细听，还问我派道克是不是可信。有一两次，他大发雷霆，过后又为此道歉，我没怪他。我万分体谅他，因为他身处逆境。

使他为难的，不是他自身的安全，而是他安排的计划的结果。此人小小的个子，却一向勇敢、刚直，性格倔强。一天晚上，他显得十分严肃。

"我说汉尼，"他说，"这件事，我还是应当让你了解得深入些。坐视不救又不托付别人去进行抗争，这我是绝对做不到的。"他把我此前隐隐约约从他那里听到的事情作了一番详述。

我并未十分专心地听。事实上，我对他的险境的兴趣胜过对他的政治高见的兴趣。我想，卡洛里迪斯及其事件与我无关，只能一切都听其便。所以，斯柯德说的那些事，我早已忘得一干二净。我记得，他确信无疑的是，卡洛里迪斯到了伦敦才会有危险，而且危险来自最高层，不会由此引起怀疑。他提到过一个女人的名字——朱莉亚·捷切妮——跟此威胁有关。我想，她会是个圈套，引诱卡洛里迪斯离开警卫的保护。他还说到过"黑石头"，说到过一个说话口齿不清的人，特别说到过一提到就会令他发抖的人——老头儿，人老却嗓音年轻，眨眼时像鹰一样。

他也大谈死亡。他为完成使命而忧心忡忡，对自己的生命却满不在乎。

我感到，就像在精疲力竭时安睡，醒来时看见随着干草的清香从窗外飘进来的夏日气息。我时常为这样的清晨回到青草之乡①而感激上帝。当我在约旦河彼岸②醒来时，我想

---

① 指肯塔基。
② 指冥界。

我也会感激上帝的。

翌日，他的心情大有好转，大部分时间在看"石墙"——杰克逊①的传记。因公事，我必须见一位采矿工程师，并同他共进晚餐。在睡觉之前，我必须在十点半钟左右赶回来，进行我们的象棋比赛。

我记得，我推开吸烟室的门时，我嘴里叼着雪茄。室内没有开灯，我愣住了——不知道斯柯德是不是已经睡着了。

我啪的一声按下开关——没有人。接着，我看见远处的角落里有个东西。我嘴里的雪茄掉到了地上，出了一身冷汗。

我的客人手脚伸开，仰面朝天地躺在那里。一把长刀刺透了他的心脏。长刀将他刺穿，插进了地板。

---

① 指托马斯·杰克逊（1824—1863），美国南北战争时期的南部联邦将军，外号"石墙"。

第二章
送奶人上路

我坐在扶手椅上，觉得恶心。大约持续了五分钟，我感到一阵战栗——地板上那干瘦惹眼而惨白的脸，我实在无法忍受——用一块桌布把它盖住了。我摇摇晃晃地走到食橱前，找到白兰地，猛饮了几口。我以前见过暴死的人——我在马塔比里战争①中就杀死过几个人。但是，这一冷酷的室内勾当却大不一样。我仍然尽力定了定神。我看了看表，已经十点半钟。

我突然有了主意，想仔仔细细地把住所搜查一遍。没有

---

① 荷兰殖民者对马塔比里人（即祖鲁人）进行掠夺的战争。

人,也没有任何人留下的任何形迹。我关上所有的窗子,并且闩牢,拴上门链。

这时,我神智恢复清醒,又能思考了,大约花了一个钟头便对情况作出了估计,不慌不忙。因为,到早晨六点钟左右,我还有时间深思熟虑一番——除非凶手去而复返。

我十分为难——这是显而易见的。我对斯柯德所说之事的真相可能抱有的疑惑,现在不存在了。其证据就躺在桌布下面。得知他之所知的那些人发觉了他,采取了最有效的手段以灭其口。对,他已在我的住处待了四天,他的敌人一定认为他把秘密都已向我吐露。下一个就该轮到我了。可能就在当晚,或次日,或后天,我的劫数已近。

我突然想到另一种可能性。不妨出去把警察叫来;或者去睡觉,让派道克发现尸体,到早晨再报警。有关斯柯德的来历,我该怎么说呢?斯柯德的事,我已对派道克说了谎,把整个事态弄得十分可疑。如果我和盘托出,把斯柯德对我说的事全都告诉警察,警察会付之一笑。想必会控告我犯了谋杀罪,根据旁证就足以绞死我了。在英格兰,认识我的人很少,我没有真正的朋友能前来为我的人格担保。说不定,那暗中的敌人打的就是这如意算盘。他们无事不精,要在六月十五日之后除掉我。让我进英国监狱无疑是一个妙计,妙如将一把刀插入我的胸口。

再者,如果我把事情捅出去,就算万幸而被别人相信,我同样是让他们打了如意算盘。卡洛里迪斯会留在国内,这正合他们的意。不知何故,我看到斯柯德那死气沉沉的脸,便顿时对他的计划深信不疑了。他死了,却向我吐露了秘密,由我接手去完成他的任务,已义不容辞。

或许你认为，对于一个有生命危险的人而言，我这想法未免荒谬。不过，我就是这么看的。我是个普普通通的人，勇气也不比别人大，但我不能眼睁睁地看着一个好人倒下。如果我能替他实现他的计划，那么，那把长刀应该成为斯柯德一案的结束。

我思考了一两个钟头，终于想明白，作出了决定。我得消失，必须在六月的第二个周末之前消失。我还得设法跟政府人员取得联系，把斯柯德对我说过的事告诉他们。我想，他当初能对我多说一些该多好啊！他对我说那么一点儿的时候，我听得更仔细些该多好啊！除了最赤裸裸的事实，别的我一无所知。即使我闯过了其他险情，到最后仍然没人相信我，这风险才大呢。我好歹得试它一试，希望能在政府面前证明我所说之事完全属实。

我首先要做的事，是在今后的三周里，马不停蹄地变换落脚点。现在是五月二十日，这就是说，我得躲躲藏藏二十天才能冒着风险接近可能是有权势的人物。要追缉我的有两伙人——斯柯德的敌人要置我于死地；警方因斯柯德凶杀案要捉拿我。会有一场追捕的好戏可看，而且怪就怪在，其前景竟然使我感到欣慰。我懒散已久，有任何活动的机会，都来者不拒。当我不得已而独自跟那具尸体在一起听天由命之时，我还不如一只被捻过的小虫子。不过，如果我脖子的安全有赖于我的智慧，那么我会准备欣然为之。

其次我想到，斯柯德手头可能有文件能提供更有用的线索以便了解案情。我掀开桌布，搜他的几个口袋，因为我对尸体已不再畏畏缩缩。在瞬间被击倒的人，那脸简直平静得令人惊异。上衣口袋里什么也没有，背心口袋里有点儿零钱和雪茄烟烟嘴，裤子口袋里有一把小刀和一些金币，上衣侧面口袋里有一个很旧的鳄鱼皮雪茄烟盒。我曾见到他用来作笔记本的那个黑色小本子已无踪影。它无疑已被凶手拿走。

我搜完口袋，抬头看见书桌的几个抽屉已被拉出来。斯柯德不会用完后扔下不管，因为他是最讲究整洁的人。一定是有人搜查过什么东西——或许正是搜查那个笔记本呢。

我在屋里四处走走，发现屋子已被翻腾遍了——书的内页、抽屉、食橱、箱子，乃至我衣柜里衣服的口袋，还有餐室里的餐具架——却不见笔记本的踪影。敌人很可能已经找到了它，但不是在斯柯德身上找到的。

我拿出地图集，盯着看英伦三岛的大地图。

我的想法是一走了之，去某个荒无人烟的地区。我在南非草原练就的本事能派上用场，尽管我在城里像一只被夹在捕鼠器里的老鼠。我认为苏格兰最理想，因为我家祖辈都是苏格兰人，作为普普通通的苏格兰人，我可以通行无阻。起初，我有个不成熟的想法——扮成德国游客，因为我父亲曾有过德国合伙人，我自幼说德语，还说得十分流利，更不用说花了三年时间在德国属地达马拉兰①勘探铜矿。不过，我觉得还是装成苏格兰人更不显眼，也不容易跟警察对我过去生活经历的了解对上号。我选定了加洛韦②，它是最佳去处。据我了解，它是离这里最近的苏格兰荒原，从地图上看，人口不算太密集。

查看火车时刻表得知，七点十分从圣潘克拉斯开出的列

---

① 在西南非洲。
② 位于苏格兰西南部。

车,可在午后晚些时候让我抵达加洛韦的任何一个车站。这再好不过了,但我怎么去圣潘克拉斯才更重要,因为我很清楚,斯柯德的朋友们会在户外守候、监视。我有点儿犯难——很快有了妙招,才上床不得安宁地睡了两个钟头。

我四点钟起床,拉开睡房的百叶窗。晴朗夏日清晨的微光洒满天际。麻雀早已叽叽喳喳叫个不停。我的心情急转直下,感到自己是被上帝遗忘了的傻瓜。我想听其自然,相信英国警方对我这案子会有合情合理的看法。我重新估量我的处境后,也拿不出证据来推翻头天晚上作出的决定,于是我一撇嘴,决定按原计划行事。我并不觉得特别害怕,只是不想轻举妄动自讨苦吃罢了。我这话的意思你们大概是懂的吧。

我翻出一套苏格兰呢的旧衣服,一双结实的、鞋底钉了钉子的皮靴,一件带硬领的法兰绒衬衫。我将一件备用的衬衫、一顶布帽、几块手绢、一把牙刷统统塞进我的几个口袋里。两天前已从银行取出一大笔金币,是准备给斯柯德用的。我从中取出五十英镑金币,放进我从罗得西亚①带回来的腰带里。我需要的东西大概就这些了。然后洗澡,把长得下垂的胡须剪短,留下满脸的胡楂儿。

接着是第二步。派道克过去总是在七点三十分准时到此,自行用弹簧锁的钥匙开门进来。我从我痛苦的经历中知道,约在六点四十分,那送奶人就来了,随着罐子相撞发出的很大的哐啷声,把我的那一罐放在我的门外。我一大早骑车外出时,看见过这个送奶人。是个年轻人,身高跟我差不多,胡子稀稀拉拉,穿件白色外衣。我要靠他孤注一掷了。

---

① 津巴布韦的旧称。

我走进阴沉的吸烟室,黎明的曙光透过百叶窗照进来。我从食橱里拿出一杯威士忌加苏打水、几块饼干,算是吃了早餐。这时,已快到六点钟。我把烟斗放进口袋,然后从火炉边桌子上的烟草罐里取出一些烟草,放进烟草袋。

我把手伸进烟草袋时,手指碰到了个硬东西。我掏出来一看,正是斯柯德的那个黑色小笔记本……

这可是个好兆头。我掀去尸体上的桌布,看见那僵死的脸显得安详而威严,让我好不诧异。"再见了,老兄。"我说,"我要为你尽最大的努力。不论你在何处,祝福我吧。"

我在走廊里走来走去,等送奶人来。真难熬啊!我心里堵得慌,不想待在屋里。过了六点三十分,接着是六点四十分,他还没来。蠢货!哪天迟到不好,单挑今天这个日子迟到!六点三刻过一分钟,我听见外面响起奶罐相碰的声音。我打开前门——我的那位来了,从他运来的一堆罐子里拣出我的罐子,嘴里吹着口哨。他一看见我,就吓了一跳。

"你进来一会儿,"我说,"我有事对你说。"我把他带进了餐室。

"看样子,你还能来点儿体育运动。"我说,"我请你帮我个忙,把你的帽子和白色外衣借给我用十分钟,这个金币就归你啦。"

他的眼睛睁得老大,看着金币,嘻嘻直笑。

"比什么呢?"他问道。

"打个赌,"我说,"我没有时间解释。要想赢,我就得充当十分钟的送奶人。你待在这儿等我回来就行了。会耽搁一会儿,不过不会有人投诉的。这一镑金币归你了。"

"行啊!"他爽快地说,"我绝不会破坏体育的规矩。衣物给你,先生。"

我戴上他那顶蓝色大帽子,穿上他的白色外衣,拎起那一堆奶罐,关上大门,吹着口哨下楼去了。楼下的门房叫我把嘴管住,看来我的化装还挺像那么回事。

我原以为街上不会有人,却看见百码①开外有个警察,另一头有个无业游民慢吞吞地走过。我情不自禁地抬头看看,对面二楼的窗子后面有一张脸。那无业游民经过时抬头望了望。我相信,这是在交换暗号。

我过街,口哨吹得花里胡哨,学送奶人那样活蹦乱跳。我拐到第一个背道儿,走到左边的拐弯处,再由此走到一片空地上。这条背道儿上没有人。我把那些奶罐放在临时围篱后面,接着把帽子和外衣也放在那里。我刚把我的便帽戴上,从街角走来一个邮差。我向他道了声"早安",他也向我道了声"早安",没起任何疑心。这时,附近的一个教堂里响起了七点的钟声。

我不能坐失分秒。我到了尤斯顿路,撒腿就跑。尤斯顿车站的钟显示,已经七点过五分了。到了圣潘克拉斯,我根本没有时间去买票,何况我还没想好要去何处。行李搬运工告诉了我站台在哪儿。我跑进站台,列车已经开动,两名站台管理员拦住了去路。我一闪而过,爬进了最后一节车厢。

三分钟后,列车一路呼啸,穿过北部的几个隧道。一个乘务员气呼呼地找到了我。他给我开了一张去纽顿-斯梯瓦的车票,这时我才突然想起了这个地名。他把我从我已经坐定的头等车厢带到了不禁止吸烟的三等车厢。那里有一名水

---

① 英美制长度单位。一码约等于0.9144米。

手和一个带小孩儿的大个子胖女人。乘务员嘴里嘟嘟囔囔地离开了。我擦了擦额头，用我那口音最重的苏格兰话对那两位同车人说："赶火车可真辛苦啊！"我已进入了角色。

"这个列车员不像话！"那女人埋怨道，"该有个会说苏格兰话的来替换他。他抱怨这娃娃没有票，可娃娃到八月才满一岁呢。他还不准这位先生吐口水。"

那水手板着脸附和了一声。我就在这种对权威不以为然的气氛中开始了我的新生活。我提醒自己，一个星期前我还觉得这世界沉闷无趣呢。

第三章
客栈老板闲聊文学

这一天我一路北上,过得倒也很有尊严。五月,风和日丽,各处的篱笆上开满了山楂花。我问自己,既然我是自由民①,为何一直赖在伦敦,为何一直没体会过这超凡的乡村的美妙。我没敢在餐车露面,而是在利兹买了一份篮装的午餐和那位胖女人共用。我买了早晨出版的报纸,上面有德比赛马会的参赛骑手的新闻,有板球赛已开打的消息,有巴尔干事态是如何恢复平静的报道,还有,一个英军连队即将开

---

① 指享有公民权利的人。

赴基尔①。看完报,我拿出斯柯德的黑色小笔记本琢磨琢磨。里面大多是些记录,数字居多,偶尔有人名。例如,我时常发现"荷夫加德""伦尼维尔""阿佛卡多"等词,尤其是"帕维亚"一词。

我确信,斯柯德做任何事都是有其道理的。我敢肯定,其中必有密码。这一向是我感兴趣的问题。布尔战争期间,我在迪拉果阿海湾②当情报官员时,曾亲自有所接触。我在下棋、猜字谜方面颇有才能,自认为对破解密码颇有一套。这次看到的像是数字之类的东西,有几组数字是跟字母表中的一些字母相对应的。对这种玩意儿,任何精明的人花一两个小时都能找出线索,所以我认为斯柯德不会满足于这类雕虫小技。于是,我盯住那些印刷体的词,因为如果你找到了一个关键词来确定那些字母的顺序,就能设置一个相当有效的密码。

我试了几个小时,所有的词都无法让我找出答案。我睡着了,醒来时正好到达敦弗利斯,便匆忙下车,朝加洛韦慢车站赶去。站上有个人,此人的长相我很不喜欢,而他却根本不瞟我一眼。我从自动号码机的镜子里看见我本人时,便毫不惊讶了:脸色蜡黄,一身破旧的花呢衣服,懒懒散散,正是那些往三等车厢里挤的山区农民的样板。

一路跟我同车的有五六个人。我简直被粗烟丝和陶制烟管包围了。他们是从每周开一次的集市来的,开口不是谈这个价就是谈那个价。我听见他们聊的是,在凯恩河、德伊奇

---

① 德国北部港口城市。
② 在莫桑比克。

河，还有其他一些神秘的河流地带，羊羔的繁殖已经大大增加。这些人大都已经饱餐过一顿，身上的威士忌酒气很重，却没把我放在眼里①。车声隆隆，火车渐渐驶入一大片树木稀疏的峡谷地带，继而驶向辽阔的高原沼地。湖泊密布，湖光闪闪，高高的蓝色山丘蜿蜒向北。

五点钟左右，车厢已空，只剩下我一人，正合我意。我在下一站下车——是个小站，我没注意站名，地处一沼泽地带的正中心。它使我想起了卡鲁②的那些被人遗忘的小站中的一个小站。有个年迈的站长在菜园里挖地，又扛上铁锹，慢慢走到列车跟前，处理完一个包裹，又回去挖土豆了。一个十来岁的孩子接过了我的车票。于是，我便出现在蜿蜒于褐色高原沼地上的一条白色的大路上。

这是个美好春天的傍晚。一座座小山都像琢磨过的紫水晶一样明净。空气里透着沼泽中树根的气味，十分奇妙，却如外海一样清新，对我的情绪产生了不可思议的影响。我真有一身轻松之感。我好像已不再是警方通缉的三十七岁的男子，似乎成了在春天外出长途步行旅游的男童。我现在的感觉，跟我在雾蒙蒙的清早坐牛车去南非草原旅行的感觉一模一样。你信不信，我在路上大摇大摆地吹着口哨呢！我心里没有作战计划，只想在这个清静的、洋溢着诚实气息的山乡中走下去，因为每走一英里都使我更为自己感到高兴。

我在路边的林地砍了一棵榛树当拐杖用，然后立即离开大路上的小道。这小道沿峡谷而下。一条小溪在峡谷里哗哗

---

① 双关语。另有"没款待我"的意思。
② 在非洲西南部。

流过。我估计，我已然把任何追击行动都远远地落在了后面，这一晚我兴许能随遇而安。已经几个小时没吃东西了，我肚子很饿，不觉来到瀑布边偏僻处的一个小屋。一个脸色黑里透红的妇人站在门边，以高沼地区所特有的那种厚道与羞怯跟我打招呼。我说我想借宿一夜，她说"阁楼里的床"。她很快就给我端来了丰盛的晚餐，有火腿、鸡蛋、烤饼和浓浓的甜牛奶。

天黑时，她的男人从山里回来——是个瘦高个儿。他走一步，一般人得走三步。他们没有问这问那，因为他们跟所有的荒原居民一样有教养。我还能看出来，他们以为我是做某种生意的商人。我不嫌麻烦，以确保他们的想法不至于落空。我大谈牲畜，我的男房东对此所知甚少。我从他那里打听到许多加洛韦当地集市的情况，记在心里，以备来日之用。十点钟，我在椅子上打瞌睡。"阁楼里的床"收留了一个精疲力竭的人，此人不到五点钟醒来是不会再让这个小小的家宅活跃起来的。

我付钱，他们不收。六点钟左右，我吃过早餐，再次向南迈进。我的想法是，返回铁路线，到比我昨天下车的地方更远的一个站或两个站去，然后扭头往回走。这样最安全，因为警察想当然地以为我会远离伦敦，向西面的某港口进发。我有了挺不错的开始，因为据我推断，要归罪于我，那是好几个钟头以后的事，而要查明在圣潘克拉斯上车的某人，就不是几个钟头的事了。

依然是宜人、晴朗的春日天气，我要着急也着急不起来。现在的心情比几个月来的心情好得多。我取道高原沼地的一处长长的山脊，沿着一座高山的边缘走。牧人把此处称作

"弗利特的凯恩斯莫"①。筑巢的麻鹬和鸻鸟的啼声,处处可闻。溪流旁绿绿的牧场上草密之处,羊羔星罗棋布。过去数月的懒散悄然离我而去,我像个四岁的孩童,大步往前走。不一会儿,我便来到高原沼地的一个隆起处,它一直延伸到直通一条小河的河谷。从一英里外的石楠丛中,我看见了火车冒出的烟柱。

我到达了车站,它是我的理想之地。四周沼泽环绕。空地很小,只能容下单轨,侧轨很窄。有候车室、办公室、站长的小屋,还有个小院子,院子里种满了鹅莓和美洲石竹。这里跟别处似乎无路可通。半英里以外,冰斗湖的湖浪拍打着花岗石,又增添了几分凄凉。我在石楠丛中等着,直到我看见地平线上出现一趟东行列车冒出的烟柱。然后,我走到那个小小的售票处,买了一张去敦弗利斯②的车票。

车厢里唯一的乘客是一位牧羊老人和他的狗——长着两只鼓眼的家伙,我可信不过它。老人睡着了,身边的椅垫上放着一份当天早晨出版的《苏格兰人报》。我迫不及待地一把抓住报纸,因为我想,它或许能给我透露点儿情况。

有两栏登的是所谓的波特兰大街凶案。我的仆人派道克报了警,送奶人被抓。可怜的家伙,看来送奶人那二十先令挣得也够辛苦的。不过对我而言,给他那个价,就算很便宜了,因为他占用了警方大半天的时间。我从最近的消息里得知,另有说法。送奶人已被释放。我还得知,警方对真正的

---

① "弗利特"是该地区某地的地名。"凯恩斯莫"是苏格兰中部的山脉。此说大概是"有山有水的好地方"的意思。

② 苏格兰南部一自治市,在爱丁堡西南面。

罪犯的身份保持沉默。据悉，此犯已由北方某铁路线逃离伦敦。有一个简短说明关系到我，说我是该寓所的所有者。我料想，警方加此一笔，是想让我相信我并无嫌疑，此计实在不高明。

报上另无其他内容：没有事关外国的政治斗争的，没有事关卡洛里迪斯的，也没有曾经使斯柯德关心的事。我放下报纸，发现列车快要到站了——正是我昨天离开的那个站。那位挖土豆的站长已打起精神忙活着，因为西行的列车正停在站上让我们这趟车过去。从那趟车上下来三个人，正向站长问这问那。我推测，他们是当地的警察，听了苏格兰场①的调遣，一路追踪而来，追踪到了这小小的侧线上。我静静地坐在暗处密切注意着他们。其中一个人在小本上做笔记。年老的站长似乎一脸的不高兴，而曾经收过我的车票的那个小孩儿却有说不完的话。那三个人都留神地注意着对面那条白色大路尽头的沼泽地。我倒希望他们到那里去追踪我的足迹。

我们乘火车离开那个车站时，我那位同车的伙伴醒来，迷迷瞪瞪地瞥了我一眼，又狠狠地踢了狗一脚，问现在到了哪儿。他显然是喝醉了。

"戒酒，戒酒，到头来成了这样。"他追悔莫及地陈述道。

我不胜惊奇，因为我遇到了一位佩戴蓝色丝带标记②的忠实成员。

"啊，可我是坚决主张戒酒的。"他斗气地说，"去年圣

---

① 即伦敦警察局。

② 亦称"禁酒会会员徽章"，是一种禁酒的标记。

马丁节①,我保证过,打那以后我就没沾过一滴威士忌。在大年夜也没喝,虽说就我馋得慌。"

他抬起脚后跟,往座位上一放,邋遢的脑袋钻到了坐垫下面。

"这就是我戒酒的结果。"他悲叹起来,"头比地狱火还烫。到了安息日,我得想别的法子。"

"什么法子?"我问。

"有一种酒,他们叫它白兰地。我是戒酒的人,不喝威士忌,可是每天要抿一口这种白兰地。我怀疑,我半个月都好不了。"他声音渐弱,结结巴巴。睡意再一次将它那沉甸甸的手摁在了他身上。

我原打算在前方的某个站下车,但是列车突然间给了我一次更好的机会,因为它驶到一条暗渠时停了下来。这条暗渠横跨一条哗哗流过、呈黑啤酒色的河流。我朝外一看,只见所有的车窗都关着,四下里不见人影。我打开车门,当即跳到铁路旁的榛林乱丛之中。

要不是那只该死的狗,本来是会很顺利的。想来大概是这种情况:说我偷了牧人的东西跑了,狗便狂吠起来,幸好只咬住了我的裤子。这下可把牧人惊醒了。他站在车门口大喊大叫,以为我寻了短见。我爬过灌木丛,到了溪边,以矮树丛为掩护,一口气往前跑了大约一百码。找到藏身之处后,我回头望了望,看见乘务员和几个乘客围在开着的车门四周,朝我这个方向张望。我离开时,即使有号手和铜管乐队在场,我也是不会更加公开地一走了之的。

---

① 在十一月十一日。

幸好,那个喝醉了的牧人分散了大家的注意力。他和他用绳子拴在腰上的狗一起猛地跳到车外,头朝下摔在铁轨上,滚到了河边。后来进行营救时,狗把某个人咬了,因为我能听到恶狠狠的咒骂声。他们顿时就把我忘了。我爬了不到一英里之后,立即回头看——那趟列车已经开动,渐渐消失在隧道里了。

我身处一大片高原沼地的半圆之中,那条暗褐色的河流便是半径。一连串的高山形成了北边的周线。不见人影,不闻人声,只听见水声激越,麻鹬的啼声不断。然而,说来也怪,我感到被追捕的恐惧,这还是第一次。我想到的不是警察,而是另有其人。他们知道我已知悉斯柯德的秘密,不敢让我活着。我敢肯定,他们会以连英国法学界都闻所未闻的狡诈与警觉追踪我。一旦落到他们手里,我一定凶多吉少。

我回头看——什么也没有。阳光照在金属铁轨和溪流里湿漉漉的石头上,闪闪发光。在这世上,你找不到比这更宁静的景色了。我依旧向前奔跑。我弯着身子在沼泽地的小沟里跑,跑到汗水弄花了两眼。跑到山边——山下是那条暗褐色的河流,水流湍急。我一屁股坐在山脊上,气喘吁吁,这时我那不愉快的心情才离我而去。

从对我有利的位置望去,整个高原沼地和更远的铁路线以及绿色的田野已取代了石楠植物的南部地区,都一览无余。我有鹰一般的眼睛却看不见这整片地方的丝毫动静。我看了看山脊东边的远处,是另一番景色——浅绿色的山谷、茂密的松林、飞扬的尘土,这说明公路就在不远之处了。最后,我仰望蓝色的五月天空,空中有一物使我的脉搏跳快……

远在南边的低空有一架单翼飞机向上空飞去。就像有人告诉了我似的,我把握十足——它是冲我来的,而且不是警方的飞机。我在长满石楠的洼地里监视了它一两个钟头。它沿着山顶低飞,继而在我已到达的山谷上空盘旋,接着又似乎改变了主意,攀升到高空掉头飞回了南边。

我可不喜欢这种空中侦察,对这个我借以藏身的地方也开始不怎么放心了。如果我的敌人在空中,这些长满石楠的小山就掩护不了我,我得另找藏身之地。山脊之外的青葱的乡下才使我更觉满意,因为在那里,我应该能发现树林和石屋。

傍晚六点钟左右,我走出高原沼地,走上一条像白丝带一样的道路。它弯弯曲曲地通向一条洼地溪流的狭窄沟谷。我沿此路前行,可见田野却不见荒野。峡谷变成了高地,不久便到达了一处类似山口的地方。黄昏中,一间孤零零的屋子冒出炊烟。那条路通往一座桥,有个年轻人靠在栏杆上。

他叼着陶制长烟管在抽烟。他戴着眼镜,正专心地望着桥下的流水。他左手拿着一本小书,手指夹在书里,以辨明已看到了哪一页。他慢悠悠地照本宣科起来:

　　一只鹫头飞狮飞奔而去
　　穿过荒野、山丘和布满沼泽的山谷
　　追击阿里马斯匹亚人。①

---

① 见《失乐园》第二卷。此长诗是英国大诗人约翰·密尔顿(1608—1674)的名著。鹫头飞狮是传说中的一种狮子,长着鹰的头,以保护金矿为己任。阿里马斯匹亚人是塞西亚(黑海与里海东北部的一个古地名)的一种独眼人,常从鹫头狮那里拿走金子。

桥的拱顶石上响起了我的脚步声。他猛地转过身来，我看见一张可爱的脸，晒得黝黑，一脸稚气。

"向你道声晚安。"他严肃认真地说，"是赶路的好夜色。"

一股泥炭的烟味和烧烤的香味从屋里向我飘来。

"是客栈不是？"我问道。

"听候差遣。"他彬彬有礼地说，"本人是店主，先生，望你能留宿。说实话，一周以来就没来过房客。"

我走到桥上，靠在桥的栏杆上，在烟管里塞满烟丝。我要开始结识一位新交了。

"年纪轻轻的就当上旅店店主啦！"我说。

"我父亲去年过世，把产业留给了我。我跟祖母一起住。这工作太没意思，不适合年轻人，不是我想干的那一行。"

"想干什么？"

他居然脸红了。"我想写书。"他说。

"你还想要什么更好的机会呀？"我问道，"老弟，我常想，客栈之主可以成为世上最好的小说作者。"

"现在不行了。"他热切地说，"在往昔或许行——往昔有朝圣者，有民谣作者，有拦路抢劫的盗贼，有行驶在路上的邮政马车。而如今不行，到这里来的只有坐满胖女人的汽车——她们会下车就餐。到了春天，会来一两个渔人。到了八月，来的是几个打猎的房客。这些是提供不了素材的。我要见世面，要周游世界，写出吉卜林①和康拉德②那样的作

---

① 拉迪亚德·吉卜林（1865—1936），英国诗人、作家。
② 约瑟夫·康拉德（1857—1924），英国作家。

品。我充其量也就是在钱伯斯①的杂志上登几首小诗。"

我望着那客栈——直立在阴郁的群山映衬下的夕阳里,显得金碧辉煌。

"我也曾混迹于世上,不会瞧不起这么一个僻静的茅庐。你以为,只有在热带地区,在身穿红色衬衫的上等人当中才可能发生奇遇吗?说不定你这会儿就跟奇遇擦肩而过了呢。"

"这话是吉卜林说的。"他目光炯炯地说道,引用了《迎来九月十日的传奇》中的几句诗。

"我这就给你讲个真实的故事。"我大声说道,"一个月之后你就能根据它写出一本小说来。"

在这祥和的五月的黄昏,我坐在桥上,给他讲述了一个美妙的故事。其要点是真实的,但我将一些细节做了改动。话说——我是金伯利②的矿业富豪,跟一桩非法钻石交易案有瓜葛。我揭发了一帮人。他们漂洋过海追踪我,杀死了我最要好的朋友,现在要来追杀我了。

我讲得头头是道,不过我得说,换了谁都会这样。我描述了从卡拉哈里③到德属非洲的一次飞行,有过焦急不安的白天,也有过逍遥自在的夜晚。我描述了我乘船回国时危及我生命的一次袭击,也对波特兰大街凶案作了一番可怕无比的描述。"你要寻找奇遇,"我大声说道,"好啊,在这里你就找到了。那些恶棍在后面追我,警察又在后面追那些恶棍。这是一场竞赛,我非赢不可。"

---

① 罗伯特·钱伯斯(1802—1871),苏格兰作家及出版商。
② 在南非。
③ 沙漠,在非洲南部。

"果然不假!"他低声说,使劲吸了口气,"简直就是赖德·哈迦特①和柯南·道尔②的作品嘛!"

"你相信我了。"我高兴地说道。

"我当然相信了。"他伸出手,"凡是异乎寻常的事我都信,唯独不信正正常常的事。"

他很年轻,却正合我意。

"我看,他们跟踪我,眼下是跟丢了。我得躲一两天。你能让我住店吗?"

他热切地抓住我的胳膊肘,拉我进屋:"你可以舒舒坦坦地躲在这里,就跟躲在山洞里一样。我会想办法不让人瞧咧咧。再给我讲些冒险奇遇的故事吧!"

我走到客栈的门廊,听见远处传来引擎的嗒嗒声。阴暗的西边现出了我的"朋友"——那架单翼飞机的影子。

他在后屋给我找了个房间,视野极好,能看到高原。他叫我随意用他的书房。书房里堆着一些他喜爱的作家的平装书。我没看见他的祖母,或许是因为她卧病在床吧。一位名叫玛吉特的老妇人给我端来了晚饭。客栈老板时时刻刻跟我寸步不离。我得有自由支配的时间才行,于是我给他找了个差事。他有一辆摩托车,第二天早上我便打发他去买报纸。报纸通常是在下午晚些时候才跟邮件一起到达。我告诉他,眼睛要尖些,遇见任何陌生人都得加以注意,对汽车和飞机要严加戒备。然后,我坐下来,实实在在、认认真真地对付

---

① 亨利·赖德·哈迦特(1856—1925),英国小说家。
② 阿瑟·柯南·道尔(1859—1930),英国侦探小说家,以《福尔摩斯探案全集》闻名于世。

斯柯德的笔记本。

中午时分，他带回了《苏格兰人报》。报上没什么消息，只是进一步提到了派道克和送奶人的行踪，另外重复了昨天的报道，说凶手已向北边逃走。不过有一篇转自《泰晤士报》的长篇报道——事关卡洛里迪斯及巴尔干国家的局势，并未提及任何访问英国之事。下午我把客栈老板支走了——探究密码之事，我正在兴头上。

如我在此前所说，是数字密码。我通过一系列精确的实验，已相当完整地发现那些"零"和"句号"是怎么回事。难就难在那个关键词上。我想，他可能用过的词有无数之多，这时我感到无望了。三点钟左右，我突然灵机一动。

朱莉亚·捷切妮这个名字在我的记忆里一闪而过。斯柯德说过，此姓名乃是卡洛里迪斯事件的关键所在。我想，不妨用它破译他的密码。

果然奏效。"Julia"这五个字母给我提供的是元音字母的位置。"A"就是字母表里的第十个字母"J"，所以在密码中以"X"① 代表。字母"E"就是"U"②，等于"XXI"③，以此类推。"Czechenyi"给我提供的是辅音字母的位置。我把这种搭配方式顺手写在一张纸上，然后坐下来细细琢磨斯柯德的记录。

不到半个钟头，我已琢磨得脸色发白，直用手指敲桌子。我看了看窗外，见一辆游览汽车驶过峡谷，朝客栈开来。

---

① 罗马数字，即阿拉伯数字"10"。
② 字母"U"是字母表里的第二十一个字母。
③ 罗马数字，即阿拉伯数字"21"。

车在门前停下，传来有人下车的声音。好像是两个人，身穿防水外衣，头戴苏格兰呢的便帽。

十分钟后，客栈老板走进房间，兴奋不已，喜形于色。

"下面有两个家伙找你。"他小声说，"他们在餐室里喝威士忌加苏打水。他们问起过你，希望能在这儿碰上你。啊！他们把你的模样说得一点儿不差，连你穿的靴子和衬衫都知道。我对他们说，你昨晚还在这儿，今儿一大早就骑着摩托车走了。其中一个家伙口出恶言。"

我要他告诉了我他们的长相。他们一个较瘦，黑眼睛，浓眉毛；另一个脸上老挂着笑，说话大舌头。两个都不是外国人——对此，我这位年轻朋友确信无疑。

我拿出一小张纸，用德文写下以下内容，看上去像是信的一部分：

"……'黑石头'。斯柯德识破了此情，但他在两个星期内无法行动。我不知道我现在是否能够起到好作用，尤其是卡洛里迪斯对其计划尚未拿定主意。如果T先生相劝，我将尽全力……"

这封短信，我伪造得十分精细，很像一封私信漏下的一页。

"拿到楼下去，就说是在我睡房里发现的。告诉他们，如果他们追上我，就把它还给我。"

三分钟后，我听见汽车开动，便从窗帘后面窥视，瞅见了那两个人的身影：一个瘦，一个长得油光水滑。我探查到的情况，仅此而已。

客栈老板兴奋之至。"你的字条把他们惹恼了。"他高兴地说，"黑大个子脸色惨白，像个死人，咒骂了一通。那个胖子吹起了口哨，脸色难看。他们付了十先令的酒钱，不等我找钱就走了。"

"我现在告诉你怎么办。"我说，"骑车去纽顿－斯梯瓦找警察厅长，向他报告那两个人是什么模样，就说你怀疑他们跟伦敦凶杀案有牵连。理由嘛，你自己编就是了。这两个人还会回来。别怕，不是在今晚，因为他们还得沿着大路追踪我四十英里——明天早晨准来。告诉警方，让他们大清早赶到这里来。"

他骑车而去，像个听话的孩子。我继续琢磨斯柯德的笔记。他回来后，我们一起用晚餐——礼尚往来。我只好让他向我问这问那。我大谈猎狮，大谈马塔比里战争。我心里一直在想，这些事跟我眼下忙乎的事相比，真是太平淡无奇了。他去睡觉了。我熬夜，想看完斯柯德的笔记。我坐在椅子上抽烟，直到天亮，因为我无法入睡。

早上八点钟左右，我亲眼看见两名警察和一名警官到场。他们按照客栈老板的意思把车停在马房里，走进屋来。二十分钟后，我从窗口看见第二辆车从相反的方向开过高地，没有开到客栈来，而是停在两百码之外的一小片树荫下。我注意到，车上的人十分仔细，先把车掉好头才离开。过了一两分钟，我听见窗外的石子路上响起了他们的脚步声。

我原打算躺在睡房里不出去，看看有何动静。我的想法是，如果我能让警方和那些更加凶险的追踪者会合，其效果或许对我更为有利。不过现在我有了更妙的打算。我给我的客栈老板草草写下了感谢之词，然后开窗，不声不响地跳到了鹅莓丛中。我趁人不备，走过堰堤，爬到一条支流的河边，到了林地那端的公路上。那辆汽车就停在那里，在朝阳之下显得干净而漂亮。车上的尘土说明它是远道而来的。我把车发动，跳上驾驶座，偷偷地向高地开去。

道路几乎在瞬间倾斜而下，我已看不见那客栈的踪影。不过，随风给我吹来了一阵阵怒骂之声。

第四章
激进派候选人

你们大可想象一下,我是在五月的某个清晨,开着四十马力的汽车,让它拼命地奔驰在清新的高原沼地上。我先是回头张望,担心地盯着下一个拐弯处,继而视觉模糊,而在公路上行驶是要保持足够的警觉和清醒的。因为,我在玩命地思考我已从斯柯德的笔记里获得的收获。

那个小个子对我撒了不少谎。他说的那些有关巴尔干国家、犹太无政府主义者的事情以及外交部举行的茶话会,都是无稽之谈。卡洛里迪斯之事亦然。不过,也不尽然。你且听我道来。我已押上全部赌注。信他之所言,已令我失望。这里的这个笔记本里说的完全是另外一回事。我不会"一朝被蛇咬,十年怕井绳",我绝对相信它。

为什么——我不得而知。笔记本里所记之事显得非常真实。第一个故事——你当然明白我的意思——虽然令人费解,但在精神上是真实的。六月十五日将是决定命运的一天,它远比杀害一个迭戈①更加决定命运。事关大局,我没有责怪他把我撇开而一人单干。我看得很清楚,他的意图就是如此。他对我说的某些事听起来是够重大的,然而实情却重大百倍。是他发现的,所以他要独挡一面。我没有怪他——他毕竟把甘冒风险看作他的第一己任了。

全部情况都记在笔记本里——不少空白有待他凭记忆予以补充。他也写下了他的一些当事人,并以奇特的方式分别标以数值,然后分门别类,借以代表在故事里各阶段的可靠性。他用印刷体写出的四个名字都是当事人的名字。有一个人叫杜克洛斯尼,给他标的是"五",可能是"五分"。另一个叫阿莫斯夫特,给他标的是"三"。故事的关键所在都在笔记本里——有个奇怪的短语出现了六次之多,被括在括号内。这短语便是"三十九级台阶"。最后一次出现时是这样表述的:"三十九级台阶,我数过——满潮午后十点十七分。"我不知其所云。

我首先领略到,这不是制止战争的问题。战争即将到来,如同圣诞节一样肯定无疑;如斯柯德所言,自一九一二年二月开始就在准备战争了。卡洛里迪斯将成为诱因。他插翅

---

① 原指意大利或西班牙血统的人,这里借指希腊人,暗指卡洛里迪斯。

难逃，必须在六月十四日把筹码交还给赌场主①，跟那个五月的清晨只相隔两周零四天。我从斯柯德的笔记中得知，这形势是任何力量都阻挡不了的。他提到的"伊庇鲁斯卫兵会剥他们祖母的皮"一说，纯属大放厥词。

其次，这场战争会使英国方面大吃一惊。卡洛里迪斯之死将使巴尔干国家相互倾轧，维也纳会以最后通牒的方式介入。俄国方面对此不会高兴，并且会争论不休。柏林方面则会当和事佬，化解纠纷，直至突然为争吵找到正当理由，挑剔争吵的毛病，在五个小时之内便把我们逼至绝境。他们打的就是这个算盘，而且是挺如意的算盘。甜言蜜语加上公正的言辞，然后在暗中出手。正当我们大谈德国的友好和善意之时，我们的海岸将神不知鬼不觉地被水雷包围，潜艇静候着每一艘战舰的出现。

不过，这一切还取决于第三件事，那就是预计在六月十五日发生的事。我曾偶然碰到一位从西非回国的法国参谋，他对我讲了许多事情。如果不曾遇见此人，我是不可能掌握上述情况的。其一，尽管议会里废话连篇，但法国和英国之间确实存在真正的、切实可行的同盟条约。双方的总参谋长经常会晤，制订共同的行动计划以应战争之需。嗯，一位大人物要在六月从巴黎来访，其成果至少是一项动员英国舰队严阵以待的声明。至少我认为大致是这么回事。不管怎么说，此事重要，非同小可。

不过，在六月十五日这一天，伦敦还会有其他一些人——其他什么人，我就只能猜了。斯柯德总喜欢把他们称为

---

① 认输的意思。

"黑石头"。他们代表的不是我们的盟国，而是我们的死敌。本应归法国所有的情报，将会转移到他们的口袋里。情报将被派上用场。记住——将在一周或两周之后派上用场，跟大炮和快速鱼雷一起突然在夏夜的黑暗中派上用场。

这就是我在能俯视一个甘蓝园子的那个客栈的后屋里破译出来的内情。这就是我大大咧咧地开着那辆游览车驶过一个又一个峡谷时，萦绕于脑际的内情。

最开始凭一时冲动，我打算给首相写信。稍加思索才想通，此举毫无用处。谁会相信我说的这些事？我必须有证据，真凭实据。天知道我能拿出什么证据。更重要的是，我自己决不罢休，到时机更加成熟时准备行动。这可不是轻而易举的事，因为英伦三岛的警察在我后面拼命追踪，还有"黑石头"的眼线们悄悄地、快速地在我后面穷追不舍。

我此行并无十分明确的目标，朝太阳的方向东行即可，因为我记得地图上的位置，如果北上，就会进入煤矿坑和工业小镇集中的地区。没过多久，我已远离高原沼地，横越了一条小河边的一大片冲积地。我开车沿着一个囿囵外的一道围墙行驶了数英里，透过林木间的缝隙看见一座大城堡。我的车驶过一些古老的小村落，村落里的小屋全是茅草屋顶；驶过宁静的低地溪流；驶过座座花园，花园里的山楂和金链花绚丽多彩，像火一样。这大地如此幽静，如此太平，我难以相信竟然有人要图谋杀害我——唉，而且是在一个月之内。除非我福大命大，否则四处的乡间景物将遭洗劫而吓得你目瞪口呆，英国将尸横遍野。

正午时分，我把车开到一个长长的、萧条的村子，想停车进食。半路上有个邮局。邮局的女局长正和一名警察在台阶上埋头研究一封电报。他们看见我，便十分警觉。警察向前走来，一抬手叫我停下。

我差点儿蠢到听从他的吩咐。我忽然想到，这电报应当跟我有关。客栈里，我的那几个朋友早已商定，要联手缉拿我。他们拍电报到我可能路过的三十来个村落，说明我的长相、开的是什么车，这是轻而易举的事。我及时松开了刹车。警察抱住车盖，一头撞到车的左侧，只好松手。

我心里有数，不能走大道，于是改走小路。没有地图，行车困难，因为把车开上农场的小路，在鸭塘或马棚附近停下都要冒风险——这时间我可耽搁不起。我渐渐明白，偷这辆车真是干了件蠢事。在这辽阔的苏格兰大地上跟踪我，这个绿色的大牲口①便成了再可靠不过的线索。如果弃车步行，不出两个钟头，这辆车便会被发现，那么在这场竞赛中我就无法领先了。

当务之急是找到人迹全无的路。我很快便找到了。我沿着一条大河的支流而上，进入峡谷，四周山势峻峭。然后，我翻越过一个关口的螺旋形的小路。这里荒无人烟，太靠北面。我转而向东，沿着一条崎岖的小路前行，最终到达了一条双轨铁路。远在下方，我看见另有一个宽阔的河谷。我想，如能开车过去，或许能找到一家偏僻的客栈过夜。黄昏渐近，我已饥肠辘辘，因为早餐后就没吃过东西，只从卖面包的小车上买了几个小圆面包。

正在此刻，我听见天空中传来一阵响声。哎哟，是那架该死的飞机，飞得很低，在南面大约二十英里处，正快速向

---

① 指那辆游览车。

我这个方向飞来。

　　我还记得，我曾在一大片光秃秃的沼泽地里被飞机掌控过。记得我唯一的机会就是躲到山谷里树叶茂盛的隐蔽处。我立即开车冲下山去，像一道蓝色的闪电。我还放开胆子左顾右盼，眼睛还得死死地盯住那个该诅咒的能飞的机器。我很快就把车开到了一条两旁全是树篱的路上，然后急转直下，来到一个陡峭的河谷。随后，我来到一处密林，放慢了速度。

　　我忽然听见左边有另一辆汽车喇叭的嘟嘟声。使我感到惊奇的是，我几乎撞到了两根门柱。过了门柱，是一条通往公路的私用道路。我的汽车喇叭痛苦地吼了一声，但为时已晚。我急忙踩刹车，用力过猛。我前面有一辆车横着朝我的方向滑动。车祸就在顷刻间。我别无选择，只能迎头撞进右边的树篱里——但愿会撞在远处柔软的东西上。

　　然而，我错了。我的车好似黄油，一滑而穿过了树篱，接着像生了病似的往前栽。我知道要出事，便扑向座位，打算跳出去。一根山楂树树枝卡在我胸脯上，拖住了我。只见那一两吨重的昂贵的金属物从我身下滑了出去，跌跌撞撞地栽到离河床五十英尺处，可谓粉身碎骨了。

　　那树刺慢慢将我松开了。我先倒在树篱上，继而轻轻地倒在一棵荨麻树下的庇荫处。正当我使劲要站起来时，一只手抓住了我的胳膊。传来充满同情却惊魂未定的声音，问我是否受了伤。

　　我发现，出现在我眼前的是个高个子年轻人，戴着遮风眼镜，身穿粗呢大衣，不停地说"谢天谢地"，一声接一声地致歉。至于本人，回过神来之后，只有高兴了。这也算是一种弃车的方式吧。

"都怪我，先生。"我这样回答他，"我这种行为实在愚蠢，总算没有再搭上一条人命。幸运，幸运！我在苏格兰的驱车旅游就此结束，但也可能是我生命的结束。"

他掏出怀表看了看。"你这个人正合适。"他说，"我可以腾出十五分钟。我的家离此地也就两分钟的路程。我要让你换衣服，吃点儿东西，好好睡上一觉。啊，对了，你的行李呢？跟车一起掉进小河里了吗？"

"在我的口袋里，"我说着，拿出一把牙刷挥动了一下，"我是殖民地的居民，轻装旅行。"

"殖民地的居民，"他大声说道，"就是嘛，你正是我求之不得的人。你该不会碰巧是一位自由贸易主义者吧？"

"我是。"我说。其实，他的意思我完全摸不着门儿。

他拍拍我的肩，催我快上车。三分钟后，我们来到松林中令人舒心的狩猎小屋前。他把我领进屋，带进卧室，将他的五六套衣服扔到我面前，因为我身上的衣服已破烂不堪。我挑了一套宽大的蓝色粗哔叽套装——跟我以前的衣服相比，显得格外不同——配了一条亚麻布的硬领。后来，他把我强拉进餐室。桌上摆着剩余的食物。他告知，我进食只有五分钟时间："你可以在口袋里放点儿小吃，我们回来之后再用晚餐。我得在八点钟赶到共济会本部，不然我的选举干事会对我发火的。"

我喝了一杯咖啡，吃了几片冷火腿；他则远远地站在炉边的地毯上讲他的故事。

"你看，我现在焦头烂额……先生，对了，你还没有告诉我你的名字。叫'特威斯顿'？跟六十年代的老汤米·特威斯顿是亲戚？不是？哦，我是这一地区的自由党候选人，要参加今晚在布拉特伯恩举行的会议。这是我的重点区，也是可恨的保守党的据点。我已邀请殖民地前任首相助手克伦普尔顿来此为我发表演讲，并已大贴海报，兴师动众。今天下午，那家伙发来电报说，他在布莱克普尔①得了流感，把事情都推到我头上了。我本打算进行十分钟的发言，现在却不得不发言四十分钟。我费尽心机，花了三个钟头，也无法延长我发言的时间。你得做做好事，帮帮我。你是自由贸易主义者，可以给我们的人谈谈各殖民地的保护贸易制是怎么回事。你们这些人都有能说会道的天赋——我真希望老天爷也让我有这种天赋。我将永远记住你的恩德。"

我对自由贸易所知甚少，不过想要达到目的也别无机会。我的这位年轻的绅士过于关心自己的困难，却没想到请一个刚刚死里逃生并损失了一辆价值一千畿尼的汽车的陌生人替他在会上即席发言，这也未免太出奇了。但我有急需，由不得我多想是否出奇，也由不得我对向我伸出的援手推三阻四。

"好吧，"我说，"我不怎么会演讲，但可以对他们谈点儿澳大利亚的事。"

他听闻此言，如释重负，连声道谢。他借给我一件驾车时穿的大衣，却不嫌麻烦地问我为何不带粗呢大衣就上路旅游。还有，当车开到满是尘土的路上时，有关他的简要经历的陈述不绝于耳。他是孤儿，他叔叔把他抚养成人——我忘了他叔叔的名字，只知道他是内阁成员，你在报上能读到他的演说稿。这位绅士离开剑桥后便开始周游世界，后因找不

---

① 英国西北部一自治市。

到工作,他叔叔劝他从政。依我看,他对政党没有偏好。"两个党里都有好人,"他兴致勃勃地说,"也都有很多混蛋。我是自由党,因为我们家族一直是辉格党①。"即使他不热衷于政治,他对别的事也是独具见解的。他发现我对马匹略知一二,便大谈德比赛马会的参赛人员名单。他有种种提高射击技术的计划。总的来说,他是个清白、正派、经验不足的年轻人。

我们经过一个小镇时,两名警察向我们示意,要我们停车,并用提灯照了照我们。"请原谅,哈利爵士,"其中一个警察说,"我们奉命查一辆车,看来不像是您这辆。"

"好啊!"我的东道主说。我呢,感谢上苍,一路迂回曲折,总算平安无事。在这之后,他不再言语,因为演说在即,要挖空心思想想了。他嘴里念念有词,眼神呆滞。我开始为下一场灾难做准备。我打算想出点儿内容来说说我自己,脑子却枯竭得像块石头。我知道车已停在临街的一扇大门之外,我将受到身佩玫瑰花结、不停地叫嚷嚷的好几位绅士的欢迎。

厅里有五百来人,大多是妇女,还有不少秃头,以及十来个年轻人。主席是位矮个子牧师,鼻子微红。他为克伦普尔顿未能出席本会而深感遗憾,像戏剧里念独白那样针对克伦普尔顿患流感唠叨了一番,还给了我一个"可信任的澳大利亚思潮的领袖"证书。门口站着两名警察,但愿他们能注意到此证书。接着,哈利爵士开讲。

这类演讲我从未听过。就连该怎么讲,他都不会。手头

---

① 自由党的前身。

倒是有大量的笔记，可以照着念——离开笔记就结结巴巴个不停了。他有时也能回忆起一句名言，便挺直腰板，像亨利·欧文①那样脱口而出，接着又弯着身子细声细气地念他的笔记。这也是最荒唐之处。他说，"德国威胁"这种说法纯粹是托利党②凭空捏造的，想骗取穷人的支持，并阻挡社会改良的洪流。然而，"组织起来的工人"看明白了，嘲笑托利党人。他完全支持裁减我们的海军，以证明我们的诚意，然后向德国发出最后通牒，要德方也采取同样的行动，否则我们就要把德国打得落花流水。他说，对托利党而言，德国和英国在和平与改良方面将成为伙伴。我想起了我口袋里的那个小本子！斯柯德的许多朋友都关心和平与改良呢。

说来也怪，我竟然很喜欢他的演讲。你能看出，像填鸭那样填进他的脑子里的是些不伦不类的东西，但在其后面却闪耀出此人的微妙与机敏。它也解除了我的思想负担。我或许算不上是个演说者，但我要比哈利爵士强千百倍才说得过去。

轮到我了。我讲得并不差。我把我能记得的有关澳大利亚的情况向他们和盘托出，在心中祈祷，愿场上没有澳大利亚人——全讲的是澳大利亚工党、移民和全球性服务。我是否提到过自由贸易，已无把握，但我说澳大利亚是没有托利党的，只有工党和自由党。此言一出，引起了一阵欢呼。我接着告诉他们，只要我们全力以赴，在大英帝国的范围之内也能创造出辉煌的业绩——又进一步唤醒了他们。

---

① 亨利·欧文（1838—1905），英国著名戏剧演员。
② 即保守党。

我自以为讲得很好，那位牧师却不以为然。他提议让大家表示谢忱时，说哈利爵士的演讲"有政治家风范"，而我的演讲则"极具移民代办的口才"。

我们回到了车里。我的东道主因大功告成而欣喜若狂。"绝妙的演讲，特威斯顿。"他说，"现在跟我一起回家。我就一个人。你如果愿意在此住上一两天，我可以带你去参观一种相当有趣的钓鱼活动。"

我们吃了一顿热腾腾的晚餐——我正求之不得——在一间宽敞舒适的吸烟室里喝掺水的烈酒。炉里的木柴烧得噼啪直响。我想，是公开我的意图的时候了。看看此人的眼神，我觉得他可信。

"听我说，哈利爵士，"我说，"我有要事相告。你是好人，我就开诚布公了。你今晚的那些有恶意的无稽之谈，究竟是从何而来？"

他脸色一沉。"有那么糟吗？"他沮丧地问道，"听起来是很空洞。给我提供这些内容的主要是《进步》杂志，还有那个代办的小伙子不断给我送来的一些小册子。你当真不认为德国会跟我们打仗？"

"六周以后问这个问题，就不需要答案了。"我说，"如果你能好好听我说半个钟头，我就对你讲讲内情。"

我能看见这个亮堂的房间里，墙上挂着鹿头和旧照片。哈利爵士站在炉边的石板上，十分不安。我本人躺在靠背椅里陈述。我好像成了另外一个人，回而避之，倾听我自己的声音，细心判断我之所说是否确实可靠。按我的理解，把此内情告诉别人，这还是头一遭，对我有无限的裨益，因为它消除了我内心的疑云。我没有放过任何细节。有关斯柯德、送奶人、笔记本以及我在加洛韦的所作所为，他全都知道了。他顿时十分激动，在炉边的地毯上来回踱步。

"所以嘛，"我断言道，"波特兰大街凶杀案悬赏的人就在这里，就在你家里。你负责派车去叫警察来，把我交出去。我来日不长，灾祸难免。在我被捕后一个小时左右，我会将一把刀扎进我的肋骨。然而，这是你的职责，因为你是守法的市民。一个月之后，你也许会后悔。不过，你没有任何理由去考虑后悔之事。"

他盯着我，目光明亮而坚定。"你在罗得西亚干什么工作，汉尼先生？"他问道。

"采矿工程师。"我说，"我发了财，来路正当，我乐此不疲。"

"该不是削弱神经的职业吧？"

我大笑起来。"啊，至于吗？我的神经够健全的了。"我从墙壁的台架上取下一把猎刀，然后抛刀、用嘴接刀，玩了一套古老的马绍纳①刀技。这可得有眼不跳、心不慌的本领才行。

他满脸笑容地看着我："我不需要你证明什么。我在讲台上可能是个笨蛋，但我却能看出人是好是坏。你不是凶手，也不是傻子，我相信你说的是事实。我愿意支持你。现在，我该怎么办？"

"第一，我要你写信给你的叔父。我要在六月十五日之前，跟政府人士取得联系。"

他捋了捋胡子："这对你毫无帮助。这是外交部的事，

---

① 在津巴布韦。

我叔叔沾不上边。另外,我绝对说服不了他。不行,我要想个更好的办法——写信给外交部的常务大臣。他是我的教父,此法最好。你想写什么内容?"

他坐在桌前。我口述,他记。其要点是,如有名叫"特威斯顿"的某人(我还是坚持用此名为好)在六月十五日前来,应善待此人。特威斯顿将以暗语"黑石头"和用口哨吹出的安妮·洛利①的歌证实其身份。

"好。"哈利爵士说,"这一招儿十分得体。对了,你将在乡间农舍找到我的教父——他叫瓦特·布利文特。他在那里过圣灵降临节,离肯尼河边的阿廷斯威尔很近。那么,下一步呢?"

"你的身高跟我差不多。把你现有的最旧的花呢衣服借给我。什么样的都可以,只要跟今天下午毁于车祸的那件衣服的颜色相反就行。其次,拿一张地图来,我看看周边的情况。你给我解释一下地势。最后,如果警察前来找我,你就让他们去山里看看那辆车。如果是另一帮人来,就告诉他们,你见到我之后,我已乘快车南下了。"

凡此种种,他都照办了,或者说他答应——照办。我把残留的胡子剃干净,穿上一套旧式服装——大概就是所谓的"混色毛纱衣料"的衣服吧。我身在何方?地图总算让我有了几分着落,让我知道了两件我想知道的事——通往南边的铁路主干线在何处;附近最荒凉的地区在何处。

我在吸烟室的靠背椅上睡得正熟。两点钟时,他把我从

---

① 安妮·洛利是十七世纪的罗伯特·洛利爵士的三个女儿中的大女儿。有人为以她命名的诗歌谱了曲。

梦中叫醒了。我还没有睁开眼睛,他就把我带到了满天星斗的黑夜里,在工具库房里找到一辆旧自行车,交给了我。

"先右拐,朝那一大片冷杉林方向骑。"他嘱咐道,"到了天亮,你就安然到山里了。如果是我,就把自行车扔进沼泽里,徒步去高原沼地。你在一周之内就能混迹于牧羊人之中,十分安全,就像你在新几内亚一样。"

我使劲蹬车经过山间陡峭的沙砾小路,直到天色泛白,清晨到来。太阳出来之前,雾气消散了。我发现自己来到辽阔的绿色世界,四周山谷环绕,远处的天际一片蔚蓝。不管怎么说,在这里,我能尽早地探知敌人的音信。

第五章
戴眼镜的养路工

我在关山口的山顶上观察我所在的位置。身后的一条路一直通往山里一处狭长的山口，是某条著名河流的上游峡谷。前面，一马平川，约一英里，布满了沼泽坑和沼泽上的草丛丘阜。此路在远处沿着另一个峡谷陡斜而下，通往一片旷野。这旷野上空的青郁朦胧之色渐渐消散于远方。左右两侧都是弯腰曲背的青山，如煎饼锅一样平滑。南面——也就是我的左边——石楠丛生的高山隐约可见。我记得地图上标明这是大片山区，所以我当即便选定它作为我的藏身之处。现在，我身处一高山地区正中心的高山顶上，数英里内有任何动静都能看见。离道路下方约半英里处的草原上有个农舍冒出炊烟，这是有人烟的唯一迹象。此外，便只有鸻鸟的叫声和小溪流淌的潺潺声了。

现在是七点钟左右，我静候着。这时，又听见从天空中传来那不祥的嗒嗒声。我立即明白，我这有利的地形实际上有可能成为陷阱。在这光秃秃的绿野里，就算是一只山雀也找不到躲藏之地。

我绝望地静候着。那嗒嗒声越来越响。我继而看见一架飞机从东边飞来，飞得很高。当我观望时，它下降了数百英尺，开始绕着那一大片山区盘旋。盘旋的圈越来越小，就像老鹰在猛扑之前展翅一般。它现在飞得很低，机上的侦察员看见我了。我能看见机上有两个人，其中一个人正在用望远镜观察我。

它突然急速盘旋上升，再向东飞去，直至成为蔚蓝天空中的一个小斑点。

我不由得十分着急。我的敌人已经找到了我的方位，下一步该是在我的四周布下警戒线了。我不知道他们能动用何种武力，但我确信一定会无所不用其极。飞机上的人已看见了我的自行车，由此推断我会走大路逃生。如果是这样，那么到右边或左边的高原沼地去，或许能找到逃生的机会。我离开公路，骑了一两百码，然后把车扔进一个沼泽坑，淹没在角果藻和毛茛里。我爬上小山丘，看见两道河谷。穿过这两道河谷的长长的白色带状地上，没有任何动静。

我说过，这整个地区没有老鼠躲藏之处。天色渐亮，日光温暖而清新，继而阳光普照、芬芳扑鼻，简直就是南非的草原。在往常，我会喜欢这个地方。不过，眼下它使我感到窒息。这空旷的高原沼地就像是监狱的围墙，这浓烈的山里的空气就像是地牢的气息。

我抛硬币——是头，往右走；不是头，往左走。结果是头，所以往北走。不一会儿，便来到一个山脊，它是一道隘口的围墙。我看见一条长约十英里的公路，在其远端有东西在移动，我认为是汽车。山脊之外，那起伏不平的绿色高原沼地消失在树木繁茂的峡谷里。我在南非草原的生活造就了我那鸢一般的眼力，我能看见的东西，别人要用望远镜才行……山坡那边约几英里之外有几个人在狩猎，很像是一伙帮助猎人从隐藏处赶出野兽的助手……

我看不到地平线以外的地方。那个方向我去不了，必须试试远处公路以南更高的山丘。我刚才注意到的那辆车越驶越近，但仍然相当远——它前面还有不少很陡的坡路。我拼命地跑。除了在山谷里，我都弯着腰跑，边跑边扫视前面的山脊。是想象还是看见有人——一个人、两个人，或许更多的人——在远处溪流经过的峡谷里走动？

如果你被困在一个狭小的地方，四面被围，便只有一种逃生的机会：必须待在那里不动，让你的敌人去找寻那个地方而不去找你。此话很有道理，但我身处这白色桌布般的地方，如何才能避人耳目呢？只有把自己埋在土里，只露出脖子，或躺在水下，或爬到一棵最高的树上。这里连一根木柴都没有，沼泽坑都是些小水坑，那条溪流不过是涓涓细流。什么也没有，只有矮小的石楠、光秃秃的山坳和那条白色的公路。

在一条小路的拐弯处，在一堆石头旁边，我发现了那位养路工。

他刚到达，正有气无力地挥动铁锤，神情多疑地看着我，连打哈欠。

"真该死，不养牲口了！"他说，仿佛是向整个世界有感而发，"那会儿由我做主。如今成了政府的奴隶，给拴在这路边了，从早干到晚，腰酸背痛。"

他拿起铁锤砸了一块石头，然后放下铁锤，一阵诅咒，两手捂住耳朵。"哎呀！我的头都要炸啦！"他嚷道。

他是个莽汉，跟我差不多高，腰更弯，下巴上的胡子有一个礼拜没刮了，戴一副角质大眼镜。

"我干不了啦，"他又大声说，"检查员去告发我就是了。我该去睡觉了。"

我问他有啥事难办。其实，事情是明摆着的。

"难办的事，是我酒还没醒。昨晚是我二女儿梅兰的婚礼，他们在牛棚里跳舞跳到四点钟。我和几个小伙子喝了酒，然后就来了。我见酒就喝，一喝就上脸，多可惜！"

我跟他想到一块儿了——他是该回去睡觉。

"说说倒容易！"他委屈地说，"我昨天收到的明信片上说，新来的养路检查员一会儿就到。他来了，找不到我。找到我，我也是醉醺醺的。我完了。我要回去睡觉。就说我病了。可是我不能，这对我没好处，因为他知道我说我有病是怎么回事。"

我灵机一动。"新来的检查员认识你吗？"我问道。

"不认识——他干了才一个星期。他开着小车，坐在车里不出来。"

"你的家在哪儿？"我问道。他用摇摇晃晃的手指给我指了指溪边的一个小农舍。

"行，回去睡吧。"我说，"安心地睡，我来顶你的班，我来见检查员。"

他茫然地看着我,迷迷糊糊地还算明白我的意思,脸上露出醉汉的无精打采的笑意。

"你真够朋友,"他大声说,"这好办。这堆石头我已经铺完了,上午你就用不着多干了。你用手推车,到路那头的采石场运些碎石来,堆好,明天再铺。我名叫亚历山大·特伦尔①,干这行干了七年——二十年前我在利森湖搞养殖业。我的朋友们都叫我埃基,有时也叫我斯派基②,因为我戴眼镜,视力不行。跟检查员说话,嘴要甜点儿,要称先生,他会很高兴的。我中午回来。"

我借了他的眼镜和脏兮兮的帽子,脱下我的外衣、背心和硬领,都交给他带回家。我还借了个额外的物件,那就是还剩有烟头的、难看的陶制烟管。他向我交代了我要干的简单工作,不再啰唆,慢慢地走去就寝了。就寝是他的主要目的,但我想,酒瓶底也许还有所剩之物吧。我祈祷,在我的朋友们到达现场之前,他能安然无恙,把自己掩蔽好。

我着手为我这角色装扮一番。我解开衬衫领子——蓝白格子花的,十分俗气,是庄稼汉穿的那一种——露出棕色的脖子,跟流浪工人的一样。我卷起袖子,前臂像铁匠的前臂,晒得很黑,一块块旧伤疤显得很粗糙。因一路尘土飞扬,我的靴子和裤腿都已发白。我卷起裤腿,在膝盖以下用绳子捆住。接着,我开始拾掇我的脸:将一把土抹在脖子周围,形

---

① 养路工说他名叫亚历山大·特伦尔(Alexander Trummle),可能是酒后说话口齿不清所致,因为后文中都称他为特恩布尔先生(Mr. Turnbull)。

② 此词读音与英文"眼镜"的读音相近。

成水印。特恩布尔先生做斋戒沐浴时，大概也就洗到脖子为止吧。我在晒黑了的脸上搓了一把土。养路工的眼睛无疑是有点儿红肿的，所以设法把尘土揉进眼睛里，再使劲揉，颇有醉眼蒙眬之效。

哈利爵士给我的三明治，已随着我的外衣不翼而飞，而养路工包在一块红手帕里的午餐则可供我享用。我津津有味地吃了几块厚厚的烤饼和一些奶酪，喝了几口凉茶。手帕里有一份用绳子捆着的当地报纸，是寄给特恩布尔先生的——显然是供他在正午空闲时用的。我把手帕再包起来，将报纸放在它旁边，十分显眼。

我的靴子无法使我满意，于是我在石子堆里猛踢，把靴面磨得像花岗岩，颇具养路工穿的鞋袜的特色。我把指甲盖儿咬缺，使劲刮指甲盖儿，把指甲边缘弄裂、弄毛糙。我要对付的那些人是不会放过细枝末节的。我扯断一只靴子的鞋带，重新系上，打成死结，又解开另一只靴子的鞋带，灰色的厚袜子就完全露在鞋帮外面了。路上仍无动静，我半小时前看到的那辆汽车一定是往回开了。

我装扮完毕，推起手推车，开始了往返于采石场那数百码的旅程。

我想起了罗得西亚的一位老侦察员。他当年干过许多不太可信的事。有一次他告诉了我扮演角色的秘诀——认为自己就是那个角色。他说，除非你能设法说服你自己，你就是那个角色，否则将一事无成。于是，我排除杂念，一心扑在养路上。我想象着，那个白色的小农舍就是我的家，回想着当年在利森湖养牲口的日子。我一心想着自己睡的是一个箱形床，喝的是廉价威士忌，那是何等的美好！那条长长的白色大路上，仍无动静。

一只绵羊不时地从远处的石楠丛里蹒跚而来，盯着我瞧瞧。一只苍鹭拍翅飞下水塘去捕鱼，对我置若罔闻，如见路标一般。我继续干活儿，一车一车地推石头，迈着行家般沉重的步子。不久，我浑身暖和，脸上的尘土变成了密实、持久的沙粒。我已在计时——干到傍晚，特恩布尔先生的这单调乏味的苦役就熬到头了。

路上突然响起一阵清脆的响声。我抬头一看，是一辆福特牌两座小汽车，还有个圆脸蛋儿的年轻人，头戴圆顶硬礼帽。

"你是亚历山大·特恩布尔先生？"他问，"我是新来的郡公路检查员。你住在布莱克霍普夫特①，从莱劳拜尔到里格斯路段归你管？好！这一段不短啦，特恩布尔——养护得还不错。离这儿一英里处有点儿松软，路西边得打扫打扫。就交给你啦，再见！你下次见到我就认识我啦。"

显然，我的装扮在这位令人敬畏的检查员看来算是够真实的了。接着干活儿！上午过去了。接近正午时，人稀车少，我高兴不已。一辆卖面包的有盖货车翻过山来。我买了一袋姜饼，放在口袋里备用。后来，一个牧人赶着羊群经过，粗声粗气地向我打听说："斯派基怎么啦？"这对我未免有些打搅。

"在床上躺着呢，得了疝气。"我答道。牧人继续赶路。

正午时分，一辆大型汽车悄悄开下山来，滑行而过，在

---

① 作者常以地名、人名进行调侃，例如这里的布莱克霍普夫特，按意译是"黑望脚"，与"好望角"相反。

离我数百码远处停下来。三个乘客下了车,伸着懒腰向我信步走来。

其中有两个人,我曾经在加洛韦的那家客栈的窗口看到过——一个很瘦、精明、黑皮肤,另一个笑容可掬。第三个像个乡巴佬——是兽医,也有可能是小农场主。他穿着剪裁得很蹩脚的灯笼裤,眼睛跟母鸡一样机灵又警觉。

"早上好!"那第三个人说,"你这活儿清闲。"

刚才他们走过来时,我没抬头看。这会儿,有人跟我打招呼,我便慢慢地、费力地直起腰来,学着养路工的样子使劲吐唾沫,装出没有教养的苏格兰人的样子。回答之前,我仔细端详了他们一番。我面对的是连一丁点儿小事都不会放过的六只眼睛。

"活儿有好有坏。"我一板一眼地说,"我倒想干你们的活儿,屁股成天坐在软垫上。是你们和那么多的车破坏了我的路!要是我们有权利,破坏的该由你们修。"

眼尖的那个人盯着特恩布尔的手帕包旁边的报纸。

"你的报纸送来得挺及时嘛!"他说。

我毫不在意地瞟了报纸一眼:"是的,很及时,上星期六出版的,才晚了六天。"

他拿起报纸,看看姓名和住址,放回了原处。另一个人一直盯着我的靴子,用德语提醒刚才说话的那个人注意我的靴子。

"你的靴子很讲究啊,"他说,"不像是乡下鞋匠做的。"

"不是。"我毫不迟疑地说,"伦敦制造。是一位绅士送给我的,他去年在这儿打猎。叫什么名字来着?"我挠了挠我那健忘的脑袋。

那个精明的家伙又在说德语。"我们上路吧,"他说,"这家伙没问题。"

他们问了最后一个问题:

"你看见有人今天早晨经过这里吗?可能是骑自行车,也可能是步行。"

我差点儿落入圈套,于是编了一通,说有个骑自行车的,在蒙蒙亮的拂晓骑车匆匆而过。但是我意识到,要面临危险了,于是装出认真思考的样子。

"我没早起,"我说,"你知道,我女儿昨晚出嫁,闹到很晚。七点钟左右我开门时,路上没有人。我上工后,这儿只来过卖面包的,还有从鲁契尔来的牧人,还有你们几位。"

其中一个人递给我一支雪茄。我小心翼翼地闻了闻,把它放到特恩布尔的包裹里。他们上了车,转眼间便没了踪影。

我心里一怔,重负消释。我继续搬运石料。这倒也好,因为十分钟后那辆车又回来了,乘车人之一向我挥了挥手。这些家伙是不会留下可乘之机的。

吃完特恩布尔的面包和奶酪,我没过多久便运完了石料。下一步怎么办?我有些犯难。这养路工的活儿我不能久干。仁慈的上帝是把特恩布尔留在家里了——如果他到现场来,事情就难办了。依我看,峡谷一带封锁得仍然很严密,无论我朝哪个方向走,都会遇到盘查和哨卡。但我非走不可——暗中受到监视超过一天,是任何人的神经都受不了的。

在岗位上坚持到五点钟时,我决心在天黑时下山到特恩布尔的农舍去,找机会趁夜色翻山离开。一辆新车突然出现在路上,在离我数码处慢慢停下。刮来一阵强风,那车主打算点燃一支香烟。

这是一辆游览车,后座上放着全套行李,里面坐着一个人。真可谓无巧不成书，此人我认识。他叫玛马杜克·乔普利，是个孽种。他炒股不择手段，奉承一些头面人物、富有的年轻贵族以及愚蠢的老妇人，以此手段做生意。据我了解，"玛密"① 其人在舞会上、马球赛场上、乡绅贵族的庄宅，都是尽人皆知的常客。他是个传播丑闻的老手：只要事关头衔或百万巨款，要他趴在地上爬一英里他都愿意。我到伦敦时，向他的公司作过业务介绍。承蒙他的好意——他请我在他的俱乐部进过餐。他当场大肆炫耀，大谈他的那些女公爵②，大谈他的谄上傲下，简直令我作呕。后来我问别人，为什么没有人反对他，得到的回答是：英国人是敬重女性的。

总之，他现在就在这里，穿着整洁地坐在崭新的车里，显然是要去拜访他的某些时髦的朋友。我突生奇思异想，一步跳到车的后座上，抓住了他的肩膀。

"你好啊，乔普利！"我大声说，"幸会呀，朋友！"

他惊慌失措地张着嘴，瞪着我。"你是谁？"他喘着气说。

"我叫汉尼，"我说，"从罗得西亚来。你当然记得。"

"天哪，那个杀人犯？"他哽住了。

"正是。如果你不按我说的做，亲爱的，就会发生第二次凶杀。把你的外衣给我，还有帽子。"

他一一照办，因为他被吓破了胆。我把他那时髦的驾驶服套在我的脏裤子和俗气的衬衫外面，扣上最上面的纽扣，以掩饰我没有戴硬领之不足。我把帽子往我的头上一扣，再戴上他的手套，以备装扮之用。满身尘土的养路工顿时变成

---

① 玛马杜克的昵称。
② 暗指她们是他的客户。

了苏格兰最整洁的车手之一。我把特恩布尔的那顶难以言状的帽子扣在乔普利先生的头上，不准他拿下来。

我把车掉头时，十分费事。我打算把车开到他来的那条路上，因为哨卡此前已见过此车，不会予以注意，会让其通行。但是，玛密的身材跟我的身材是相去甚远的。

"老弟，"我说，"好好坐着，听话，我不会伤害你，只把你的车借用一两个钟头。你要是跟我耍花招，你要是开口说话，上帝在上，我就拧断你的脖子。记住了？"

傍晚，一路开车，十分愉快。顺山谷而下，行车八英里后，穿过了一两个村子。我不禁注意到，有几个怪模怪样的人在路边闲逛。他们就是岗哨。我来此地，如果穿的是别的衣服或有同伴，他们就会对我有说不完的话了。还好，他们若无其事，在一边观望。有个人用手指碰了碰帽檐，向我致意。我泰然自若地予以回礼。

夜色降临，我把车开到一峡谷边。记得地图上说，这里通往有众多小山的一处人迹罕至的角落。一个个村子很快便落在了我的车后，接着是一个个农庄，再接着是一户户路边的农舍。很快便来到了一处荒凉的高原沼地。在这里，夜色正使沼泽水坑里倒映的夕阳微光渐渐暗淡下来。我把车停在这里，信守诺言，将车掉头，物归原主乔普利先生。

"万分感谢！"我说，"你的用处之大超出了我的想象。现在离开吧，找警察去。"

我坐在山坡上，看着汽车尾灯的灯光渐弱。这时，我回想起了我试用过的各种犯罪方式。与通常的情况相反，我不是凶手，却成了邪恶的说谎者、无耻的骗子、对高价汽车有显著爱好的拦路抢劫者。

第六章
秃顶收藏家

我在半山腰的一块扁平的岩石上过夜,靠一块巨石挡风。那里的石楠长得高而且柔软。这可是一笔需要受冻的交易,因为我没有穿外套,也没有穿背心。外套和背心都在特恩布尔先生那里,由他保管着,斯柯德的那本小书和我的手表亦然。更糟的是,还有我的烟斗和烟草袋。只有腰带里的钱陪伴着我。另外,裤袋里有半磅姜饼。

我把姜饼吃了一半,然后慢慢爬进石楠丛深处暖和暖和。我心情极佳,感到这捉迷藏式的疯狂游戏十分有趣。到目前为止,我奇迹般地十分幸运。送奶人、喜欢文学的客栈老板、哈利爵士、养路工,还有白痴般的玛密,都给我带来了本不该有的好运道。但是，首战告捷①便使我感到我将渡过难关。

饥饿难熬是最大的困难。伦敦商业中心区有一个犹太人自杀了。验尸后，报上经常说死者"营养良好"。记得我曾经考虑过，如果我在沼泽地的坑里摔断了脖子，他们是不会说我营养良好的。我躺着，因为姜饼只会加剧空腹的疼痛。最使自己颇受折磨的是，我不由得回想起了我在伦敦时极少问津的各种美食。派道克②的脆皮香肠、香喷喷的火腿片、外形漂亮的水煮荷包蛋——我都不屑一顾！而对俱乐部做的炸肉排和冷餐桌上的特色火腿，我却垂涎欲滴。我对人类能吃的各种食物迟疑不决，最后选定了上等牛排外带一夸脱苦啤酒，再加上一份抹在面包上的熔化干酪。这些可口之物，只可想而不可得，于是我渐渐入睡了。

天亮后一小时，我醒来——又冷又僵，不知身在何处。过了一阵才想起来，因为疲惫不堪，我一睡难醒。我首先透过石楠花丛看见了蓝色的天空、巨大的山脊，看见我的靴子好端端地搁在一片欧洲越橘丛中。我撑起身子向下看了看山谷。这一看不要紧，我赶紧系好了鞋带。

下面有人，离此地不到四分之一英里。他们排成扇形，分散在山腰，在石楠丛中搜寻。玛密伺机报复，来得可不慢呢！

我爬过山腰，走进扁平岩石的隐蔽处，由此到达了沿着山的正面倾斜而下的一条浅沟。顺着此路，我很快来到狭窄的溪谷，又爬到了山脊之顶。在此往后一看便知道，我仍然

---

① 指装扮成送奶人逃离。
② 指在伦敦时的男仆。

未被发现。追踪我的那些人正耐心地奔忙于山腰一带,一路向山上移动。

我背朝一个方向的地平线跑了大约半英里,估计跑到之处比峡谷最高的一端还高。我故意暴露自己,立即引起了一名侧翼的追踪者的注意——他向其他人传出口令。我听见从山下传来喊叫声,并发现搜索线已改变了方向。我假装朝地平线方向往回跑,其实是沿原路向前跑,二十分钟便到达了高耸于我睡觉之地的那个山脊的后面。从这个视点,我满意地看到,追踪行动正按照毫无希望的错误线索向峡谷之顶展开。

我面前可供选择的路不止一条。我选定了通向山脊的路——它与我所在的山脊形成了角度,在敌人与我之间很快便会隔着一道深深的峡谷。这番操练使我浑身暖和,不禁感到快活无比。我一边走一边把剩下的满是尘土的姜饼当作早餐咽下。

对这片地区,我所知甚少;下一步如何,也无打算。我信得过我的腿劲儿,也知道追踪我的人熟悉这一带的地形。我的孤陋寡闻将对我万分不利。我看见前面山岭纵横,山势很高,向南延伸。而朝北的一面却形成了许多宽阔的山脊。这些山脊将一些宽而浅的山谷分隔开来。我选定的那个山脊似乎在一两英里处下陷成为一片高原沼地,形同高地上的一个口袋。看来,此处是可供选择的正确方向。

我的谋略使我抢先了一步——就算二十分钟吧——在我看见头一批追踪者露出脑袋之前,我已把峡谷远远地落在了后面。警方显然已调来当地的行家给予帮助。我能看见的那几个人是牧人或猎场看守人的模样。他们一看见我便大声喊叫。我挥了挥手。有两个人潜入峡谷，向我所在的山脊爬来。另外几个人坚守在山边。我仿佛是在参加一场学童们玩儿的猎犬追兔子的游戏。

很快就不怎么像游戏了。在后面紧追不舍的那些家伙都是石楠丛生的当地的壮汉。我回头一看，只有三个人直接尾随，我料想其余的人已迂回前进，以截断我的去路。我对当地的情况缺乏了解，这很可能成为祸根。我决定远离峡谷这是非之地，到我曾在山顶看见过的高原沼地的那个洼地去。我必须拉大距离，摆脱他们。只要有理有据，我一定能做到。如果有掩护物，我早就昂首阔步了，但在这光秃秃的山坡上，甚至能看到一英里以外的苍蝇。我的希望在于，一定要知道自己的不足，要掌握正确的方向，但也要有说得过去的理由，因为我毕竟不是训练有素的登山家。我多想有一匹南非矮种马呀！

在我身后的地平线附近出现任何人之前，我就要一口气跑过山脊，冲过高原沼地，穿过小溪，到公路上去。这条公路成了两个峡谷之间的关口。我前面的大片石楠一直蔓延到山顶。山顶长满了一种形状奇特的树。路旁的堰堤有一道闸门，一条长满野草的小径从这里伸向起伏不平的高原沼地。

跳过堰堤，一路前行，走了数百码之后，我到了看不见公路的地方——野草全无，是一条相当好的道路，显然是经过一番养护的。它豁然通往一个住宅。我很想照老办法行事。到目前为止，我的运气不错，或许能在这偏僻的寓所里碰上最好的机会。幸好那里树多——树多就意味着可以隐蔽。

我不走这条路，而是沿着路右边的小溪向前走。那里欧洲蕨长得很高，堤岸也很高，构成了相当不错的屏障。我这办法很有效,因为我刚到洼地,回头一看,就看见他们追踪到了山脊之顶,而我正是从那个山脊下来的。

此后,我不再往后看——我没有时间。我跑到小溪边,爬过空旷地带,大半路程是在浅浅的小溪里蹚。我发现了一个废弃的农舍,屋外有一堆幽灵似的泥炭和一个杂草丛生的花园。接着,我走进嫩草丛,来到终年挡风的冷杉林地。在这里,我看见房顶上的烟囱冒出的烟飘向我左边数百码以外的地方。我不取道小溪边,而是越过另一道堰堤,几乎在不知不觉中来到了一片荒芜的草地。回头一看便知,我已到了追踪者完全看不见的地方——他们还没有越过高原沼地的第一个小丘呢。

草地十分荒芜。草是用长柄镰刀割的,而不是用割草机割的。有几个矮小的杜鹃花的花圃。我走近时,一对松鸡———一般来说,它们不是生长于花园的鸟类——见我来了,便拍翅而起。我面前的屋子是极为普通的高原沼地农场住宅,带一个侧厅,刷过水粉,更显得自命不凡。与这个侧厅相连的是一条玻璃走廊。我透过玻璃看见一张年长的绅士的脸——他正和颜悦色地看着我。

我偷偷地走过满是粗糙沙砾的花坛,走进开着的走廊的门。里面是一个十分讲究的房间,一边是玻璃,另一边是一大堆书籍。里屋的书籍更多。地板上——而不是书桌上——放着一些小箱子。正如你在博物馆里所见,小箱子里装满了硬币和稀奇古怪的石器。

屋子正当中放着一张左右都有抽屉的写字桌。坐在桌前、面对着一堆报纸和翻开的书卷的,就是那位亲切的老绅士。

他的脸，圆而有光泽，活像匹克威克先生①的脸。那副大眼镜，架在他的鼻梁上。他的头顶又亮又秃，像个玻璃瓶。我走过去，他竟然一动不动，只扬了扬他那慈祥的眉毛，等我开口。

时间大约只有五分钟。要告诉陌生人我是何人、有何要求，并得到陌生人的帮助，远非轻而易举之事。我只好作罢了。我面前这个人的眼睛非同一般，显得十分敏锐、知识渊博，让我难以形容。我干脆凝视着他，而且笨口拙舌。

"你像是有急事，我的朋友。"他慢条斯理地说。

我朝窗子那边点了点头。窗外是农场，里面有个豁口。远处是高原沼地。半英里之外，有几个人在石楠丛中迷了路。

"啊，我明白了。"他说着，拿起双筒望远镜，耐心地观察着那几个人的动静。

"是逃犯，嗯？噢，这件事等我们有空的时候再谈也不迟。同时，我也反对愚蠢的农村警察闯入我的隐居之处。到我的书房去，那里有两扇门。打开左边的门，进去后把门关好，你会安然无事的。"

这个非同凡响的人又拿起了笔。

我听他的，走进一间黑暗的小屋。屋里有股化学制品的气味。从墙壁上方的一个小窗户照进来一点儿光亮。房门咔嗒一声关上了，像关上保险柜的门一样。我再一次找到了意想不到的藏身之处。

但我仍然很不自在。这个老人总有些使我感到迷惑，也有些使我感到害怕。他过于平易近人，也过于随和，简直像

---

① 英国大作家狄更斯的名著《匹克威克外传》里的主人公。

一直在等我似的。他充满智慧的眼睛显得凶狠恐怖。

在那个黑黢黢的地方，听不到一丝响声。警察可能会来搜查房子。如果这样，他们就会查看这门后的情况。我竭力忍耐，连肚子饿也顾不上了。

过了一会儿，我转而去想令人高兴的事。老绅士总不至于不给我一顿饭吃吧！我在想象中开始考虑早餐的问题。火腿蛋合我的意，但我要火腿上肉最嫩的那一部分，外加五十个鸡蛋。正当我翘首以待、垂涎欲滴之时，咔嗒一声，门开了。

我出现在阳光之下，发现房子的主人靠在被他称为"书房"的房间里的一把深深的靠背椅里，以好奇的目光打量着我。

"他们走了?"我问。

"他们走了。我说服了他们，说你已翻山而去——我可不能让警察离间我和我衷心尊敬的人。对你而言，这是个幸运的早晨，理查德·汉尼先生。"

他说话时，眼睑似乎在抖动，并且慢慢地盖住他那对敏锐的眼睛。我顿时想起了斯柯德的那句话，他说那个人是他在这个世界上最害怕的人。他是这么说的："他能像鹰一样用眼睑盖住眼珠。"我明白了，我直接进入了敌人的大本营。

起初，我冲动不已，打算掐死这家伙后往野外跑。他似乎看出了我的意图，微微一笑，朝我身后的门点了点头。我转过身，看见两名男仆用枪对着我。

他知道我的姓名，却从未见过我。这念头在我的头脑里闪过时，我知道机会渺茫了。

"我不明白你这话是什么意思。"我粗鲁地说，"你称呼的理查德·汉尼是谁？我叫艾斯利。"

"那又怎么样？"他说，依然面带笑容，"不过，你当然还有别的姓名。我们大可不必为姓名而争论。"

现在我已振作精神，开始思量：我这身衣装，没有外衣，没有背心，也没有硬领，无论如何都不会暴露我的身份。我摆出一副凶相，耸了耸肩。

"我看，你最终还是要把我交出去的。我称之为'卑劣的手段'，该诅咒。天哪，当初我要是没碰见那辆汽车该多好啊！钱在这儿，你见鬼去吧。"我把八十先令扔到桌上。

他略微睁开眼睛："哦，不必这样，我不会把你交出去的。我的朋友们和我将跟你私下了结，仅此而已。你知道的有点儿太多了，汉尼先生。你是个聪明的演员，但又不够聪明。"

他说得很自信，但我能看出，他心里已产生了怀疑。

"哦，看在上帝的分儿上，别唠叨了！"我嚷道，"事事都跟我作对。我在里斯登岸时就倒霉透了。真可怜，空着肚子，在一辆报废的车里捡了点儿钱。我这是招惹谁了？我干的也就这些。就为这，那些该死的警察在那些该死的山上追击了我整整两天。我告诉你，我受够了。你想怎么着就怎么着吧，老兄！奈德·艾斯利已斗志全无了。"

我能看出，他的怀疑有增无减。

"能否劳驾谈谈你最近的所作所为？"他问道。

"我办不到，先生。"我哀诉道，俨然是一个地道的乞丐，"两天来，我没吃过一口饭。让我吃上一口饭，你就能听到绝对的真理。"

我一定是饥容满面，因为他向门道里的一名男仆打了个手势——端来一个冷馅饼和一杯啤酒。我像猪一样大吃猛喝——更确切地说,是像奈德·艾斯利,因为我要让我这个角色继续下去。饭吃了一半,他突然用德语跟我说话。我转过脸看着他,神情木然,像一道石墙。

我给他讲了我的故事。一周前,我在里斯的"天使长号"海轮上下来,走陆路去辉格顿找我的兄弟。现钱所剩无几——我隐隐约约地暗示,是花钱狂饮作乐了——倒也不是一贫如洗。这时,我在石楠丛中发现了一个洞口。我往外一看,看见小河里有一辆汽车。我东看看,西找找,想知道究竟出了什么事。我发现座位上有六十个先令,地上有二十个先令。四周无人,也不见有车主的踪迹。于是,我把这些钱揣进了口袋。可是,法律会跟我过不去。我想在一家面包店兑换二十先令。这时,那个女店主报了警。过了一会儿,我在小河边洗脸时差点儿被抓,只好把外衣和背心撂下。

"他们可以把钱要回去呀,"我大声说,"因为这钱就没给我带来一点儿好处。那些混蛋都欺负穷人。先生,如果这一镑金币是你发现的,就不会有人来找你的麻烦了。"

"你真能编哪,汉尼。"他说。

我大为恼火:"别耍花招了,见你的鬼!我告诉你,我叫艾斯利,有生以来就没听说过叫汉尼的人。我宁愿面对警察,也不愿面对你和你那一口一个'汉尼'的胡扯,不愿面对你糊弄人的枪手的鬼把戏……不对,先生,请原谅,我不是那个意思。你给了我吃的,我不胜感激。现在时机正好,让我一走了之,为此我要感激你。"

他显然有些不知所措。你想,他从没见过我。如果他有我的照片,跟照片对比一下,就会发现我现在的模样已和从前大不一样了。在伦敦,我穿着十分讲究入时,而现在却是个不折不扣的流浪汉。

"我不打算让你走。如果你是你所说的那个人,那么你很快就会有洗清你自己的机会。如果你是我认定的那个人,那么你就会不久于人世了。"

他摇了摇铃,第三名男仆出现在走廊里。

"五分钟内给我备好车。"他说,"准备三个人的午饭。"

他坚定沉着地盯着我——这才是百般考验中最严峻的考验。那两只眼睛显得冷酷、恶毒、神秘、机敏而格外凶狠。它们像蛇眼一样明亮闪烁,震慑着我。我一时冲动,真想依附于他的仁慈,加入他们一伙。如果你留意到我的这一切感受,就能看出这种冲动纯粹是肉体上的冲动。一个聪明人变怯懦了,是因为他被一种更强大的魔鬼所迷惑、所控制了。但是,我竭力顶住,甚至咧嘴一笑。

"下次你就认识我了,先生。"我说。

"卡尔,"他用德语对过道里的男仆说,"把这家伙关进贮藏室里,等我回来再说。把他看管好,回头向我报告。"

贮藏室里潮湿不堪。这里曾经是个旧农舍。地面凹凸不平,没有铺地毯,无处可坐,只有一个条凳。一团漆黑,因为窗户已被关死。我用手摸了摸,才知道四面墙边堆着箱子、木桶以及装满重物的袋子,散发出一股土埌的气味和长期无人使用而产生的气味。看守锁上了门。他们在外面站岗,我能听见他们来回走动的声音。

我坐在寒丝丝的黑暗里,痛苦不堪。老家伙已乘车前去召集昨天曾盘问过我的那两个恶棍。他们见到的我,是个养路工。他们会记得我,因为我依然穿着那身衣服。养路工在离他的养路段二十英里的地方干活儿,又被警察追缉——这是怎么回事?只要暴露出一两个疑问,他们就会追查下去。或许他们遇见过特恩布尔先生,或许也遇见过玛密。更有可能的是,他们会把我跟哈利爵士扯到一起,那样的话就真相毕露了。在高原沼地的这间屋子里有三个无赖,还有他们的几名武装的仆人,我哪能有可乘之机?

我不由得对警察抱有了希望——他们现在正尾随我跋涉于山间。他们终归是同胞,是正派人,有些许怜悯之心,总比那些食尸鬼似的外国人要厚道得多。不过他们不会相信我说的话。那个眼睑奇特的老恶棍很快就把警察给打发走了。我认为他跟警察有某种勾结。更有可能的是,他手上有某些内阁成员的信。信上说,为了密谋反对英国,可以提供种种方便。这正是我们在故国经营政治之道:笨得出奇。

那三个人即将回来吃午饭。我若要等下去,时间也只有一两个钟头。等,只会等来毁灭,因为我走投无路。我希望我有斯柯德那样的勇气——我承认,我缺乏坚强的意志。之所以能挺下来,是因为我怒不可遏。想到那三名间谍如此欺压我,我暴跳如雷。我希望,不管怎么样,我都要在他们干掉我之前,先拧断其中一个人的脖子。

我越想越气愤,只好站起来在屋里走动走动。我推了推百叶窗——已用钥匙锁牢了,推不动。外面传来温暖的阳光下一群母鸡咯咯的叫声。我摸摸那些袋子,再提提那些箱子。箱子打不开。袋子里的东西很像是狗粮,有股肉桂的气味。我在屋里搜查了一遍,发现墙上有个把手——这大可探究一番。

那是壁橱的门（在苏格兰称之为"柜子"），它锁着。把它摇一摇，好像很单薄。我无计可施，只好在门上下功夫——用裤子的背带将它系牢，使劲儿拽。那东西顿时咔咔直响，我生怕这会引起看守的查问。稍等片刻，我继续探究柜子的隔板。

隔板上放着各种奇怪的东西。我在裤袋里摸到剩余的一两根火柴，划燃一根，瞬间熄灭，却看见了一样东西。隔板上有几个手电筒。我拿起一个，发现它还能用。

有手电筒相助，我继续探究。瓶瓶罐罐里的东西，其味难闻，无疑是供实验用的化学制品。另有优质的铜钱圈和浸过油的薄丝线，还有一箱雷管和大量的保险丝。在搁板后面发现了一个牢固的棕色硬纸箱，里面有一个木盒。我设法把它撬开，发现里面放着六块小小的灰色砖形物，每块大约一两平方英寸。

我取出一块——一到我手里，它就很快碎了。我闻了闻，用舌头舔了舔，然后坐下来好好想想。我当过采矿工程师，可不是白当的——是软硝石炸药，我一看便知。

我用其中的一小块就能把房子炸成碎片。我在罗得西亚用过这玩意儿，所以知道它的厉害。可我只知道一些皮毛，这就难办了。用多大的量、如何做正确的准备，我已经忘记了。如何定时，我也没有把握。至于有多大威力，我已印象模糊。虽然用过，但我从未亲手操作过。

这毕竟是一次机会——唯一可利用的机会。这是一次巨大的冒险。不干，必然凶多吉少。如果用它，那么我断定，十有八九我会被炸到树梢之上。如果不用它，那么到了傍晚，在这花园里的六英尺深的坑里，我可能就占有一席之地了。

情形就是如此,我必须考虑好。这两种情形,不论是哪一种,前景都很黯淡。不过,对我本人和我的国家而言,这毕竟是一次机会。

对小个子斯柯德的追忆使我下定了决心。这一时刻近乎我一生之中最凶险的时刻,因为我不善于作出冷酷的决定。我依然鼓起勇气,咬紧牙关,强忍住向我心中涌来的种种可怕的疑惧。干脆抛开一切想法,只当是做一次像盖伊·福克斯①焰火一样简单的实验。

我找到一根雷管,接上几英尺长的导火线,又掰下四分之一的软硝石炸药,埋在门附近一个袋子下面的地缝里,然后将雷管固定在里面。据我推测,有一半的箱子里装的是炸药。既然壁橱里装有如此要命的爆炸物,那么箱子里为何不装呢?如此说来,我和那几个德国男仆以及周边一英亩的地方,都会做一次光荣而壮丽的奔向天空的旅行。另外的风险是,雷管也会引燃壁橱里的另外一些炸药,因为有关炸药的知识,我已忘掉了一大半。老去想各种可能性也不管用。优劣之差令人发指,然而我只能逆来顺受。

我躲在窗台下面,点燃了导火线。我等了片刻。死一般的寂静——只有过道里沉重的拖动皮靴的声音,只有温暖的室外的母鸡那和平的咯咯声。我把我的生命交给了造物主——五秒钟之后我将死在何处,还不得而知。

股巨人的热浪腾空而起,悬在空中的那一刻真是要人的命。对面的墙忽然起火燃烧,金黄色的熊熊火焰随着一声

---

① 盖伊·福克斯(1570—1606),火药阴谋案的主犯。每年十一月五日焚烧其模拟像,以示警觉。

霹雳般的巨响消散开来。那霹雳般的巨响好似铁锤砸下,我的头脑顿时瘫软了。有个东西落下来,砸在我左肩的要害处。

随后,我大概失去了知觉吧。

我昏迷的时间不会多于几秒钟。黄色的浓烟使我窒息。我拼命从碎片堆里站起来,感到身后不远处有新鲜空气。窗子的侧壁已塌。夏日的正午,浓烟穿过凹凸不平的裂缝窜到了外面。我一步步地跨过残垣断壁,来到烟雾浓密而刺鼻的院子里。我感到身体不适、恶心,但四肢能动,于是离开屋子,盲目地蹒跚前行。

院子的另一头有一条供小磨坊引水用的木制水渠。我跌进了水渠。渠水清凉,我顿时苏醒,头脑还算冷静,想到了如何逃走。我踏过满是滑溜溜的绿色稀泥的小磨坊,到了水车的车轮边。我慢慢地移动,穿过车轴间的空隙,进入那个破旧的磨坊,一头倒在铺有稻草的床上。一颗铁钉钩住了我的裤裆,于是在铁钉上留下了一束混色毛纱。

磨坊长久未用,梯子因年久已经腐烂,顶楼的地板已被老鼠啃了几个大洞。恶心使我发颤,脑子有些不听使唤,左肩和左胳膊一阵痉挛。我看了看窗外,那住宅上空的烟雾仍未消散,上一层的窗口冒出烟尘。望上帝开恩,我已放火把那所住宅烧毁了,因为我能听见从另一边传来的乱作一片的哭喊声。

我没有时间耽搁——磨坊显然不是藏身的好地方。追踪我的任何人都自然会追到这个磨坊来。我敢肯定,他们一旦在贮藏室找不到我的尸体,就会立即开始搜寻。从另一扇窗子望出去,我看见磨坊的另一头有个石头砌成的旧鸽房。我如能前去而不留下任何足迹,便有可能找到藏身之处,因为我深信，如果敌人认为我能走动，他们就会断定我已逃向旷野，就会前往高原沼地追踪我。

我沿着破旧的梯子爬下去，在自己的身后撒下粗糠，盖住我的足迹。在磨坊的地板上，在断裂的铰链上方的门槛上都撒上了粗糠。窥视外面，我和鸽房之间的那一片光秃秃的卵石地上，也没有留下任何足迹。另外，不论从房子的哪一面看，鸽房都恰好被磨坊四周的房屋遮住了。我悄悄走过空地，来到鸽房的背后，想办法上去。

这是我要完成的最艰巨的任务。我的肩和胳膊痛得要命，感到恶心、目眩，随时都可能倒下。但是，我总得想办法才行。我利用石房子上的石头凸出的部分与豁口，借助一根强韧的常春藤的根，最终上了鸽房的房顶。那里有一个小小的矮墙。我在矮墙后面找到了可以躺下的容身之地。接着，我渐渐昏迷而照旧进入了昏厥状态。

醒来时，我脑袋灼痛。太阳照在我的脸上。我躺着，很久动弹不得，因为可怕的烟雾似乎已使我骨节松散、头脑迟钝。从那所住宅里传出了声音——沙哑的说话声和汽车启动时的马达声。矮墙上有一条小缝隙。我移动到缝隙前看外面，院子里的情形大致可见。我看见两个人出来了——一个是仆人，头上包扎着伤口；另一个是年轻人，穿着灯笼裤。他们东找西找，向磨坊走去。其中一个人无意中发现了钉子上的那一小块布料，向其他人大喊大叫。他们都回到屋里，找了另外两个人来察看布料。我发现，那个胖乎乎的正是那个看守。我也认出了那个口齿不清的家伙。我注意到，他们都带着枪。

他们把磨坊搜查了半个钟头。我能听见他们踢桶、撬开腐烂地板的声音。他们来到外面,正站在鸽房下面争吵不休。头上包扎着伤口的男仆被骂得狗血喷头。我听见他们抚摸鸽房的门。这一瞬间十分吓人,我以为他们会上来。他们总算另有打算,返回了住宅。

整个下午漫长而灼热。我一直躺在鸽房顶上挨烘挨烤。口渴是一大折磨——舌头像根枯枝。从那边传来清凉流水的滴答声,就更加口渴难耐。我看着这条小小的河道,因为它源于高原沼地。于是,我的幻想又随之去了峡谷之巅,该处的源头必定是长满冷色蕨类植物和苔藓的冰泉。我要是能一头扎进去,付一千英镑都行啊!

我能清楚地望见这高原沼地的全貌。我看见一辆坐着两个人的汽车急速驶来,一个人骑着山区矮马往东而去。我估计他们是在找寻我——祝他们寻找快乐!

但是,我发现了更为有趣的情形。那幢住宅几乎坐落于高原沼地隆起地带的最高处,形成了某种台地。除了六英里外的高山,附近就没有比它更高的地方了。如我所说,真正的最高处乃是一大片树丛——以冷杉为主,另有桦树和榆树。我在鸽房顶上,几乎同树①梢处在相同的高度,所以能看到更远之处。林木并不密实,排成环状。环内是椭圆形的绿草地,无论怎么看,都像个很大的板球场。

我没费多少工夫就想明白了,这是个飞机场——秘密机场。这个地点一定是经过精心挑选的。任何人看见飞机打算在此降落,都会以为飞机是飞越过树丛远处的那座山的。这个地点位于一个高地之巅,高地又位于一个巨大的台阶式场

---

① 指"桦树和榆树"。

地的正中央,任何观测者从任何角度看,都会断定飞机是消失在那座山的后面了。只有离得很近的人才明白,飞机并没有飞越那座山,而是降落到了树丛之中。有望远镜的观测者站在更高的山上或许会发现这一真相。然而,那里只有牧人,而牧人是不带小望远镜的。我从鸽房顶上能看见远处有一条蓝色的线,知道那是海。我们的敌人利用这个指挥塔监视我们的水路。一想到此事,我便愤怒不已。

我又思量,如果飞机飞回来,他们十有八九会发现我。整个下午我都躺着,祈求黑夜到来。夕阳落到西边的大山后面,高原沼地上已见暮色。这时我才感到有些高兴。飞机来迟了一步。我听见机翼声并看见它向丛林里的根据地滑翔而下时,暮色已抢先一步到来了。那住宅里灯光闪烁,有人进进出出,好不热闹。随后降临的是夜幕和寂静。

感谢上帝,总算等到了黑夜。下弦月要很晚才会升起。我口渴难忍,不能久留。大约在九点钟左右,我准备下到鸽房——这绝非易事。下到一半,我听见住宅的后门打开了,看见提灯的灯光照在磨坊的墙上。我抱住常春藤,在心里祈求,不论是什么人,千万别到鸽房来。这一刹那实在是难熬。灯光消失了,我尽可能安稳地踩在了院子里那结结实实的泥地上。

我以一道石砌的堰堤为掩护向前爬行,爬到环绕住宅的树林旁边。我要是有办法,早就把那架飞机给击毁了。不过,我也知道任何袭击都有可能是徒劳的。我敢肯定,住宅四周有某种保护设施。我爬过树林,对前面的每一英寸都严加提防。果然管用,因为不一会儿我便看见离地面大约两英寸处有一根电线。如果被它绊着,宅内定会铃声大作,我就成了俘虏。

  在距此地一百码处,我发现另一根电线被放在一条小溪边,真可谓用心险恶。过了小溪便是高原沼地。五分钟后,我已深入到了欧洲蕨和石楠丛中。过了一会儿,我到达了高地的山肩附近。那深入小峡谷的水磨房的水便是从这里流去的。十分钟后,我把脸埋在泉中,狠狠地喝下好几品脱①神圣的泉水。

  然而,不把自己跟那个该诅咒的住宅之间的距离拉大到六英里,我是绝不会罢休的。

---

① 英制容量单位,一品脱大约相当于0.57升。

第七章
捕鱼人用假饵

我坐在山头,观察我所处的方位。我并不十分愉快,因为身体的严重不适已使我那因死里逃生而油然而生的欣慰黯然失色了。炸药造成的烟雾使我中毒不轻,在鸽房的房顶上烘烤了几个钟头也无济于事。头痛难忍,我感到恶心。肩膀也很糟糕——起初以为只是擦伤,看来已肿起来了,左胳膊完全不听使唤。

我打算去特恩布尔先生的农舍要回我的衣服,尤其是要回斯柯德的笔记本,然后向铁路干线前进,往回朝南边走。看来,我得跟外交部官员瓦特·布利文特爵士取得联系,越快越好。我已经获得了一些证据,不知道怎样才能获得更多的证据。我的话,他要么信,要么不信。跟他在一起,毕竟是在可靠的人手里,总比在那些穷凶极恶的德国人手里要强得多。

夜空中,星光明亮,认路并无太多困难。哈利爵士给我的地图上说明了这里的地形,只需朝西南偏西的方向找到那条小溪。我遇见养路工就是在那条小溪旁边。东奔西逃以来,我根本不知道那些地名,但我相信那条小溪就是特威德河的上游,离我肯定有十八英里左右。也就是说,如果在天亮之前赶不到那里,白天就得找个地方躲一躲,因为我这模样过于狰狞,在光天化日之下不能让人看见。没有外衣、背心、硬领,也没有帽子。裤子扯破了,脸上、手上全是爆炸遗留下来的污迹。我认为自己另有可看之处,那就是我的眼睛,露出了杀气。总之,不能让虔诚的居民在公路上参观我这样的"展品"。

天刚亮。我想办法在山边的小溪里把身上洗干净,然后走近一户牧人的农舍,想吃东西。牧人外出不在家,家里只有他的妻子一个人。方圆五英里之内没有邻居。她是个老好人,并且很有胆量。她看见我时,吃了一惊。她手边有一把斧子,遇到坏人便可以派上用场。我告诉她,我摔了一跤——没说是怎么摔的。她看我这样子便能看出我病得不轻。她不愧为真正的撒马利亚人①,什么也不问便给了我一碗牛奶,加进少许威士忌,让我在她的炉火旁坐了一会儿。她本想洗一洗我的肩膀,但是肩膀痛得厉害,我没让她碰。

我不知道她把我当成什么人了——也许是个弃恶从善的

---

① 这里指乐善好施者。

夜盗吧。我准备付牛奶钱给她，拿出二十先令——这是我现有的面值最小的金币。她却摇摇头，好像说了一句"这钱该给谁就给谁吧"。听了她的话，我更加坚定地对她说，我认为她相信我是诚实的，因为她收下了钱，给了我一件暖和的崭新的方格呢披肩和一顶她丈夫的旧帽子。她告诉我如何用披肩围住肩膀。离开这个农舍时，我成了你从彭斯①诗集的插图里所看到的那种活生生的苏格兰人的形象。不管怎么说，我现在好歹不是衣不遮体了。

也好，正午之前天气已变，蒙蒙细雨下得很密。我在河道弯曲处的悬崖下找到了落脚之地。把漂来的干枯的欧洲蕨当床，也未尝不可。我打算在此处睡到傍晚。醒来时抽筋，疼痛难忍。肩痛得钻心，像牙痛一样。我把那个老妇人给我的燕麦饼都吃了，在天黑之前再次上路。

当晚，我在细雨蒙蒙中的一座座山里受尽了折磨。天上没有星斗，无从辨别方向，只能靠我记得的地图上的位置。我两度迷路，多次跌进泥沼。笔直走，只须走十英里，但我多次失误，所以走了将近二十英里。我咬紧牙关，虽然糊里糊涂，却竭力保持愉快的心情，要走完最后一程。但是，我做到了。黎明时分，我已在敲特恩布尔先生的门了。四周浓雾迷漫，我从这农舍向外望去，根本看不见公路。

特恩布尔先生亲自给我开门——清醒，或者说，清醒尚嫌不足。他身着老式的保护得极好的黑色套装，显得一本正经。他是在昨天黑夜来临之前剃的胡子。他戴着亚麻布的硬领，左手拿着一本袖珍《圣经》。起初，他没能认出我。

---

① 罗伯特·彭斯（1759—1796），苏格兰诗人。

"你是谁,礼拜天一大早就游荡到这儿来?"他问道。

我早已不记得何月何日。他穿得如此奇特、端庄,当然是礼拜天了。

我头昏眼花,一时答不上来。他认出我了,而且看出我身体不适。

"我的眼镜在你那儿吗?"他问道。

我从口袋里掏出眼镜给他。

"你是来拿外衣和背心的。"他说,"进屋!哎呀,你的腿伤得可不轻!坚持住,我给你找把椅子。"

我感到疟疾又要发作。体内有热,夜晚湿气重,引发了疟疾。肩伤加上烟雾,使我感觉不适。特恩布尔先生马上帮我脱下了衣服。厨房的两面墙边,放着两个橱柜,他扶我睡在其中的一个橱柜里。

我与他这个老养路工真是患难之交。他的妻子已去世多年。自从他的女儿出嫁之后,他一直独自生活。十天里的大部分时间,凡是我急需的繁重的护理琐事,都是他干。我发烧时,只想保持沉默。我的皮肤发凉时,我发现发凉的过程多少减轻了我的肩痛。这一关很难过。五天之后,我虽能下床,但要康复,尚须时日。

他清早外出之前,给我留下够喝一天的牛奶,然后把门反锁上。傍晚回来,他坐在烟囱边的墙角一声不吭。附近根本不见一个人影。我好转后,他从不向我问这问那,怕打扰我。有好几次,他给我带回两天前的旧报《苏格兰人》。我注意到,人们对波特兰大街凶杀案已不感兴趣了,提都不提。

没有什么新闻,我也没看到什么新闻。只有一篇说到了"全会"①——我估计也就是某种宗教性的狂欢吧。

一天,他从锁得牢牢的抽屉里取出了我的钱袋。"里头有好些钱,"他说,"你最好点一点,看少了没有。"

他甚至从来没有问起过我的名字。我问他,在我代班修路之后有没有人来查问过。

"啊,有一个,开车来的。他问,那天是谁替我的班。我假装说他把事情想歪了。他问个不停,我就说,他可能是想到了我那个好兄弟。我兄弟住在克鲁奇,那阵子来帮我干过。那人的样子就不讨人喜欢,说的英文有一半我听不懂。"

最后那几天,我有些坐立不安。等身体康复了,我决定离开——不能拖到六月十二日。碰巧,有个牲畜商人在当天早晨赶牲口去莫法特,要路过这里。他叫希斯罗普,是特恩布尔的朋友。他前来跟我们一起吃早饭,答应带我一起走。

我非要特恩布尔收下五英镑,算作住宿费——可真把我难住了。自尊心极强的人,非他莫属。我强迫他收下,他又羞怯又脸红,最后才把钱收下,连一句"谢谢"都没有。我对他说,我非常感激他,他却嘟嘟囔囔地来了一句"好人有好报"。从我们分别的情况来看,你或许会觉得我们是不欢而散呢。

希斯罗普是个爽快人——过关口,朝阳光普照的安南山谷下行,一路有说有笑。我谈起加洛韦的集市和山羊的价钱,他认定我是从那些地区——叫什么地区都行——来的"牧羊小贩"。正如我所说,我披着方格呢披肩,戴着顶旧帽子,

---

① 指苏格兰长老会全会,是该组织的最高司法机构。

俨然一副戏剧里的苏格兰人的模样。赶牲口可是个慢吞吞的活儿,走了大半天才走出十几英里。

我若不是心神不定,当然会好好享受这时光。晴天,天空碧蓝。棕色的群山、远处绿色的草原,气象万千。云雀和麻鹬的叫声、溪流的潺潺声不绝于耳。然而,我却没有心思欣赏这夏日,也没有多少心思听希斯罗普说这说那,因为,值此决定命运的六月十五日临近之时,我的大事却面临重重困难,不见希望,压得我喘不过气来。

我们在莫法特的一家简陋的酒店吃了晚饭,又走了两英里,到了主干线的"联轨点"。南去的夜班列车要在临近半夜时才到站。为了消磨时间,我爬到山腰,倒下就睡着了,因为我已走得精疲力竭。我睡过了头,赶紧跑到了车站。上车后两分钟,车就开动了。三等车厢硬座的感觉和霉臭的烟草气味,反倒出奇地使我振奋不已。总之,现在我能加紧想办法完成自己的任务了。

后半夜一两点钟,我在克鲁下了车,等到早上六点钟才上了开往伯明翰的列车。下午到达里丁,换乘了当地驶往伯克那腹地的火车。不久,驶过的地方有草木茂盛的低平草地①,有芦苇丛生的缓缓溪流。晚上八点钟左右,我在阿廷斯威尔的一个小站下了车,困乏而风尘仆仆——既不像农场工人,也不像兽医——胳膊上搭了一件黑白格子的披肩(因为我在边界②以南是不敢披披肩的)。站台上有好几个人,我不妨在离开之前先问问路。

---

① 是一种利用水涝保持肥沃的草地。
② 苏格兰在英格兰之北。这里指苏格兰与英格兰的"边界"。

道路通往一片山毛榉林，深入一道浅谷。从绿色丘原的深处望去，远方的树木隐约可见。出了苏格兰之后，空气带有阴沉、单调的气息，却显得很清新，因为欧椴树、栗树、丁香花，丛林繁茂，形成了花的穹窿。很快就来到一座桥前。桥下一条小溪在长满雪白毛茛的两岸之间缓缓流过。在其上游有个磨坊。从磨坊排出的水在这芳香宜人的夜色里发出悦耳、轻盈的声音。这地方使我感到释然，心情舒畅。我躺下，望着绿荫深处，吹起了口哨。吹出的曲子是《安妮·洛利》。

从溪边走来一个渔夫。他走近我时，也吹起了口哨，曲调很是感染人——他是在效仿我。他是个大个子，那身法兰绒的衣服又邋遢又旧。他戴着一顶宽边帽，肩上背了个大帆布包。他冲我点了点头。我没见过比这更精明，或者说，比这更显得心情平静的面孔。他把一根十英尺长的裂开的藤制钓竿靠在桥上，跟我一起望着水面。

"这水清澈吧！"他高兴地说，"只要有钓鱼大赛，我就会到这肯尼特河边来。瞧那个大家伙，一盎司重就能卖四英镑。不过，夜间涨水的时间已过，你很难诱它上钩。"

"我没看见它。"我说。

"瞧，就在那儿！离芦苇只有一码远。"

"看见了。你简直可以十拿九稳地说，那是块黑石头。"

"这么说……"他说着，吹起了另一小节《安妮·洛利》，"大名是特威斯顿吧？"他转过头来对我说，眼睛仍盯着水面。

"不是。"我说，"我的意思是说——是。"我把我所有的化名都忘了。

"牢牢记住自己的姓名的共谋者才算得上精明。"他评述道。他对着从桥影下冒出来的一只水鸡开怀大笑。

我站起来,看着他——看着那有裂痕的方下巴,看着那有皱纹的宽阔的前额,看着那有皱褶的坚定的面颊。我明白,终于在这里遇上了值得结交的盟友。

突然间,他皱起了眉头。"我称之为'不光彩'。"他说,提高了嗓门儿,"像你这样身强力壮的人竟然行乞,这是不光彩的。你可以去我的厨房吃顿饭,但我不会给你钱。"

一辆双轮轻便马车从这里路过,赶车的人扬起马鞭向渔夫致意。马车驶过去,渔夫拿起了钓竿。

"那就是我的家。"他说着,指了指一百码开外的一道白色的大门,"五分钟后,绕到后门去。"说完便走了。

我照他的吩咐办。我看见一座十分精致的农舍,草坪一直延伸到溪边,小径的两侧开满了绣球花和丁香花。后门开着,一名严肃的管家正等候着我。

"这边请,先生。"他说着,领我走过过道,由后楼梯走进一间十分舒适的卧室。卧室面向那条小河。一整套衣物及旅行用具已为我准备好,放在那里——各种装饰齐全的正装、一套棕色法兰绒套装、几件衬衫、几副硬领、几条领带、剃须用具以及发刷,甚至还有一双漆皮鞋。"瓦特爵士觉得,瑞吉先生的东西适合你用,先生。"管家说,"有些衣服,他就放在这里,因为他按时到这里来过周末。隔壁有浴室,我已给你备足了洗澡水。半小时后开饭,先生。你会听到铃声的。"

这个严肃的人退下了。我坐在铺有印花棉布的安乐椅里直打哈欠。真像童话剧,突然间由贫贱变为富贵了。显然,瓦特爵士信得过我。为何如此,我不得而知。我照了照镜子,看到的是个棕色皮肤的消瘦、邋遢的家伙，半个月未刮脸，胡子拉碴，满脸尘土，没戴硬领，衬衫俗气，旧花呢衣服很不像样，一个月来从没擦过靴子。我曾长途跋涉，坦然冒充牲口贩子。在此处，一丝不苟的管家把我迎进这庄重而安闲的神殿。最妙的是，他们甚至不知道我的姓名。

我决定不再庸人自扰，收下诸神提供的各式礼物。我刮了胡子，舒舒服服地洗了个澡，穿上正装和干净、笔挺的衬衫——倒也合身。着装完毕，镜子里出现的是一位风度并不算差的年轻男子。

瓦特爵士在一间光线暗淡的餐厅里等我。小小的圆桌上点着几根银白色的蜡烛。看见他——如此可敬、稳重、坚定，俨然是法律、政体和一切公约的化身——把我吓了一跳，觉得自己像个擅自闯入者。他不会知道有关我的真实情况，否则他不会这般接待我。我绝不能以欺诈的方式接受他的亲切款待。

"我要向你表示的感激之意难以言尽，但是我必须把事情说清楚。"我说，"我是无辜的，警方却通缉我，这一点我不得不告诉你。就算你把我撵出去，我都不会感到惊奇。"

他微微一笑："这没什么。别让这事坏了你的胃口。这些事，等你用过餐之后，我们再议。"

我从未像现在这样吃得津津有味，因为此前我根本就没有吃的，只能吃火车上的三明治。承蒙瓦特爵士的盛情，我们喝了好些香槟酒，随后又喝了不少不常见的红葡萄美酒。我坐在席上，由一名男仆和一名穿着讲究的管家伺候着，几乎有点儿受宠若惊。回想起三个星期以来我过的日子，我简直像个盗贼，人人跟我过不去。我向瓦特爵士谈起赞比西河的虎头鱼，你要是给它机会，它会咬断你的手指。我们谈起世界各地的体育运动，因为他当年经常打猎。

我们到他的书房去喝咖啡。书房很大，满是书籍、奖品，有点儿杂乱却很舒适。我打定主意，有朝一日，我大功告成，自己有了房子，我也要拾掇出一间这样的书房。收拾好咖啡杯之后，我们点燃了雪茄。我的主人跷起长腿，搁在椅子的一边，叫我讲述我的故事。

"我是按哈利的指示办的。"他说，"他给予我的回报是，你要一五一十地告诉我某些能使我振奋的事情。我准备好了，汉尼先生。"

我大吃一惊，愕然四顾——他竟然用我的正式名字称呼我。

我从头开始。我说到我在伦敦过得无聊之极。那天晚上回家之后，我发现斯柯德站在我家门口胡言乱语。我把斯柯德对我说起的卡洛里迪斯以及外交部茶话会的事都说了。他噘了噘嘴，然后咧嘴直笑。我又说到了凶杀，这时他又显得十分严肃。他听我谈了送奶人以及我在加洛韦时发生的事情，还有我在客栈破解斯柯德的笔记本中的内容。

"笔记本带来了没有？"他厉声问道。我从口袋里掏出笔记本，他才长吁了一口气。

笔记本的内容，我没说。接着，我描述了我遇到哈利爵士的情形以及在大厅里的演讲。最后，他哄然大笑。

"哈利胡言乱语，是吧？他说的，我信。他是个天大的好人，是他的那位白痴的叔叔把他搞得异想天开的。继续说，汉尼先生。"

我当养路工的那一段颇使他激动了一番。他敦促我好好地讲述汽车里的那两个家伙。这时，他似乎显得若有所思。听我说到那个笨蛋乔布利的时候，他又乐不可支了。

然而，高原沼地的那间屋里的那个老人却使他顿时严肃起来。我不得不再把老人的外貌细述了一番。

"和顺，秃顶，闭眼时像鹰一样……声如凶恶的猎鸟！他把你从警察手里救出之后，你却用炸药炸毁了他的那个隐士茅庐。干得真够意思！"

我说的流浪经历到此结束。他慢慢站起来，站在壁炉旁的地毯上看着我。

"你可以打消对警方的顾虑了。"他说，"依据本国法律，你已无危险。"

"苏格①真了不起！"我大声说，"他们抓到凶手啦？"

"没有。不过，他们两周前已把你排除在可疑人的名单之外了。"

"为什么？"我惊异地问。

"主要是因为我收到了斯柯德的来信。我对此人已有所了解。他为我做过事，有天分，也逞能，却无比诚实。他总爱自行其是，才惹来麻烦。这使他在任何情报部门都无用武之地——可惜啊，因为他天赋不凡。我看，他是世上最勇敢的人，因为他常因惊悸而战栗，却无论如何都不放弃。此信，我是在五月三十一日收到的。"

"他在那天的前一周就已经死了啊！"

"信是在二十三日写好寄出的。他显然没有料到死亡在即。他的信，我通常要在一周之后才收到，因为要秘密地经

---

① 因大喜过望，连"苏格兰场"这样的称呼都来不及说全。

由西班牙转到纽卡斯尔①。他有一大怪癖,你知道,就是把他的行踪隐匿起来。"

"信上说什么了?"我结结巴巴地问道。

"没什么。只说他有危险,跟一个好友在一起,可以藏身。还说,要我在六月十五日之前听他的消息。他没有把他的地址告诉我,只说他住在波特兰大街附近。他的目的可能是,万一出了事也不至于牵扯到你。我收到后立即去了苏格兰场。我查阅审讯的详细资料后断定,你就是那位朋友。我们审查过你的情况,汉尼先生,发现你品行端正。我了解你销声匿迹的目的——不单是为了躲开警方,也为了躲开另外一些人。我看了哈利草草写来的信之后,对其余的事就猜到八九不离十了。这一个星期以来,我一直在期盼你。"

你们可以想象,我心中的重负就此戛然解除。我感到自己重新成了自由民,因为我现在只须对付我的敌人而不需要对付我国的法律了。

"现在可以看看那个小笔记本了。"瓦特爵士说。

我们为了琢磨其中的内容,花了整整一个小时。我对密码的解说,他领会得很快。我解释密码时,他对几处作了校正,但我大体上解释得比较正确。他在结束之前,表情严肃而沉重地静坐了片刻。

"我仍然没弄明白。"他终于说道,"有一件事,他说得对——后天会有情况。他究竟是怎么知道的呢?这本身就够蹊跷的了。有关战争与'黑石头'之说——听起来真像某种不着边际的传奇剧。对斯柯德的判断,如果我能给予更多的

---

① 英国港口城市。

信任，那该多好。他招惹麻烦是因为他善于幻想。他具有艺术家的气质，把故事写得合乎上帝的心愿，可他还嫌不够。他也有许多偏执之见，比如犹太人会使他狂怒，还有犹太人及其丰厚的财源。"

"黑石头，"他又说了一遍，"黑石头①。像廉价的中篇小说，有关卡洛里迪斯的全是无稽之谈，都写得不怎么样。因为，我偶有所闻，听说卡洛里迪斯十分善良，很可能比你我长寿。欧洲没有一个国家希望他死。此外，他一直向柏林和日内瓦谄媚，引起我的上司多日不安。不！斯柯德太离谱了。坦率地说，汉尼，他说的那些我根本不信——其中必然涉及某种难以应付的大事。他揭露得太多，为此而送了命。我可以发誓：那的的确确是普通的间谍工作。欧洲的某个大国已将它的间谍体系变成了它的嗜好，其手法并不是很独特。因为是按件计酬，所以那些歹徒不会满足于一两次凶杀。他们想弄到我们的海军战略计划，是为他们的海军总部搜集情报。不过，我们的海军战略计划将被束之高阁——如此而已。"

此刻，管家走进屋来。

"伦敦长途，瓦特爵士。是希思先生打来的，他要亲自跟你通话。"

主人出去接电话了。

五分钟后，他回来了，脸色苍白。"我向斯柯德的在天之灵致歉，"他说，"卡洛里迪斯被杀，今晚，刚过七点钟。"

---

① 黑体字原文为德文。

第八章
"黑石头"露面

经过八个小时的清静无梦之眠,次日早晨下楼用早餐时,我看见瓦特爵士一边吃松饼和柠檬果酱,一边在破译一封电报。他昨日脸上的红润似乎变得有些晦暗。

"你去睡觉之后,为了打电话,我可是忙乎了一阵。"他说,"我已请我的上司给海军大臣和陆军大臣去了电话。他们打算提前一天把罗伊接来。这封电报确定了此事。罗伊将在五点钟到达伦敦。奇怪,**国家名誉主席兼总参谋长**①的代号竟然是'小猪'。"

---

① 黑体字原文为法文。这是罗伊的官职。

他示意，要我吃热菜，然后继续说：

"我倒不觉得这能有多大的好处。如果你的朋友们精明到发现最初的安排，那么他们也能精明到看出安排有了变化。我甘冒风险也要知道疏漏出在何处。我们相信，在英国只有五个人知道有关罗伊来访之事。你可以确信，在法国知道此事的人要少得多，因为在法国，他们掌控消息的办法更高明。"

我吃早餐，他继续议论。他把我看作心腹，实在使我受宠若惊。

"海军战略计划难道就不能改一改？"我问。

"能。"他说，"不过我们要尽可能避免这样做。计划是精心策划的结果，任何改动都不可能是周全的。此外，改动一两个条款，根本不可能。然而，我想，如果绝对有必要，或许能想点儿办法。但你要知道困难之所在，汉尼。我们的敌人不会蠢到扒窃罗伊的口袋或使用诸如此类的雕虫小技。他们知道，这样做将意味着受到我方的谴责，并引起我方的警觉。敌方的目的是把安排的详情弄到手而我们中的任何人都毫无察觉。所以，罗伊将在确信全部工作仍然是极其机密的情况下返回巴黎。如果敌方无法得逞，便告失败。因为，一旦我们产生怀疑，敌方便会知道全盘计划必改无疑。"

"这么说，我们就该忠于这位法国人所在的一方了，直到他重返国内。"我说，"如果敌方认为能在巴黎获得此情报，就会在巴黎想办法。也就是说，他们要在伦敦实施某种奸猾的计划，而且断定此计划能成功。"

"罗伊同我的上司一起进餐之后，就要到我家来。会有四个人与他会面——海军总部的惠塔克、我本人、阿瑟·德鲁爵士、温斯坦利将军。海军大臣因病已去了谢利汉姆①。在我家里，罗伊将从惠塔克那里获得某种文件，然后派车送罗伊去朴次茅斯②。一艘驱逐舰将送他去勒阿弗尔③。他的行程太重要了，普通的联运列车④不予考虑。每时每刻都要有随从在他身边，直到他安全抵达法国国土。对惠塔克也要有这样的保护，直到他见到罗伊。我们只能做到这一步——会不会出纰漏，很难说。我毫不介意地承认自己万分紧张。卡洛里迪斯凶杀案将在欧洲各国使领馆办事处造成一片混乱。"

早餐后，他问我会不会开车。

"行啊，今天你当我的司机。快穿上赫德林⑤的服装！你跟他个子差不多。你参与此事，我们就得慎之又慎。有些亡命之徒跟我们作对，是不会尊重一个隐退乡间、操劳过度的官员的。"

我初来伦敦时买了一辆车，跑遍了英格兰北部，以资消遣，对地形略有所知。我经由巴斯路，把瓦特爵士送到镇上——一路畅通。那是个六月的早晨，潮湿，没有一丝风，后来有些闷热。不过，车子穿行于一些小镇，镇上的街道刚洒过水；经过泰晤士河流域的一座座夏日花园，好不爽快。我把瓦特爵士送到他在安女王大街的家，时间是十一点半——准时。男管家则带着行李乘火车到达。

---

① 在诺福克郡内。
② 英国港口城市。
③ 法国北部海滨城市。
④ 与船运相衔接的一种列车。
⑤ 指原来的司机。

首先，他带我去苏格兰场。我在该处看见一位衣着整洁的绅士，脸刮得干干净净，律师模样。

"我带来了波特兰大街案的凶手。"瓦特爵士作了此番介绍。

回答他的是一脸苦笑："送来的本应是一份厚礼呀，布利文特先生。这位，我相信，应该就是理查德·汉尼先生吧。他连日来引起了本部门的极大兴趣。"

"汉尼先生会再度引起贵部门的兴趣的。他想跟你谈的情况很多，但不是在今天。鉴于事关重大，谈他的情况，还得再等二十四小时。我向你保证，你一定会有兴趣，甚至受到教诲也有可能。我要你向汉尼先生保证，不能再让他感到为难了。"

立即得到了保证。"你的生活在何处停止，就在何处开始。"他对我说道，"你的寓所，你或许不想再去住了。它在等你，你的仆人也在。你不曾遭到公开告发，所以我们考虑，无须辩明无罪。对此，你一定是满意的。"

"我们今后还需要你的帮助，麦克吉利弗雷。"瓦特爵士说罢，我们便离开了。

然后，他给我放了假。

"明天来见我，汉尼。千万守口如瓶，这是用不着我多说的。如果我是你，就上床睡觉，因为睡觉的账你欠得太多，要补回来。不抛头露面为好，因为，万一有一个你的'黑石头'朋友看见你，恐怕就有麻烦了。"

我感到极端地无所事事。刚开始成为自由民，我高兴不已——想去哪儿就去哪儿，什么也不怕。我受制于法律的禁令只有一个月,但却受够了。我到萨沃伊餐馆去,非常小心地叫了一份非常美味的午餐,并抽了餐馆提供的最上等的雪茄。但是,我依然紧张。在休息室里看见有人瞅我一眼,我就存有戒心,不知别人心里是否在嘀咕那起凶案。

  随后,我叫了出租车,开了好几英里,到伦敦的北面去。往回走时,穿过田野,经过一排排带有庭园的郊区住宅、贫民窟和脏乱的街道,花了我将近两个小时。慌乱的心情一直有增无减。我感觉出了大事,出了头等大事,或者说即将出大事。我本是这件大事里不可或缺的人,却将其置之度外。罗伊将在多佛①上岸,瓦特爵士要会同在英国的几个知道内情的人制订计划,而"黑石头"则会在暗处活动。我有种危机四伏、大祸临头之感,又有种奇妙的心情:只有我能防止它,只有我能跟它斗。眼下我已在局外。要怎么干才能扭转过来?内阁大臣们、海军大臣们以及将军们,是不可能允许我参加他们的委员会的。

  我真想遇上我的三个敌手之一,这样反倒能扩大事态。我恨不得跟那些家伙来一场恶战,大打出手,收拾几个。我真是气不打一处来。

  我不想回寓所——改日再说。我手头幸好还有些钱。明天上午之前还是把钱花掉为好,于是我到一家旅馆去过夜。

  我的盛怒从晚餐前持续到了晚餐后。我在杰敏大街②的一家餐馆用餐。我没有饿意,有好几道菜,吃都没吃就让他

---

① 英国东南部的海港。与法国海港加来隔海相望。
② 位于伦敦的圣詹姆士区。

们端走了。一瓶勃艮第酒①，我喝了大半瓶，也没高兴起来。一种可恶的坐立不安的情绪压得我喘不过气来。我，平平凡凡，并无过人的智力，但我却坚信不疑，他们要完成任务是需要我大力相助的——没有我，就会一败涂地。我又告诫自己，这是十足的自命不凡，愚蠢之极，因为有四五个能干的人在张罗，有大英帝国竭力作他们的后盾，他们是心中有数的。然而，与此同时，我又无法做到坚信不疑。仿佛总有声音在我耳边响起，要我挺身而出，否则我将无法再入睡。

九点半钟左右，有了结果。我毅然决定要到安女王大街去。他们很可能不让我进，但试一试或许能安抚一下我的良心。

来到杰敏大街，我看见一群年轻人走过杜克大街的拐弯处。他们身着晚礼服，曾在某处聚过餐，现在正朝一家音乐厅走去。其中的一个正是玛马杜克·乔普利先生。

他看见我，突然停了下来。

"老天爷作证，凶手！"他嚷道，"嘿，伙计们，抓住他！他就是汉尼。波特兰大街的凶杀案就是他干的！"他一把抓住我的胳膊，其余的人一拥而上。

我根本不想惹是生非，可我憋着一肚子气，便干了蠢事。警察过来，我本想把真相告诉他——万一他不信，就要求他把我带到苏格兰场去，或者带我去附近的派出所。在那一瞬间，稍有耽搁，我都是不能容忍的。看见玛密那张脸，我更加不能容忍。我挥动左拳打过去，便看见他倒在路旁的沟里

---

① 产于法国勃艮第地区的酒。勃艮第地区位于法国东北部，是法国古老的葡萄酒产区。

了。我称心如意。

后来便开始大打出手了。他们一起向我扑来。警察从背后袭击我，我挨了两拳。本来我认为，依照公平竞赛的原则，我是能打败这些家伙的，可警察从后面把我按住，另一个人掐住了我的喉咙。

我心情阴郁，义愤填膺，却听见法警询问出了什么事，玛密咬着牙大声宣称我就是凶手汉尼。

"哦，见鬼，"我嚷道，"叫那小子闭嘴！我奉劝你不要管我，警官。我的情况，苏格兰场全都了解。你要是妨碍我，会受到严厉的叱责。"

"你得跟我走一趟，年轻人。"警察说，"我看见你狠揍那位绅士——是你先动的手，他没还手。你好好离开便罢，不然我就不得不加以调停了。"

我满腔怒火，事不宜迟之感不可抗拒。我使出公象般的力气，扳倒警官，把掐住我喉咙的那小子打倒在地，然后朝杜克大街飞奔而去。我听见了警笛声，众人随后追来。

我变换方向的速度很快，那天晚上则如虎添翼，眨眼工夫便跑到了蓓尔美尔街①，向圣詹姆士公园跑去，在宫殿的几扇大门处躲开了警察，然后从拥挤在林荫路②路口的马车间穿过。追我的那些人还没有通过车行道，我已向桥跑去。在公园里宽阔的路上，我来了一段冲刺。幸好四周人很少，没人试图拦住我。我一定要跑到安女王大街去——孤注一掷了。

---

① 街上有很多俱乐部。英国陆军总部曾设于此。
② 指伦敦圣詹姆士公园的林荫路。

我走进的那条通道显得寂静而荒凉。瓦特爵士的宅第所在的那一段街道很窄，外面停着三四辆汽车。我放慢速度走了几码，然后向大门走去。管家如果不准我进去，即使迟迟不开门，我也完蛋了。

我没有耽搁。我刚跑到，门就开了。

"我一定要见瓦特爵士，"我气喘吁吁地说，"事情万分重要。"

管家这个人真了不起。他不动声色，让门开着。我进屋后，他才把门关上："瓦特爵士正忙，我奉命不准任何人进来。要不，你等一等。"

这宅第是老式的，厅大，房间都在厅的两侧。那边有个壁龛，上面放着电话。还有几把椅子，管家请我坐下。

"我说，"我低声说，"捅了娄子，跟我有关。不过瓦特爵士完全了解，我是为他工作的。如果有人来问我在不在这里，别对他说实话。"

他点了点头。街上吵声四起，门铃喧闹。我从没像佩服这位管家这样佩服过任何人。他打开门，表情沉稳，像座雕像。他听候询问，逐一回答。他对那些人解释，此处是何人的宅第，他要执行什么命令，把那些人拦在门外自讨没趣。我在壁龛里看得一清二楚——比任何戏剧都精彩。

我等了没多久，门铃又响了起来。管家毫不踌躇，迎进来一位新客人。

他脱下外衣，我便认出了他是何人。那张脸，你只要摊开报纸或杂志就准能看到——灰白的胡子修剪得像把铲子，坚定的、斗志十足的嘴巴，扁平、四方的鼻子，目光锐利的蓝眼睛。我认出了,是海军大臣①。据说,创建新的英国海军的就是此人。

他经过壁龛,被迎进大厅背后的一个房间。门打开时,我能听见低语声。门关上了,又没人理会我了。

我在那里坐了二十分钟,不知道下一步该怎么办,但却仍然坚信不疑:不能没有我来出把力。可是,何时出力,怎么出力,我心里又没谱儿。我不停地看表。时间悄然过去,到了十点半钟,我认为会议很快就要结束了。一刻钟之后,罗伊的车就该急速地行驶在去朴次茅斯的路上……

我听见了铃声,管家出现了。后屋的门打开了,海军大臣出来了。他从我身边经过,顺便朝我的方向瞥了一眼。我们互相端详了片刻。

就这么一会儿的工夫已足以使我的心怦怦乱跳了。我此前从未见过这位大人物,他也不曾见过我。但就在眨眼的工夫,有某种东西闪入了他的眼睛。这种东西就是"面熟"——不会看走眼的。一闪而过,毫厘不差,这意味着一件事,而且只能意味着一件事。它偶然出现,瞬间即逝。他继续往前走。我在一阵胡思乱想中,听见临街的大门在他出去之后关上了。

我拿起电话簿,查他家的电话号码。电话立即接通了,我听见了仆人的声音。

"大臣阁下在家吗?"我问。

"大臣阁下在半小时之前已经回来了。"那声音说,"他已就寝。今晚,他的身体有些不适。留口信吗,先生?"

---

① 英国海军总部的四位海军首脑之一。

我挂断电话，差点儿撞到椅子上。我在这次重大任务中的使命还没有结束呢。我侥幸逃过一劫，却也算及时。

不可耽误分秒，我大步朝那间后屋的门走去，不敲门，大摇大摆地进入。五张惊慌的脸从圆桌边抬起。有瓦特爵士，还有陆军大臣德鲁——我见过他的照片，所以认识他。还有一位清瘦的长者，可能就是海军官员惠塔克了。还有温斯坦利将军，他前额上有道长长的伤痕，十分显眼。最后那位，身材矮小、健壮，留着铁灰色的胡子，眉毛很浓。他的发言，刚说到一半就被打断了。

瓦特爵士一脸惊诧，十分为难。

"这位是汉尼先生。此人我已向诸位提到过。"他带有歉意地对来宾说，"我看，汉尼，你来得不是时候。"

我恢复了平静。"那倒未必，先生。"我说，"不过，这可能是紧要关头。看在上帝的分儿上，先生们，请告诉我，刚才出去的人是谁？"

"阿罗阿勋爵！"瓦特爵士说，气得满脸通红。

"不是。"我大声说，"是长得跟阿罗阿勋爵一模一样的人，但不是阿罗阿勋爵。此人认出了我——我上个月见到过此人。他刚走出大门，我就打电话到阿罗阿勋爵家里。电话里说，他半小时前就回家了，现已就寝。"

"谁——谁——"有人结结巴巴地说。

"黑石头！"我大声说罢，在刚空出不久的那把椅子①上坐下来，端详着那五位惊慌失措的先生。

---

① 暗指刚才离开的那个人坐过的椅子。

第九章
三十九级台阶

"胡扯!"海军总部的那位官员说。

瓦特爵士起身,走出了房间。我们看着会议桌,感到十分茫然。十分钟后,他回来了,板着脸。"我已跟阿罗阿通了话,"他说,"把他从床上叫了起来。他大为恼火。他在默尔罗斯家吃过晚饭就直接回家了。"

"简直不像话!"温斯坦利将军插嘴道,"你的意思是,那个人到这里来,在我旁边坐了半个多钟头,我却没看出是冒名顶替的?阿罗阿准是昏了头。"

"你们就没看出其中的奥妙?"我说,"你们对别的事情过于关注而放松了警惕。你们理所当然地认为他是阿罗阿勋爵。如果是别的什么人，你们倒有可能更加注意些，但他到这里来是很平常的事，把你们大家给蒙骗了。"

接着，那个法国人发言，说得很慢，英文说得很好。

"这个年轻人说得对，他的心理分析在理。我们的敌人一向是不愚蠢的。"

他面向会众皱起了智者般的眉头。

"我给诸位讲个故事。"他说，"好多年前，在塞内加尔，我在一个偏远的兵站，常去捕河里的大白鱼以消磨时间。驮着我的午餐盒的是一匹阿拉伯牝马——就是以前在廷巴克图常见的那种非常服水土的暗褐色的品种。一天早晨，我收获甚丰。牝马无缘无故地躁动不安。我听见它在嘶鸣、尖叫、跺蹄子。我用我的语言不停地哄它，然而我还是对鱼更加聚精会神。我总觉得，它被拴在二十码以外的一棵树旁边，斜睨一眼就能看见它……过了几个小时，我打算进食。我把鱼集中放在一个柏油帆布袋子里，沿着河向牝马走去，拉起了我的钓鱼线。到了它跟前，我打算把帆布袋扔到它的背上……"

他稍停了片刻，看了看四周。

"气味引起了我的警觉。我转过身，看见三英尺外有只狮子……老练的食人兽，是村里的一大恐怖……在狮子的身后，不见马的踪影，留下的是一摊血、一堆骨头和马皮。"

"出了什么事？"我问道。我也算得上个猎人，听他说过之后便想知道个究竟。

"我把钓鱼竿扎进了狮子的嘴里。我还带着手枪呢。我的几名仆人立即带着来复枪赶到了。可是它在我身上留下了印记。"他伸出一只手，手上少了三根手指。

"仔细想想,"他说,"牝马已经死了一个多小时,可是从牝马被咬死之时起,那畜生一直对我虎视眈眈。我没看见被猎杀的情景,因为牝马躁动,我已习以为常,所以我没注意到它已不在原处。我只靠它那一身黄褐色的皮毛来感受它的存在,而狮子正好钻了这个空子。如果我能在人们十分警觉的地方犯了这个大错,先生们,那么我们这些忙忙碌碌、心事重重的城里人难道就不会也犯大错吗?"

瓦特爵士直点头。没有人打算反驳他。

"可是,我不明白,"温斯坦利接着说,"为什么他们的目的是要搞到部署计划,从而把我们蒙在鼓里。这就需要我们当中的一位对阿罗阿说,我们今晚的会议因遭到毫无漏洞的诈骗而将被揭露于世。"

瓦特爵士冷笑了一下:"他们挑中阿罗阿,说明他们很精明。我们当中谁有可能对他谈今晚的事呢?或者说,他有可能提到这一话题吗?"

我记得,这位海军大臣是以沉默寡言和脾气暴躁著称的。

"使我百思不得其解的是,"将军说,"此人来此地对那个间谍同谋能有多大好处呢?多达数页的数字和陌生的名称用脑子是带不走的。"

"这并不难。"法国人答道,"老练的间谍的记忆力跟照相一样,是训练出来的。比如你们本国的麦考莱①就是这样。你们注意到了,此人一言不发,只仔细看记录,一遍又一遍地看。我们不妨设想,每个细节都记在他心里了。我年轻时

---

① 托马斯·巴宾顿·麦考莱(1800—1859),英国史学家、政治家。

也能玩儿这一手。"

"噢，我看没有别的办法，只能改变计划了。"瓦特爵士沮丧地说。

惠塔克闷闷不乐。"你把发生的事告诉阿罗阿勋爵了?"他问道，"没有? 噢，我绝对不能打包票，但我几乎可以肯定，我们是无法作重大的改变的，除非我们改变英格兰的地理。"

"还有一件事，必须说说。"罗伊说，"那个人在这里时，我是直言不讳的。我谈到了我国政府的一些军事计划。我说这么多，是得到允许的。但是，此情报对我们的敌人而言是价值连城的。不行，我的朋友们，别无他法，必须把到这里来的那个人及其同伙抓起来，立即抓起来。"

"天哪，"我大声说，"我们一点儿线索也没有啊!"

"此外，"惠塔克说，"还可以邮寄啊! 在此之前，情报就已经寄出去了。"

"不会的，"法国人说，"你们不了解间谍的习惯。他们是本人领取酬金，本人传递情报。我们在法国了解这一套。仍然有机会，**我的朋友**①。这些人总得过海，那就搜查船只、监视港口。相信我，这对法国和英国来说都是当务之急。"

罗伊的看法认真而明智，似乎使我们同心协力了。他是手足无措者当中的实干家。不过，我没从任何人脸上看到任何希望，也没有感到有希望。英伦诸岛有五千万人，我们要在几小时之内抓获欧洲最机敏的三名歹徒，从何下手?

---

① 黑体字原文为法文。

突然，我灵机一动。

"斯柯德的笔记本在哪儿?"我向瓦特爵士嚷道，"快，你！我记得笔记本里有些名堂。"

他开了办公桌的锁，拿出笔记本递给我。

我找到了。"三十九级台阶，"我念了又念，"三十九级台阶——我数过。涨潮，午后十点十七分。"

海军总部的那个人瞧着我，似乎觉得我发疯了。

"你们难道不明白，这就是线索?"我嚷道，"斯柯德知道那些家伙窝藏在何处——他知道他们从何处离开英国，但对地名只字未提。明天就是约定的日子，在十点十七分涨潮的某个地点。"

"他们或许已在今晚离开了。"有人说。

"不会。他们有自己的合适的秘密通道，他们不会着急。我了解德国人，他们总是发狂似的按计划行事。从哪儿能弄到一本潮汐表手册呢?"

惠塔克面露喜色。"有一个机会，"他说，"我们到海军总部去。"

我们上了等在那里的两辆汽车——瓦特爵士除外，他要到苏格兰场去。据他说，他要动员麦克吉利弗雷。

我们快步走过空荡荡的走廊和空荡荡的大办公室——打杂的女工在那里忙个不停——到了一个两边摆着书籍和地图的小房间。一名常驻办事员迟迟才露面，立即从藏书中找出了海军总部的潮汐表。我坐在桌前，其余的人站在四周。不知怎的，我竟然承担起了这次的探险重任。

我们一无所获。项目多达数百个。依我看，十点十七分可能覆盖的地点有五十个。我们得想法子缩小其可能性。

我抱头苦想———一定有揭开谜底的办法。斯柯德说的台阶是什么意思？我想到了码头的台阶。如果他指的是码头，他就不会提到台阶的数目。那"某个地方"肯定是有几级台阶的，有别于其他地方之处就在于它有三十九级台阶。

　　我突然想到，可以查询所有轮船的班次。在午后十点十七分，没有任何轮船驶往欧洲大陆。

　　满潮为什么重要？如果是海港，也一定很小。而且，潮汐是至关重要的。要不就是一艘吃水很深的大船。但是，在此期间并无班轮航行。我也不认为他们会从正规的海港乘大海轮离开。所以，一定是事关潮汐大局的某个小港口。或许，根本就不是港口。

　　如果是小港口，那么台阶又表示什么，我弄不明白。我去过的港口都没有成组的台阶。那个地方的台阶一定很独特，与众不同，并且那里是在十点十七分涨潮。总的来说，我认为那地方一定是在自由航行的海岸的某处。台阶——它仍然使我迷惑不解。

　　我转而作更广泛的考虑。一个人急于要前往德国，要一路顺畅而秘密，那么他可能从哪个地方离开呢？不会从任何大港口离开。不会从英吉利海峡、西海岸或苏格兰离开。因为，请记住，他是从伦敦出发的。我估算了地图上的距离并尽量按敌人的思路考虑问题。我会想办法到达奥斯坦德①、安特卫普或鹿特丹。我会想办法从克罗默②和多佛之间的东海岸的某处起航。

---

① 位于比利时的西北部。
② 在英国诺福克以北，海湾城市。

这都是猜测,并不确切。我也不妄想它有独创性和科学性。我不是夏洛克·福尔摩斯之类的人。但是,我总认为我对这类疑窦具有一种直觉。我不知道我能否把我的意思说清楚,但我总是尽量让我的智慧发挥作用。智慧碰壁之后,我就猜测。通常,我会发现我的猜测十分正确。

于是,我把全部结论简写在一张海军总部的纸片上:

十分肯定:

(一)该处有多组阶梯。其中之一之所以重要,是因为它以三十九级台阶闻名。

(二)午后十点十七分涨潮。只可能是满潮时离岸。

(三)台阶并非码头的台阶,所以那地方可能不是海港。

(四)在十点十七分无夜间班轮。运送方式应当是长途跋涉(不可能)、快艇或渔船。

猜测:

(一)该处不是海港,而是可以自由通行的海岸。

(二)小船——拖网渔船、快艇或汽艇。

(三)在克罗默与多佛之间的东海岸的某处。

我坐在桌前。在一旁看着我的有内阁大臣、陆军元帅①、两位政府官员和一位法国将军。与此同时,我却试图从一名

---

① 即英国最高级别的陆军将官。

死者潦草的记录里收罗对我们来说生死攸关的秘密，这使我感到十分怪异。

瓦特爵士加入进来。接着，麦克吉利弗雷赶到了。他已发出指令，监控港口和火车站，搜捕我曾向瓦特爵士描述过的那三个人。他本人或其他任何人都认为此法不会奏效。

"我能想明白的就这些。"我说，"我们应当想办法找到的地方，有好几组阶梯通向海滩，其中一组有三十九级台阶。我想，那是一片可以自由通行的海岸，有比较大的悬崖，大致位于沃什湾与英吉利海峡之间。而且，那里的满潮时间是明晚十点十七分。"

我有主意了："海岸警备队的监察长或其他人难道就不了解东海岸的情况吗？"

惠塔克说有人了解，此人住在克拉彭。他乘车前去找此人，其余的人坐在那个小房间里随意闲聊。我抽起了烟斗，对这前前后后的事冥思苦想，直到想得头脑不听使唤。

上午十点左右，海岸警备队的人来了——是个和善、老成的人，相貌像海军军官，对诸位来宾十分谦恭。我让陆军大臣①去盘问，因为我觉得如果我开口，未免显得有些冒失。

"我们想请你告诉我们东海岸的几个地方的情况。那里有悬崖，有通向海滩的几组台阶。"

他想了片刻，说："您指的是哪一类台阶，先生？有很多地方的路通向悬崖，很多路上都有一两级台阶。您是指正规的阶梯——也可以称之为'全台阶'，是吗？"

阿瑟爵士朝我看了看。"我们是指正规的阶梯。"我说。

---

① 即上文提到的陆军元帅。

他深思了一会儿，说："不知道是否想得起来。请稍等。在诺福克——布拉特夏姆——有个地方，在高尔夫球场旁边有两处阶梯。球打丢了，先生们要把球找回来，就会走这些阶梯。"

"不是这种。"我说。

"那么，还有海军运动场上的，你们是指这种吧。每个海滨休养地都有。"

我摇了摇头。

"应该是比这更偏远的地方。"我说。

"噢，先生们，我想不出别的地方了。当然喽，还有鲈鲋岬——"

"这是什么？"我问。

"是一大片白垩海岬，在肯特郡，离布莱德盖特不远。岬顶有许多别墅。有的住宅有阶梯，一直通到私用海滨。那地方很是时髦，住户们不尚往来。"

我翻开潮汐表，找到了布莱德盖特。满潮时间是六月十五日午后十点二十七分。

"我们终于有了线索，"我激动不已，"我怎么才能查明鲈鲋岬的潮汐情况呢？"

"我来告诉你，先生。"海岸警备队的人说，"就在本月，我去那里租房子住过，时常在夜间去深海区捕鱼。那里的潮汐比布莱德盖特早十分钟。"

我把潮汐表手册合上，看了看四周的各位。

"如果这些阶梯之中有一处阶梯的台阶是三十九级，那么我们就已经将疑窦解开了，先生们。"我说，"我想借用一下你的车，瓦特爵士，还有公路地图。如果麦克吉利弗雷先生能给我十分钟的时间,那么我就能为明天做些准备了。"

　　我感到自己很可笑——我担此重任,而他们却不在意。不过我毕竟是从一开始就登场亮相了的。此外,我早已习惯于干苦差事。这一点,这几位聪明能干有余的著名上流人士是不会看不出来的。是罗伊将军把任务交给了我。"我本人,"他说,"赞成将此事托付给汉尼先生。"

　　三点半钟,车子一路飞奔,经过肯特,掠过明月下那一排栽成树篱的灌木。麦克吉利弗雷最得力的助手就坐在我旁边。

第十章
海上风云

六月，晨光蓝里透红。我到达了布莱德盖特。从格里芬旅馆向外望去，海面平静，考克沙洲上的灯塔船显得只有浮标那么大。数英里之外的南面离海岸近些的海面上停泊着一艘小型驱逐舰。麦克吉利弗雷的助手斯凯菲曾在海军里干过，他知道此舰并将此舰的名称和副舰长的姓名都告诉了我。于是，我给瓦特爵士发了电报。

早餐后，斯凯菲从房地产经纪人那里弄到了鲈鲥岬阶梯隔门的钥匙。我同他一起沿着沙滩走去，在山崖的角落里坐下来。他已调查了六处阶梯。我不愿意让人看见。幸好此刻这里人很少。我一直在海滩上，没发现什么，只看见了海鸥。

他花了一个多小时才完成任务。他向我走来时，正在细看一张小纸条。我的心都提到嗓子眼儿了。一切都取决于我的猜测是否正确无误。

他大声读出了各种不同阶梯的台阶数目："三十四、三十五、三十九、四十二、四十七……"接着是"二十一"。此处的悬崖较低。我几乎要站起来大喊大叫了。

我们匆匆地回到镇上，给麦克吉利弗雷发去电报。我要了六个人，叫他们分散地住进指定的不同的旅馆。斯凯菲着手去探查三十九级台阶顶端的那幢房子。

他带回的消息既使我迷惑又使我安心。那房子号称"特拉法尔加寓所"，归一位年老的绅士所有。此人叫艾普尔顿，是退了休的股票经纪人。这是房地产经纪人说的。艾普尔顿先生是夏天来的，现已在此地住下——已有一个多星期。有关此人的信息，斯凯菲所知甚少，只知道此人是一位体面的老者，按时付账，常向当地慈善机构慷慨解囊。斯凯菲曾设法进了那寓所的后门，自称是缝纫机经销商。他雇有三名仆人：女厨子一名，客厅女仆一名，女仆一名——也就是有身份的中产阶级人家所雇用的那种仆人。女厨子不善闲言碎语，当即把斯凯菲挡在了门外。不过，他敢肯定，女厨子毫不知情。隔壁有幢新房子，是进行监视的极佳的隐蔽地点。另一边的别墅招租，其花园荒芜，灌木丛生。

我借了斯凯菲的望远镜，午餐前在鲈鲋岬一带散步。我以那一排排别墅作掩护，在高尔夫球场边上找到了一个极佳的观察点，能看见崖顶草坪的轮廓。每隔一定的距离，摆着椅子。有几小块四方形的地用围栏围着，里面种有灌木——阶梯便从那里一直往下通到海滩。特拉法尔加寓所——我看得很清楚，是座红砖别墅，有游廊，后面有个网球场。前面是普通的海滨花园，种满了雏菊和高矮不一的天竺葵。旗杆上那面巨大的英国国旗在平静的天空下显得毫无生气。

不一会儿，我观察到有人离开了房子，沿崖闲逛。我用望远镜一望，是位老人，身着白色法兰绒裤子、蓝色哔叽上衣，戴着草帽。他手拿双筒望远镜和报纸，在一把铁制的椅子上坐着看报。他不时地放下报纸，用望远镜看看大海，对那艘驱逐舰瞭望了许久。我留心观察了半个小时，直到他起身回家用午餐，我才回旅馆吃午饭。

我感到不怎么自信。这个不错的普通寓所不是我意料中的寓所。此人可能就是那可怕的高原沼地农场的秃顶考古学家，但也可能不是。然而，他正是你在每个城郊、每个度假胜地都能见到的那种知足常乐的老家伙。如果你要找毫无恶行的这类人，你大概就会选中此人。

午餐后，我坐在旅馆的门廊里，心中暗喜，因为我看见了我早已期盼而生怕得不到的东西。一艘快艇从南边开来，在鲈鲥岬的正对面抛锚，重量大约为一百五十吨。从白色军舰旗看，我认为它属于分舰队。斯凯菲和我去海港雇了一名船工，以便下午出海捕鱼。

我度过了温暖而宁静的下午。我们两个人捕到了大约二十磅鳕鱼和苏格兰青鳕。远在波涛滚滚的蓝色大海上，我观察事物时觉得更加爽快。我看见鲈鲥岬白崖上的那些别墅绿、红相映，尤为突出的是特拉法尔加寓所的那根高大的旗杆。四点钟左右，收获已够，我们叫船工把船划到快艇附近。快艇真像一只优雅的白鸟浮在那里，准备随时飞走。斯凯菲说，从它的构造看，一定跑得很快，而且马力很大。

船名是"阿利亚德内",这是我从一名正在擦洗铜制设备的水手的军帽上发现的。我跟他说话,听到的是埃塞克斯方言,口音十分柔和。另一名水手跟我寒暄时,说的是一口明白无误的英文。船工为天气之事跟一名水手发生了口角,我们便压住船桨向快艇的右舷船首靠近,为时大约有几分钟。

稍后,一名军官来到甲板上,水手们便不再理会我们而埋头干活儿了。此人年轻、大方、整洁,用非常地道的英文向我们问起我们捕鱼的情况。对他是没法怀疑的。他的短发发型,以及衣领和领带的剪裁绝不是英国式的。

这情况使我感到安心。不过,当我们把船划回布莱德盖特时,我那顽固的疑惧并未消除。我回想起,我的敌人知道我是从斯柯德那里获得消息的,我寻找地点的这一线索也是斯柯德提供的,这使我万分担心。如果他们知道了掌握线索的是斯柯德,也肯定不会改变计划吗?他们求胜太过心切,故而不愿去冒任何风险。他们对斯柯德所掌握的信息究竟知道多少,这才是全部问题之所在。昨晚我曾十分自信地谈到德国人一向按计划行事,然而,如果他们怀疑我有追踪他们之嫌却对其行踪仍不加以掩饰,那才是傻瓜呢。我不知道,昨晚的那个人是否已看出我认出了他。我总觉得,他没看出来——我对此坚信不疑。不过,全盘工作似乎还不像那个下午那般一筹莫展。从种种推测来看,我在那个下午是本当享受成功在握之喜悦的。

我在旅馆里认识了驱逐舰的副舰长,是斯凯菲介绍的。我跟他聊了几句。后来我想,应当花一两个小时监视特拉法尔加寓所。

我在远处小山上找到的地点是在一幢空房子的花园里,

从那里能完完全全地看见球场。球场上有两个人在打网球：一个是我见过的那位老人；另一个是年轻人，围在腰部的腰巾上印有俱乐部的徽记。他们打得十分起劲儿，恰似两位绅士在做剧烈运动，为了使毛孔张开，以便大汗淋漓。你想不出比这更天真无邪的场面了。他们叫喊、大笑。女仆用托盘送来两大杯啤酒，他们便停下来喝啤酒。我用手揉揉眼睛，自问是否不至于成为傻得出奇的傻瓜。诡诈与阴险的魔影始终在一些人的四周游荡——这些人就是用飞机和汽车在苏格兰高原沼地追杀我的那些人——尤其是在那个恶魔似的古物收藏者的四周游荡。把这些人跟那把将斯柯德刺穿在地板上的刀联系起来，是再自然不过的了。然而，这里是两个正直的市民，进行的是没有恶意的体育运动。他们即将回屋吃一顿平平常常的晚饭，谈谈市场的价格以及板球赛的最后得分，聊起他们的出生地瑟毕顿①。我一直在织网，想捕捉秃鹰和隼。瞧！两只莽撞的画眉无意中闯进网里了。

不一会儿，来了第三位，是个骑自行车的年轻人，扛着几根高尔夫球杆。他绕着溜达到网球场，受到打网球的那两个人闹腾般的欢迎。他们显然是在跟他开玩笑，开玩笑用的英文听起来令人咋舌。那个胖子用手绢擦了擦额头，宣称自己要去洗个澡。他说的话，我听见了。"我出汗出得相当可以了，"他说，"这下可以减轻我的体重、消除我的身心障碍了，鲍勃。明天我还要跟你较量较量，给你来个一杆进洞。"你不可能遇到比这更具英国特色的事了。

他们都进了屋，就剩下我一个。我觉得自己像个十足的

---

① 伦敦西南部的一个郊区，一九六五年被划入大伦敦区。

白痴。这回,我找错了目标。这些人或许是在演戏。如果是在演戏,那么他们的观众在何处?他们并不知道我就坐在三十码开外的杜鹃花丛里。以下的看法是不可信的:不能单从表面看这三个精神饱满的家伙——普普通通的、打比赛的、住在城郊的三个英国人。如果你愿意,也可以说他们乏味,说他们看似天真无邪,实则居心叵测。

然而,就这么三个人:一个年老,一个肥胖,一个又瘦又黑。他们住的地方跟斯柯德笔记里所写的完全相符。半英里之外停着一艘蒸汽机快艇,艇上至少有一名德国军官。我想到了卡洛里迪斯死后躺在那里的情景;想到了全欧洲在即将发生地震之际,一直在惶恐、颤抖;想到了我撇下留在伦敦的那些人,正焦急地等着数小时之后将要发生的种种大事。毫无疑问,这种地狱般的苦境正在某处形成。"黑石头"已先声夺人。如果他们得逞,这六月之夜将使他们增添一大批战利品。

似乎只有一个办法——我继续下去,就像毫无疑虑一样,即使因干蠢事而把脸丢尽也要慷慨地去干。我毕生从未像现在这样对任务感到如此为难。我当时的想法是,我宁愿走进无政府主义者的巢穴——他们人人手里拿着伯朗宁手枪,宁愿拿着气枪面对一头要袭击人的狮子,也不愿走进住着三个英国人的那个幸福的屋子,对他们说,他们的比赛结束了①。他们会怎样地笑话我啊!

我突然想起一件事,是我当年在罗得西亚时听彼特·皮

---

① 双关语,也有"他们完了"的含意。

纳①老人说的。我在前文里已引述过他。他是我所了解的最优秀的侦察员。在品行端正之前，他曾目无法纪，被当局严加通缉。彼特跟我讨论过一次化装问题，他的理论在当时使我颇受感动。他说，诸如指纹之类的绝对特征除外，只靠身体上的特征去识别逃亡者是根本没有用的——如果逃亡者精通其本行的话。对染头发、戴假胡子以及这类幼稚的蠢事，他都嗤之以鼻。只有一件事最重要，即彼特所说的"环境"。

如果一个人能从他最初被识破的环境进入完全不同的环境——下面一点最重要——能真正适应这环境，而且显得仿佛从未脱离过这环境，那么他便能使这世上的侦探高手大伤脑筋。他常讲的故事是：有一次，他借来一件黑色外衣，穿在身上去教堂，与一个人共用一本赞美诗集，而到处打听他的正是这位与他共用赞美诗集的人。如果此人以前曾在庄重的聚会上见过他，便能认出他。不过，此人以前见到的他，是开枪把酒馆的灯打灭的那个他。

回想起彼特的言谈，我在当天第一次感到了真正的安慰。彼特是精明的老手，而我所追踪的这些家伙也不是等闲之辈。如果他们也玩儿起彼特说的那一套，该怎么办？要显得不同，是愚者；看似相同，其实不同，是智者。

另外，我当养路工那阵子，彼特的另外一套箴言就帮助过我："你扮演角色时，不可中断，除非你能让自己确信，你就是那个角色。"这番话颇能用来阐明那场网球赛。那几个家伙用不着扮演，只不过换了名分，换了一种生活——这生活跟当初的生活一样，来得自自然然。听起来像是陈词滥

---

① 是作者杜撰的人物，也出现在他的另一部小说《绿斗篷》里。

调，但彼特却常说，这是所有响当当的罪犯的一大秘诀。

快到晚上八点钟时，我回到住处，找到斯凯菲，把彼特的教诲告诉了他。我跟斯凯菲一起商量如何安排他手下的人，然后我外出散步，因为我根本不想吃什么晚饭。我在没有人的高尔夫球场上四处走了走，然后朝那一排别墅北边的山崖走去。在新开辟的平整的小路上，我遇见过身穿法兰绒衣服的人从网球场、从海滨往回走，一名海岸警备队队员从无线电报站走来，还有一些皮耶罗①赶着驴车慢慢往家走。远处的大海一片青灰色，十分幽暗。我看见"阿利亚德内"和南边的驱逐舰都亮起了灯。考克沙滩那边，一艘客轮的灯更亮——它驶向泰晤士河。这一切显得宁静而正常，我越想越沮丧。九点钟左右，我下定决心，向特拉法尔加寓所走去。

路上，我看见一只灰色猎犬跟在一个年轻保姆身后大摇大摆地走着，这使我不由得感到一阵实实在在的畅快。它使我想起了我在罗得西亚时养过的一只狗。我当时常常带它一起去帕里山区打猎——打短角羚羊，也就是灰褐色的那种羚羊。我们跟踪一只短角羚羊，结果跟丢了。灰色猎犬要靠视力追踪，我的视力够好的了，但那只羚羊照样从我眼前溜走了。后来我才明白它是怎么消失的。南非丘陵中的岩石为灰色，在此背景下的羚羊就跟在一片乌云下面的乌鸦一样嘛！它根本不必跑，只需站着一动不动便可消融于背景之中。

此类往事掠过我的头脑时，我顿时想到了我目前的情况并引以为戒。"黑石头"根本不必逃窜。他们悄悄地跟背景

---

① 古代法国哑剧里穿白条衣的丑角。这里泛指丑角或小丑的表演者。

融为一体了。我这个思路是对的。我要将其记在心里,并告诉自己千万不能忘记。定论是:要记住彼特·皮纳说过的话。

斯凯菲手下的人现在应当已安排妥当,但却没看到一个人影。寓所就在那里,像市场一样公开,有目共睹。一道三英尺高的栏杆将寓所与山崖旁的公路隔开。寓所底层的窗户都开着,灯光昏暗,说话声很小——这表明住在这里的人已用罢晚餐。一切都是公开的、光明磊落的,跟义卖市场一样。我推开栏杆门,按了按门铃,觉得自己是世上最大的傻瓜。

像我这种人,曾周游世界,也去过一些贫民区,跟两个阶级——也就是你们所说的上层阶级和下层阶级——的人都十分相投。本人了解他们,他们也了解本人。我跟牧人、流浪者和养路工相处时无拘无束;我跟瓦特爵士以及我在头天晚上认识的那些人相处时自由自在。是何原因,我不得而知,但却是事实。不过,像我这样的人弄不明白的,是这个了不起的知足常乐的中产阶级世界,是住在别墅里和郊区的那些人。本人不知道他们这些人如何看待事物,不了解他们的习俗。本人对他们存有戒心,正像对树蛇①存有戒心一样。一名客厅女仆开门时,我张口结舌。

我说我要求见艾普尔顿先生,她便将我迎进了屋。我本打算直接走进餐室,来个突然出现,让那几个人因认出我而大吃一惊,以此来证明我的理论是行之有效的。但是,我走进那个整洁的大厅时,怔住了。里面有高尔夫球杆,有网球拍,有草帽和便帽,还有一摞摞手套和一捆手杖。这些东西

---

① 一种非洲毒蛇。

在成千上万的英国人家里是屡见不鲜的。一堆叠得整整齐齐的外套和防水服摞在橡木的旧柜子上。有摆的座钟滴滴答答地走着。几个擦得亮亮的铜制暖床器①靠在墙边,还有温度计。有一幅版画,画的是契尔特恩②——它是圣莱杰赛马会③上颁发的奖品。简直跟英国圣公会教堂一样正统。女仆请教我的姓名,我脱口而出,于是被引进了大厅右边的吸烟室。

此房间更加不妙。我没有仔细看,但能看见壁炉台上放着有相框的团体照片。我满可以断言,照片拍的是英国公学或私立中学。我只瞟了一眼,因为我要定定神,要跟在女仆身后。但为时已晚,她已走进餐室向主人通报了我的名字。我没能看见那三个人有何反应——坐失良机了。

我走进去时,坐在上席的老头儿站起来,转身迎接我。他身着晚礼服——跟另一个人一样,短上衣,配上黑色蝴蝶领结。这另一个人便是我所说的那个胖子。第三个人,即又黑又瘦的家伙,穿的是蓝色哔叽套装,戴着柔软的白色硬领,身上佩戴着某俱乐部或某学校的徽章。

老头儿的举止不卑不亢。"汉尼先生?"他有些犹豫地说,"你希望见我?你们几个,我待会儿再跟你们谈。我们最好到吸烟室去。"

我毫无信心,但强制自己,行动要光明正大。我拉过一把椅子,坐下来。

---

① 又称"长柄炭炉",睡前用来暖床。
② 一个丘陵地区,以天然美景著称。
③ 此赛马会上的奖创建于一七七六年。从一七七八年起,正式命名为"圣莱杰奖"。

"我们见过面。"我说,"我有何公干,想必你也知道。"

屋里灯光很暗,我尚能看见他们的面孔。他们故弄玄虚,很有一套。

"也许,也许,"老头儿说,"我的记性不太好。你要告诉我,你有何事,先生,因为我确实不知道你有何事。"

"那好,"我说,似乎总觉得自己纯粹是在胡言乱语,"我来,是要告诉你,你们完了。我有正当理由拘捕你们三位。"

"拘捕,"老头儿说,果然大为吃惊,"拘捕!天哪,为什么?"

"因为上个月二十三号在伦敦发生了弗兰克林·斯柯德凶杀案。"

"我从来没听说过这个姓名。"老头儿说,声音显得有些茫然。

另外几个人中的一个大声说:"是波特兰大街凶杀案。我在报上看见过。哎呀,你一定是糊涂了,先生!你从哪儿来?"

"苏格兰场。"我说。

我说过之后,足足有一分钟鸦雀无声。老头儿看着他的盘子,拨弄着一个坚果,显得既无辜又为难。

胖子大声说话了。他有点儿结结巴巴,很像个出言谨慎的人。

"别着急嘛,叔叔。"他说,"完全是误会,荒谬之极。不过这种事时有发生,很容易纠正过来。要证明我们的清白,并不费事。我可以告诉你,二十三号那天我不在国内。鲍勃住进了小型私人医院。你是在伦敦,但是你可以解释一下你在伦敦做什么。"

"对呀,珀西!这好办。二十三号是阿加莎婚礼之后的那一天。让我想想,我在做什么呢?我一大早从沃金来,在俱乐部里和查理·塞蒙斯一起吃午餐。后来——哦,对了,我跟费希芒格斯①一家共同用餐。我能记得,是因为果味饮料不合我的口味,弄得我第二天早晨没精打采的。见鬼,那个香烟盒还在呢,是我用餐后带回来的。"他指了指桌上的香烟盒,神色紧张地大笑起来。

"我认为,先生,"那个年轻人很有礼貌地对我说,"你看,你搞错了嘛!我们跟所有英国人一样,维护法律。我们也不想让苏格兰场闹笑话,对不对,叔叔?"

"那是当然,鲍勃。"老家伙的声音似乎恢复了正常,"那是当然。我们要尽我们之所能协助当局。不过——不过,这也实在有些过分,我不能原谅。"

"真不知道奈莉会怎么笑话你!"矮胖子说,"她总是说,你从来没出过事,所以总觉得生活无聊透了。现在可好,吃不了兜着走啦!"他开怀大笑。

"好家伙!说得是啊!想想吧!这是个多么适合在俱乐部大讲而特讲的故事啊!说真的,汉尼先生,我本该气愤,也本该说明我的清白,可是那样做就太无聊了!你使我受惊不小,我对你则几乎是宽宏大量!你如此愁容满面,而我却感到我一直在梦游,一直在给大伙儿逗乐儿呢。"

这不可能是表演,简直真实得无以复加了。我有点儿担心,冲动之下准备道歉并一走了之,但又告诫自己必须干到底,即使成了英国的笑柄也在所不惜。餐桌上,蜡烛的光并

----

① 是"鱼贩子"的意思。

不是很亮。为了掩盖慌乱，我站起来走到门边，按下了电灯的按钮。光线突然变亮了，闪得他们直眨眼睛。我站在那里仔细打量那三副面孔。

得啦，我也没看出什么名堂。一个年老、秃顶，一个健壮，一个又黑又瘦。看外貌，不能说他们不是在苏格兰追杀我的那三个人，可也无法鉴别他们的身份。我冒充养路工时，曾留心注意过那两双眼睛。我冒充奈德·艾斯利时，曾留心注意过另外两只眼睛。我的记忆力好，观察能力强，却无法如愿。这是为什么？这就说不清道不明了。他们看上去跟他们自称的身份简直是分毫不差，所以我对他们中的任何一个人都无法断然肯定。

舒适的餐室里，四面墙上挂着版画。壁炉台的上方是一张围着围裙的老太太的照片。我看不出这些东西跟高原沼地上的暴徒有何联系。我身边有个银质的香烟盒，是颁给圣贝德俱乐部的帕西瓦尔·艾普尔顿先生的高尔夫锦标赛的奖品。我得牢记彼特·皮纳所言，以防止自己从那房子里逃出。

"噢，"老头儿有礼貌地说，"你已进行了彻查，总安心了吧，先生？"

我无言以对。

"我希望你能明白，彻查跟你有责任终止这种可笑的行径是完全一致的。我并无怨言，不过你会发觉彻查对有身份的人而言肯定是令人厌烦的。"

我摇了摇头。

"天哪，"那个年轻人说，"这太过分了！"

"你难道要把我们带到派出所去吗？"胖子问道，"这或许是上策。不过依我看，你对地方的分支机构也不会满意的。

我有权要求你出示拘捕证，但我不想破坏你的名声——你不过是尽职而已。但你终究会承认，处境非常尴尬。你打算怎么办呢？"

没有别的办法，只能把我们的人召集来逮捕他们。要不就承认自己犯了大错，尽快脱身。这整个地方、这显然是清白无辜的表情，都使我中了魔——不仅仅是清白无辜，而且还有那三张脸上坦然的困惑而焦虑的表情。

"哦，彼特·皮纳，"我暗自叹了口气。在那一瞬间，我打算咒骂自己是傻瓜并请求他们原谅。

"这会儿，我提议打一局桥牌。"胖子说，"这样可以让汉尼先生有时间考虑考虑。我们三缺一——你打吗，先生？"

我接受了，好像这邀请跟俱乐部里日常的邀请没有什么两样。这整个事态已使我中了魔。我们走进吸烟室，那里牌桌已摆好，有烟酒相待。我就座，好似身在某种梦境里。窗子开着，黄色月光大潮般地倾洒在山崖和海面上。我的头脑里也有月光①。那三个人已恢复镇静，叙谈自若——也就是你在任何高尔夫聚会厅里都能听到的那类满口俚语的交谈。我的样子一定很怪——坐在那里皱着眉，两眼呆滞无神。

我的搭档是那个皮肤很黑的年轻人。我能打一手好桥牌，可是那天晚上我一定很差劲儿。他们看出，他们已把我搞得昏头昏脑，便越发心安理得。我不停地看他们的脸，可是他们的脸没有给我传递出任何信息。他们并非只是显得不同，他们就是不同。我坚信彼特·皮纳说过的话。

有个情况给我提了个醒。

---

① 双关语。另一层意思是"我满脑子的胡思乱想"。

老头儿打算点支雪茄烟。他并没有立刻拿起雪茄烟,而是在椅子上往后一靠,静坐了片刻,用几根手指轻轻地拍打着膝盖。

我记起了那一瞬间的情形:在高原沼地农场,我站在他面前。他的几名男仆拿着手枪,站在我身后。

区区小事,稍纵即逝。想必我当时一定会因眼睛盯着牌而错过这区区小事。然而,我没有错过,那情景似乎在顷刻间清晰起来。我心中的某种阴影已消散。这三个人,我完完全全、确确实实地认出来了。

壁炉台上的时钟敲了十下。

我眼前的这三张脸似乎变了,露出了破绽。那个年轻的就是凶手。我现在看到的是刻毒和残酷,而此前我却只看到了和颜悦色。我敢肯定,是他的刀把斯柯德刺穿在地板上,是他的本性使他将子弹射进了卡洛里迪斯的身体。

那胖子的面目似乎有些模糊。当我仔细看时,它却变得十分清晰。他无面目可言,有的不过是无数种假面具,可由他随意装扮。这家伙一定是个出色的演员。说不定他就是头天晚上出现的那个阿罗阿勋爵,也许不是——这不重要。我不知道他会不会是当初追踪斯柯德并给斯柯德留下名片的那个家伙。斯柯德曾说此人口齿不清。我能想象出,口齿不清和使人恐惧是如何相辅而成的。

那老头儿才是这伙人的主心骨。他是十足的计算器,冷漠、沉着、有心计,如蒸汽锤一样残酷无情。现在,我已拨云见日,真不明白我此前所看到的仁德从何说起。他的下巴好似冷淬过的钢铁。他的眼睛像飞禽的眼睛,明亮却无人性。我继续玩牌,心中涌起的憎恨每过一秒钟便加重一分,几乎使我窒息。我的搭档说话时，我都无法回答。对这些人，我只能多忍受片刻。

"哟，鲍勃！你看看时间！"老头儿说，"你得想想你上车的时间啦！鲍勃今晚要进城。"他补充道，转身看着我。他的声音极端虚假。

我看了看钟，快到十点半了。

"我看，他得推迟行程了。"我说。

"啊，讨厌，"那个年轻的说，"我还以为你把刚才那些无聊的事都抛到一边儿了呢。我非走不可。我可以把我的地址告诉你。你要我保证什么，我就保证什么。"

"不行，"我说，"你得留下。"

至此，我认为他们一定意识到事情已到了危急关头。他们的唯一机会本来是要我承认我在干傻事，这一手已经落空了。老头儿又说话了。

"我愿意当我侄子的保释人。这该使你满意了吧，汉尼先生。"这究竟是他异想天开，还是我从那平和的声音里听出了某种要我收场的意味呢？

果不其然，因为，当我瞅他时，他的眼睑往下垂，像鹰似的盖住眼睛，其模样之可怖早已印在了我的记忆里。

我吹响了警笛。

瞬间，灯灭了。两只粗壮的胳膊抱住我的腰，摁住我的口袋，以防口袋里有枪。

"快，弗朗茨！①"有人叫喊道，"船，船！②"这时，我

---

① 黑体字原文为德文。
② 黑体字原文为德文。

看见我的两个帮手出现在月光下的草坪上。

那个又黑又瘦的年轻人扑向窗口,跳了出去,翻过了矮篱笆。我的帮手没能逮住他。我一把将老头儿抓住了。房间里有人影晃动。我看见胖子被捕了,但我的眼睛只盯着户外的情形。只见弗朗茨飞快地跑过大路,朝通往海滨阶梯的有围栏的阶梯口跑。一个帮手追过去,没能追到。逃跑者进了阶梯的大门之后,将大门锁上了。我站住,向四周张望,两只手掐住老头儿的脖子。此时此刻,作为对手,他是很可能会走阶梯去海边的。

我的俘虏突然挣脱,朝墙扑去。咔嗒一声响,好像是拉动操纵杆的声音。接着,在下方很远处响起了低沉的隆隆声。我透过窗户看见从阶梯的门柱里喷撒出一团白垩色的尘雾。

有人开了灯。

老头儿看着我,目光如炬。

"他安全了!"他嚷道,"你追不上他了……他消失了……他胜利了……**胜利属于黑石头!**①"

蕴含在他那两只眼睛里的不只是平常的胜利。那两只眼睛曾经像肉食鸟的眼睛一样睁闭自如。现在,那两只眼睛燃起了鹰的傲慢之焰,烧起了一团单纯、盲从的狂热之火。我第一次领会到我此前遭遇到的事情之可怕。此人是间谍,又胜过间谍。就其卑劣行径而言,他又是个爱国者。

手铐铐在他的手腕上时,我对他说了我的最后一句话。

"我希望弗朗茨能好好地记住他的胜利。我应当告诉你,我们在紧要关头就已经掌控了'阿利亚德内'。"

---

① 黑体字原文为德文。

三个星期后，正如全世界所知，我们参战了。我在第一个星期便参加了新兵团。因为在马塔比里的经历，我当即被任命为上尉。不过，我心里在想，我在穿上这身卡其布军装之前，就已经最出色地服过兵役了。

John Buchan
The Thirty – Nine Steps

本书根据 Dover Publications,Inc. 1994 年版译出

前 言

伴随"一带一路"倡议的提出,越来越多的中国企业通过业务拓展和海外并购的方式走到海外。基于保护自身产品不被当地机构仿制、获得知识产权武器用于被诉侵权时自卫等目的,中国企业在国内外的专利申请量越来越高。

缴纳官方费用是专利申请过程中一项极为重要的工作。官费包括专利申请费、审查请求费、办理登记手续费、著录项目变更费、专利年费等几大类数百项。专利官费类型多样且金额不同,专利申请人需按照各国/地区/组织的要求按时并全额缴纳官方费用。如果超过规定的期限或不全额缴纳官费,将会产生滞纳金,甚至造成专利权丧失等严重后果。另外,企业在申请专利前如不能很方便地了解目标国专利官费,将不能很有效地进行决策。专利代理机构,尤其是具有涉外专利代理业务的专利流程人员也急需这样一本国内外专利官费手册用于日常的查阅。

为让大家更方便地查询国内外专利官费及金额,本手册从国家/地区/组织的维度,全面而系统地整理了中外 30 个国家/地区/组织的专利官费和其他 30 个国家/地区/组织的专利年费。目前中国专利申请人在这些国家/地区/组织的专利申请量居于全球前列,预计未来也是中国专利申请人申请专利的主要目标国。本手册中各项费用以列表方式展现,书中汇率均以 2017 年 12 月 3 日时间点作参考,清晰且易于查询,使读者能够快速查阅到。

本手册对于增强知识产权保护意识和能力、推进在新形势下加快知识产权强国建设也具有非常重要的意义。

本手册是合享汇智信息科技集团下属子公司北京合享智泉科技有限公司集体智慧的结晶,在编著过程中得到了集团孙然先董事长的大力支持,得到各界的许多鼓励和建议,在此一并表示感谢!

鉴于作者在时间、精力和知识上的限制,本书内容难免会有疏漏之处,恳请各位前辈和同仁不吝批评指正。

欲了解更多专利官费信息,请扫描下方二维码

目　录

第一章　国际（地区）组织 ·· 1
 非洲地区工业产权组织（AP）／ 1
 欧亚专利组织（EA）／ 7
 欧盟知识产权局（EU）／ 11
 欧洲专利局（EP）／ 14
 世界知识产权组织（WO）／ 24

第二章　亚　洲 ··· 37
 中国（CN）／ 37
 中国香港（HK）／ 43
 印度（IN）／ 50
 日本（JP）／ 63
 韩国（KR）／ 68
 中国澳门（MO）／ 74
 马来西亚（MY）／ 79
 新加坡（SG）／ 87
 中国台湾（TW）／ 97

第三章　欧　洲 ·· 100
 奥地利（AT）／ 100
 比利时（BE）／ 106
 瑞士（CH）／ 109
 德国（DE）／ 113

丹麦（DK）/ 121

芬兰（FI）/ 128

以色列（IL）/ 138

荷兰（NL）/ 141

挪威（NO）/ 144

瑞典（SE）/ 149

土耳其（TR）/ 155

第四章 北美洲 ··· 159

加拿大（CA）/ 159

美国（US）/ 169

第五章 大洋洲 ··· 181

澳大利亚（AU）/ 181

新西兰（NZ）/ 192

第六章 非 洲 ··· 195

南非（ZA）/ 195

附 录 ··· 203

附录1 汇 率/ 203

附录2 其他国家/地区/组织专利年费/ 204

附录3 索 引/ 265

第一章 国际（地区）组织

非洲地区工业产权组织（AP）

发明专利　　　　　　　　　　　　　　　　　　　　官方货币：美元

费用编号	费用描述		金额（USD）	金额（RMB）
1	申请费	纸质申请	290	1948
		电子申请	232	1559
2	指定费		85	571
3	审查报告费		300	2015
4	检索报告费		300	2015
5	公布或再公布的费用		350	2351
6.1	31~100 页，额外每页的附加费		20	134
6.2	101 页起，每页的附加费		30	202
7	多于 10 项权利要求，每项的额外费		50	336
8	授权费		350	2351
9	每个指定国的年度维持费	第一周年（申请日起第二年）	50	336
		第二周年	70	470
		第三周年	90	605
		第四周年	110	739
		第五周年	130	873
		第六周年	150	1008
		第七周年	170	1142
		第八周年	190	1276
		第九周年	210	1411
		第十周年	230	1545
		第十一周年	250	1680
		第十二周年	270	1814
		第十三周年	290	1948
		第十四周年	310	2083
		第十五周年	330	2217
		第十六周年起，每个指定国额外缴纳	50	336

续表

10.1	逾期缴纳年度维持费的滞纳金	100	672
10.2	此费用仍未被缴纳，每个月	50	336
11	更正错误 印刷错误（第一个错误）	20	134
	之后任何其他印刷错误	50	336
	其他错误	20	134
12	咨询登记簿	10	67
13	请求登记簿摘录副本或文件摘录的副本，每页	5	34
14.1	非洲地区工业产权组织专利申请或授权专利的认证副本不多于30页	100	672
14.2	从第31页起，每页	5	34
15	请求非洲地区工业产权组织专利/申请的优先权文件	100	672
16	根据PCT，非洲地区工业产权组织作为受理局提交的一件国际申请的传送费	50	336
17	准备摘要	100	672
18	将一件国家发明专利申请转为非洲地区工业产权组织申请	100	672
19	将一件非洲地区工业产权组织发明申请转为国家发明专利申请	100	672
20	将一件非洲地区工业产权组织发明申请转为实用新型申请	100	672
21	将一件非洲地区工业产权组织实用新型申请转为非洲地区工业产权组织发明专利申请	300	2015
22	转让登记，传送登记，变更登记事项登记等	100	672
23.1	请求延期	100，每次请求	672，每次请求
23.2	第二次请求对同一情况进行延期	第二次请求，200	第二次请求，1344
23.3	第三次请求对同一情况进行延期	第三次请求，400	第三次请求，2687
23.4	进一步请求对同一情况进行延期	每次请求，400	每次请求，2687
24	检索请求费（现有技术，有效性，可实施性等）	100	672
25	变更代理人	100	672

续表

费用编号	费用描述		金额(USD)	金额(RMB)
26	要求更换丢失或销毁的证书		100	672
27	恢复权利	31个月后在区域阶段提交PCT申请	100	672
		由于不遵守时限而失效的申请	100	672
		上述费用仍未被缴纳,每个月(不足整月按整月收取)	50	336
28	请求限制或公布授权修正		300	2015
29	主动修改权利要求书,说明书和附图		200	1344

实用新型

费用编号	费用描述		金额(USD)	金额(RMB)
1	申请费	纸质申请	100	672
		电子申请	80	537
2	指定费(每个国家)		20	134
3	登记和公布费		50	336
4	再公布的费用		20	134
5	续展费(每个指定国)	第一年度	20	134
		第二年度	25	168
		第三年度	30	202
		第四年度	35	235
		第五年度	40	269
		第六年度	45	302
		第七年度	50	336
		第八年度起,每年	10	67
6.1	逾期缴纳每年维持费的额外费		30	202
6.2	此费用仍未被缴纳,每个月		5	34
7.1	认证副本,每页		2	13
7.2	超过10页,每页		1	7
8	请求优先权文件		20	134
9.1	咨询登记簿		2	13
9.2	超过10页,每页		1	7

续表

10	更正笔误	第一个笔误	20	134
		所有其他的笔误	30	202
		非印刷更正	30	202
11	登记簿中一个登记的认证副本		20	134
12	转为国家发明申请		50	336
13	将一个非洲地区工业产权组织实用新型申请转为国家发明申请		300	2015
14	转让登记,传送登记,变更登记事项登记,减缴国家登记等		30	202
	超过10页,每页		1	7
15	请求延期		10/延期	67/延期
16	现有技术检索费		10	67
17	变更代理人		50	336
18	要求更换丢失或销毁的证书		50	336
19	恢复权利	31个月后在区域阶段提交PCT申请	30	202
		由于不遵守时限而失效的申请	30	202
		此费用仍未被缴纳,每个月	5	34

外观设计

费用编号	费用描述		金额(USD)	金额(RMB)
1	申请费	纸质申请	50	336
		电子申请	40	269
2	指定费		10	67
3	登记和公布费		75	504
4	每个指定国的年费	第一周年	10	67
		第二周年	12	81
		第三周年	14	94
		第四周年	16	107
		第五周年	18	121

续表

4	每个指定国的年费	第六周年	20	134
		第七周年	24	161
		第八周年	28	188
		第九周年	32	215
5	逾期缴纳年费的附加费		15	101
6	此费用仍未被缴纳,每个月		2	13
7	认证副本	每页	2	13
		超过10页,每页	1	7
8.1	咨询登记簿		2	13
8.2	超过10页,每页		1	7
9	更正笔误(每次请求)	第一个笔误	10	67
		第一个笔误后,所有额外的笔误	20	134
10	登记簿中的登记的认证副本		10	67
	超过10页,每页		1	7
11	转为国家发明申请		50	336
12	转让登记,传送登记,变更登记事项登记等		20	134
13	请求延期		50/延期	336/延期
14	现有技术检索费(现有技术,有效性,可实施性等)		50	336
15	变更代理人		50	336
16	请求非洲地区工业产权组织申请的优先权文件		20	134
17	请求更换丢失或销毁的证书		50	336
18	恢复权利	失效的申请	15	101
		此费用仍未被缴纳,每个月	2	13

非洲地区工业产权组织成员国(截至2017年11月):博茨瓦纳、冈比亚、加纳、肯尼亚、莱索托、马拉维、莫桑比克、塞拉利昂、索马里、苏丹、斯威士兰、坦桑尼亚、乌干达、赞比亚和津巴布韦。

官方语言:英语

专利类型:发明专利、实用新型、外观设计

保护期限:发明专利:自申请日起20年

实用新型:自申请日起10年

外观设计:自申请日起10年

了解非洲工业产权组织专利官费更多信息请扫描下方二维码：http://www.aripo.org/resources/patent-fees#

欧亚专利组织（EA）

官方货币：俄罗斯卢布

（一）申请费			金额 （RUB）	金额 （RMB）
费用编号	费用描述		金额（RUB）	金额（RMB）
1	单一手续费		28000	3136
2	每项权利要求的费用	超过5项	3700	414
		超过20项	4000	448
		超过50项	5000	560
3	逾期提交俄语申请的翻译		3700	414
4	逾期缴纳单一手续费的额外费		1-2费用的20%	1-2费用的20%
5	逾期提交委托书的费用		950	106
6	要求优先权的费用		16000	1792
7	在欧亚专利公约第15（4）条规定的期限之前提交发布欧亚申请的请求的费用		1600	179

如果履行专利法规细则40（5）规定的要求，总额可以减少25%。在专利法规细则40（5）中提及的检索报告由俄罗斯联邦专利和商标联邦机构制定的情况下，总额可以减少40%。

（二）实质审查请求			金额 （RUB）	金额 （RMB）
费用编号	费用描述			
1	实质审查费	1.1 关于一件发明	30000	3360
		1.2 关于一组发明（包括第一项独立的权利要求）	30000	3360
		1.2.1 第二项独立的权利要求	20000	2240
		1.2.2 第三项及之后的每项独立的权利要求	10000	1120
2	提出实质审查请求的附加费		1中指出的费用的50%	1中指出的费用的50%
3	将一个欧亚专利申请转为国家专利申请的费用		6400	717

（三）授权和公布费

费用编号	费用描述	金额（RUB）	金额（RMB）
1	欧亚专利的授权和公布费用	18000	2016
2	在4个月期限到期后，2个月内缴纳欧洲专利授权的附加费	3700	414
3	公布欧亚专利新的说明书的费用	6400	717
4	公布欧亚专利的页数超过35页的附加费，第36页起每页	200	22

（四）修改和更正的费用

费用编号	费用描述		金额（RUB）	金额（RMB）
1	提交欧亚申请的修改的附加费	在关于正式要求的审查完成之前	3700	414
		在关于正式要求的审查完成之后	8000	896
2	更正和改变欧亚专利的费用，每次更正和改变		3700	414
3	提交引入补充权利要求请求的费用	超过已经支付相应费用的权利要求的数量，每项权利要求	1和2列明的费用总和	1和2列明的费用总和
		每个新的独立的权利要求	20000	2240
4	提交更改欧亚专利授权请求书包含的信息的请求费		640	72
5	提交在欧亚专利登记簿中登记专利权人姓名和/或住所或地点更改的请求费		1800	202

（五）异议和上诉的费用

费用编号	费用描述	金额（RUB）	金额（RMB）
1	根据专利法规细则48（1）和48（2），提出反对决定的上诉的费用	20000	2240
2	根据专利法规细则53（1）和16（7），提出反对欧亚专利或延长专利期限的异议的费用	30000	3360
3	根据专利法规细则48（5），提出反对决定的上诉的费用	35000	3920
4	根据专利法规细则53（8）和16（8），提交反对决定的上诉的费用	45000	5040

（六）延长期限和恢复权利的费用

费用编号	费用描述		金额（RUB）	金额（RMB）
1	延长进行中的行为期限的附加费	期限届满后 12 个月		
		延期的前两个月	1000	112
		第三个月及之后的每个月	增加 1000	增加 112
		期限届满 12 个月后 除 8（1）（i）中第 13 个月和之后延期的每个月	增加 1250	增加 140
2	请求进一步处理的费用		15000	1680
3	请求恢复关于欧亚申请或欧亚专利的权利的费用		25000	2800

（七）检查文件的费用

费用编号	费用描述	金额（RUB）	金额（RMB）
1.1	请求提供欧亚申请或欧亚专利的文件副本	640	72
1.2	超过 20 张，每张的附加费	60	7
2	检查欧亚申请或欧亚专利文件的费用	4000	448
3	交流欧亚专利登记簿信息的费用	800	90
4	在欧亚申请公布前交流其信息的费用	800	90

（八）维持，放弃，限制和延长专利期限的费用

费用编号	费用描述	金额（RUB）	金额（RMB）
1	专利法规细则 40（7）规定的 6 个月的宽限期内缴纳年费的附加费用	缴纳的年费的 50%	缴纳的年费的 50%
2	专利法规细则 39（2）规定的 3 年期限内缴纳年费的附加费用	第 1 次未缴纳年费的金额的 50%	第 1 次未缴纳年费的金额的 50%
3	请求放弃欧亚专利的费用	640	72
4	请求限制欧亚专利的费用	5000	560
5	请求延长欧亚专利的期限的费用	10000	1120

费用编号	费用描述		金额(RUB)	金额(RMB)
(九) 转让关于欧亚申请或欧亚专利的权利的费用				
1	继承转让登记请求费	一件欧亚申请	1800	202
		一件欧亚专利	3700	414
2	转让登记请求费	一件欧亚申请	7500	840
		一件欧亚专利	15000	1680
3	抵押权益登记请求费	一件欧亚申请	3700	414
		一件欧亚专利	7500	840

欧亚专利组织成员国（截至 2017 年 11 月）：亚美尼亚、阿塞拜疆、白俄罗斯、哈萨克斯坦、吉尔吉斯斯坦、俄罗斯、摩尔多瓦、塔吉克斯坦、土库曼斯坦。

官方语言：俄语

专利类型：发明专利

保护期限：自申请日起 20 年

了解欧亚专利组织专利官费更多信息请扫描下方二维码：https：//www.eapo.org/en/documents/norm/price_ poshlina2017.pdf

欧盟知识产权局（EU）

外观设计

官方货币：欧元

（一）登记费			
费用编号	费用描述	金额（EUR）	金额（RMB）
1	登记费	230	1826

（二）关于多项申请中的每件额外设计的附加登记费			
费用编号	费用描述	金额（EUR）	金额（RMB）
1	第2到10件设计，每件设计的费用	115	913
2	从第11件设计起，每件设计的费用	50	397
3	国际登记的个别指定费	62	492
4	公布费	120	953

（三）关于多项申请中的每件额外设计的附加公布费			
费用编号	费用描述	金额（EUR）	金额（RMB）
1	第2到10件设计，每件设计的费用	60	476
2	从第11件设计起，每件设计的费用	30	238
3	延期公布费	40	318

（四）已提出延期公布请求多项外观申请中的每个额外设计的延期公布的附加费			
费用编号	费用描述	金额（EUR）	金额（RMB）
1	第2到10件设计，每件设计的费用	20	159
2	从第11件设计起，每件设计的费用	10	79
3	逾期缴纳登记费的费用	60	476
4	逾期缴纳公布费的费用	30	238
5	逾期缴纳延期公布费的费用	10	79
6	逾期缴纳2、4和6中附加的多项申请的附加费的费用	附加费的25%	附加费的25%

(五）续展费（包括或不包括在多项登记的每件设计）			
费用编号	费用描述	金额(EUR)	金额(RMB)
1	续展的第一阶段的费用	90	714
2	续展的第二阶段的费用	120	953
3	续展的第三阶段的费用	150	1191
4	续展的第四阶段的费用	180	1429
5	逾期缴纳年费或逾期提交年费请求的费用	附加费的25%	附加费的25%

（六）一件国际登记的个别续展费			
费用编号	费用描述	金额(EUR)	金额(RMB)
1	续展的第一阶段的费用，每件设计	31	246
2	续展的第二阶段的费用，每件设计	31	246
3	续展的第三阶段的费用，每件设计	31	246
4	续展的第四阶段的费用，每件设计	31	246
5	无效宣告请求费	350	2778
6	上诉费	800	6350
7	恢复费	200	1588
8	记录转让共同体设计申请	200/设计	1588/设计
9	登记转让共同体设计申请	200/设计	1588/设计
10	登记注册式共同体外观设计的证书或其他权利或一个共同体外观设计的申请 (a) 颁发许可证 (b) 转让许可证 (c) 创造物权 (d) 转让物权 (e) 实施执行	200/设计	1588/设计
11	取消登记证书或其他权利的费用	200/设计	1588/设计

（七）注册式共同体外观设计申请副本，登记证书副本或登记簿摘录的发布费用

费用编号	费用描述	金额（EUR）	金额（RMB）
1	未认证的副本或摘录	10	79
2	认证的副本或摘录	30	238
3	检查这些文件的费用	30	238

（八）发布提交文件的副本的费用

费用编号	费用描述	金额（EUR）	金额（RMB）
1	未认证的副本	10	79
2	认证的副本	30	238
3	超过10页的，每加一页	1	8
4	交流一个文件的信息的费用	10	79
5	超过10页，每加一页	1	8
6	复审退返手续费的决定的费用	100	794

欧盟知识产权局成员国（截至2017年11月）：英国、法国、德国、意大利、荷兰、比利时、卢森堡、丹麦、爱尔兰、希腊、葡萄牙、西班牙、奥地利、瑞典、芬兰、马耳他、塞浦路斯、波兰、匈牙利、捷克、斯洛伐克、斯洛文尼亚、爱沙尼亚、拉脱维亚、立陶宛、罗马尼亚、保加利亚、克罗地亚。

官方语言：英语、法语、德语

专利类型：外观设计

保护期限：自申请日起25年

了解欧盟知识产权局官费更多信息请扫描下方二维码：https://euipo.europa.eu/ohimportal/rcd-fees-directly-payable-to-euipo

欧洲专利局（EP）

官方货币：欧元

	（一）PCT（欧洲专利局作为受理局）		
费用编号	费用描述	金额（EUR）	金额（RMB）
1	国际检索费	1875	14884
2	重建费，恢复费（EPC, PCT）	640	5080
3	国际申请传送费	130	1032
4	申请，优先权文件认证的副本	50	397
5	滞纳金，最高额	581.5	4616
6	超过30页，每页的PCT费用	13	103
7	国际申请费	1163	9232
8	PCT-网页形式申请减缴	87	691
9	PCT-PDF减缴	175	1389
10	PCT-XML减缴	262	2080

	（二）PCT（EPO作为国际检索机构和补充国际检索机构）		
费用编号	费用描述	金额（EUR）	金额（RMB）
1	国际检索费	1875	14884
2	拒付费-国际申请	875	6946
3	逾期提供序列列表的费用	230	1826
4	补充国际检索的复审费-补充国际检索的复审费	875	6946

	（三）PCT（欧洲专利局作为国际初步审查机构）		
费用编号	费用描述	金额（EUR）	金额（RMB）
1	国际申请初步审查费	1930	15320
2	拒付费-国际申请	875	6946
3	滞纳金	350	2778
4	逾期提供序列列表的费用	230	1826
5	手续费	175	1389

	（四）上诉		
费用编号	费用描述	金额（EUR）	金额（RMB）
1	上诉费	1880	14923
2	重建费，恢复费（EPC，PCT）	640	5080
3	保全证据费	75	595
4	技术意见的费用	3900	30958
5	请求复审的费用	2910	23100

		（五）直接向欧洲专利局递交申请		
费用编号		费用描述	金额（EUR）	金额（RMB）
1	申请费	直接向欧洲专利局递交申请（纸质提交）	210	1667
		直接向欧洲专利局递交申请（网上提交）	120	953
2	欧洲检索费	在2005年7月1日之前提交的申请的附加检索	885	7025
		2005年7月1日当天及之后提交的申请	1300	10319
3	指定费	每个指定申请的国家（最多7个），在2009年4月1日之前提交的申请	100	794
		每个指定申请的国家（最多7个），在2009年4月1日当天及之后提交的申请	585	4644
4	重建费，恢复费（EPC，PCT）		640	5080
5	权利要求费	第16项至第50项，每项权利要求	235	1865
		从第51项起，每项权利要求	585	4644
6	申请，优先权文件认证的副本		50	397
7	第三年年费		470	3731
8	检索报告引用的文件的附加副本		40	318
9	最大滞纳金金额		150	1191
10	逾期提供序列表的费用		230	1826
11	进一步处理的费用（非费用相关情况）		255	2024
12	进一步处理的费用（滞纳金-相关费用的50%）		—	—
13	延期费的额外费		51	405

续表

14	斯洛文尼亚的延期费（2002年12月1日成为欧专局成员国）	102	810
15	立陶宛的延期费（2004年12月1日成为欧专局成员国）	102	810
16	拉脱维亚的延期费（2005年7月1日成为欧专局成员国）	102	810
17	阿尔巴尼亚的延期费（2010年5月1日成为欧专局成员国）	102	810
18	罗马尼亚的延期费（2003年3月1日成为欧专局成员国））	102	810
19	马其顿共和国的延期费（2009年1月1日成为欧专局成员国）	102	810
20	克罗地亚的延期费（2008年1月1日成为欧专局成员国）	102	810
21	波斯尼亚和黑塞哥维那的延期费-波斯尼亚和黑塞哥维那的延期费	102	810
22	塞尔维亚的延期费（申请日期为2006年6月4日-2010年9月30日）	102	810
23	黑山共和国的延期费	102	810
24	摩洛哥的生效费	240	1905
25	摩尔多瓦共和国的生效费	200	1588
26	突尼斯的生效费	180	1429
27	摩洛哥的生效附加费	120	953
28	摩尔多瓦共和国的生效附加费	100	794
29	突尼斯的生效附加费	90	714
30	第36页及之后的每一页的附加申请费	15	119
31	分案的第二代附加费	210	1667
32	分案的第三代附加费	425	3374
33	分案的第四代附加费	635	5041
34	分案的第五代及之后的每一代	850	6747

（六）EPRO-PCT申请			
费用编号	费用描述	金额（EUR）	金额（RMB）
1	欧洲检索费	在2005年7月1日之前提交的申请的附加检索	885	7025
		在2005年7月1日当天及之后提交的申请	1300	10319

续表

2	指定费	每个指定申请的国家（最多7个），在2009年4月1日之前提交的申请	100	794
		每个指定申请的国家（最多7个），在2009年4月1日当天及之后提交的申请	585	4644
3	审查费	在2005年7月1日以前提交的申请和在2005年7月1日当天及之后提交的国际申请	1825	14487
		在2005年7月1日当天或之后提交的申请	1635	12979
4	权利要求费	第16项至第50项，每项权利要求	235	1865
		从第51项起，每项权利要求	585	4644
5	申请费	进入欧洲阶段-线下	210	1667
		进入欧洲阶段-线上	120	953
6	第三年年费		470	3731
7	检索报告引用的文件的附加副本		40	318
8	最大滞纳金金额		150	1191
9	逾期提供序列列表的费用		230	1826
10	延期费的额外费		51	405
11	斯洛文尼亚的延期费（2002年12月1日成为欧专局成员国）		102	810
12	立陶宛的延期费（2004年12月1日成为欧专局成员国）		102	810
13	拉脱维亚的延期费（2005年7月1日成为欧专局成员国）		102	810
14	阿尔巴尼亚的延期费（2010年5月1日成为欧专局成员国）		102	810
15	罗马尼亚的延期费（2003年3月1日成为欧专局成员国））		102	810
16	马其顿共和国的延期费（2009年1月1日成为欧专局成员国）		102	810
17	克罗地亚的延期费（2008年1月1日成为欧专局成员国）		102	810
18	波斯尼亚和黑塞哥维那的延期费-波斯尼亚和黑塞哥维那的延期费		102	810
19	黑山共和国的延期费		102	810
20	摩洛哥的生效费		240	1905
21	摩尔多瓦共和国的生效费		200	1588
22	突尼斯的生效费		180	1429
23	摩洛哥的生效附加费		120	953

24	摩尔多瓦共和国的生效附加费	100	794
25	突尼斯的生效附加费	90	714
26	第36页及之后的每一页的附加申请费	15	119

(七)请求审查			
费用编号	费用描述	金额(EUR)	金额(RMB)
1	指定费	每个指定申请的国家(最多7个)在2009年4月1日之前提交的申请	100	794
		每个指定申请的国家(最多7个)在2009年4月1日当天及之后提交的申请	585	4644
2	审查费	2005年7月1日以前提交的申请和2005年7月1日当天及之后提交的国际申请	1825	14487
		2005年7月1日当天或之后提交的申请	1635	12979
3	重建费,恢复费(EPC, PCT)		640	5080
4	根据Art. 7(3)RFees规定的最大滞纳金金额		150	1191
5	进一步处理的费用(非费用相关情况)		255	2024
6	进一步处理的费用(滞纳金-相关费用的50%)		—	—
7	延期费的额外费		51	405
8	斯洛文尼亚的延期费(2002年12月1日成为欧专局成员国)		102	810
9	立陶宛的延期费(2004年12月1日成为欧专局成员国)		102	810
10	拉脱维亚的延期费(2005年7月1日成为欧专局成员国)		102	810
11	阿尔巴尼亚的延期费(2010年5月1日成为欧专局成员国)		102	810
12	罗马尼亚的延期费(2003年3月1日成为欧专局成员国)		102	810
13	马其顿共和国的延期费(2009年1月1日成为欧专局成员国)		102	810
14	克罗地亚的延期费(2008年1月1日成为欧专局成员国)		102	810
15	波斯尼亚和黑塞哥维那的延期费-波斯尼亚和黑塞哥维那的延期费		102	810
16	塞尔维亚的延期费(申请日期为2006年6月4日-2010年9月30日)		102	810

续表

		102	810
17	黑山共和国的延期费	102	810
18	摩洛哥的生效费	240	1905
19	摩尔多瓦共和国的生效费	200	1588
20	突尼斯的生效费	180	1429
21	摩洛哥的生效附加费	120	953
22	摩尔多瓦共和国的生效附加费	100	794
23	突尼斯的生效附加费	90	714

(八) 授权

费用编号	费用描述		金额 (EUR)	金额 (RMB)
1	授权和印刷费（不超过35页）或包括公布费的授权费		925	7343
2	从第36页起，每页附加印刷费		15	119
3	权利要求费	第16项至第50项，每项权利要求	235	1865
		从第51项起，每项权利要求	585	4644
4	进一步处理的费用（逾期执行 acts R. 71 (3)）		255	2024
5	进一步处理的费用（滞纳金-相关费用的50%）		—	—

(九) 年费

费用编号	费用描述		金额 (EUR)	金额 (RMB)
1	年费	第三年度	470	3731
		第四年度	585	4644
		第五年度	820	6509
		第六年度	1050	8335
		第七年度	1165	9248
		第八年度	1280	10161
		第九年度	1395	11074
		第十年度	1575	12502

续表

1	年费	第十一年度	1575	12502
		第十二年度	1575	12502
		第十三年度	1575	12502
		第十四年度	1575	12502
		第十五年度	1575	12502
		第十六年度	1575	12502
		第十七年度	1575	12502
		第十八年度	1575	12502
		第十九年度	1575	12502
		第二十年度	1575	12502
2	年费的附加费	第三年度	235	1865
		第四年度	292.50	2322
		第五年度	410	3255
		第六年度	525	4167
		第七年度	582.50	4624
		第八年度	640	5080
		第九年度	697.50	5537
		第十年度	787.50	6251
		第十一年度	787.50	6251
		第十二年度	787.50	6251
		第十三年度	787.50	6251
		第十四年度	787.50	6251
		第十五年度	787.50	6251
		第十六年度	787.50	6251
		第十七年度	787.50	6251
		第十八年度	787.50	6251
		第十九年度	787.50	6251
		第二十年度	787.50	6251

（十）异议费

费用编号	费用描述	金额（EUR）	金额（RMB）
1	公布欧洲专利新的说明书的费用	75	595
2	异议费	785	6231
3	重建费，恢复费（EPC, PCT）	640	5080
4	请求由异议部门做出固定价格的决定的费用	75	595
5	印刷的额外费（R. 82 (3), R. 95 (3)）	120	953
6	技术意见的费用	3900	30958
7	根据 Art. 7 (3) RFees 规定的最大滞纳金	150	1191

（十一）行政费用

费用编号	费用描述	金额（EUR）	金额（RMB）
1	转换费	75	595
2	转让登记	100	794
3	许可和其他权利登记	100	794
4	注销登记许可和其他权利	100	794
5	专利证书认证的副本	50	397
6	欧洲专利登记的文件摘录	40	318
7	检查文件-最多100页的纸质文件副本，电子存储	50	397
8	申请，优先权文件认证的副本	50	397
9	沟通文件信息	40	318
10	通过传真发出收据	55	437
11	检索报告引用的文件的附加副本	40	318
12	根据 Art. 7 (3) RFees 规定的最大滞纳金	150	1191
13	其他文件的证书	50	397

（十二）撤销-限制

费用编号	费用描述	金额（EUR）	金额（RMB）
1	公布欧洲专利新的说明书的费用	75	595

续表

2	重建费，恢复费（EPC, PCT）	640	5080
3	印刷的额外费（R. 82 (3), R. 95 (3)）	120	953
4	限制费用	1165	9248
5	撤销费用	525	4167

（十三）延期和生效			
费用编号	费用描述	金额（EUR）	金额（RMB）
1	延期费的额外费	51	405
2	斯洛文尼亚的延期费（2002年12月1日成为欧专局成员国）	102	810
3	立陶宛的延期费（2004年12月1日成为欧专局成员国）	102	810
4	拉脱维亚的延期费（2005年7月1日成为欧专局成员国）	102	810
5	阿尔巴尼亚的延期费（2010年5月1日成为欧专局成员国）	102	810
6	罗马尼亚的延期费（2003年3月1日成为欧专局成员国））	102	810
7	马其顿共和国的延期费（2009年1月1日成为欧专局成员国）	102	810
8	克罗地亚的延期费（2008年1月1日成为欧专局成员国）	102	810
9	波斯尼亚和黑塞哥维那的延期费-波斯尼亚和黑塞哥维那的延期费	102	810
10	塞尔维亚的延期费（申请日期为2006年6月4日-2010年9月30日）	102	810
11	黑山共和国的延期费	102	810
12	摩洛哥的生效费	240	1905
13	摩尔多瓦共和国的生效费	200	1588
14	突尼斯的生效费	180	1429
15	摩洛哥的生效附加费	120	953
16	摩尔多瓦共和国的生效附加费	100	794
17	突尼斯的生效附加费	90	714

欧洲专利局成员国（截至2017年11月）：奥地利、比利时、丹麦、法国、德国、希腊、爱尔兰、意大利、列支敦士登、卢森堡、摩纳哥、荷兰、葡萄牙、瑞典、瑞士、西班牙、英国、塞浦路斯、芬兰。

官方语言：英语、法语、德语

专利类型：发明专利

保护期限：自申请日起 20 年

了解欧洲专利局官费更多信息请扫描下方二维码：

https://my.epoline.org/portal/classic/epoline.Scheduleoffees

世界知识产权组织（WO）

PCT
传送和国际申请费

受理局	传送费	国际申请费 （CHF 1330）	超过30页， 每张 （CHF 15）	根据费用表的电子申请减缴			胜任的国际 检索机构
				条款4（a） （CHF 100）	条款4（b） （CHF 200）	条款4（c） （CHF 300）	
AG	信息尚未公布						CA EP
AL	ALL 9000	CHF 1330	15	—	—	—	EP
AM	AMD 32000	USD 1367	15	—	—	—	EP RU
AP	USD 50（或以等值的当地货币）	USD 1367	15	—	—	—	AT EP SE
AT	EUR 52	EUR 1219	14	—	183	275	EP
AU	AUD 200	AUD 1781	20	—	268	402	AU KR
AZ	AZN 35.40	USD 1367	15	—	206	308	EP RU
BA	BAM 50	EUR 1219	14	—	—	—	EP
BE	EUR 120	EUR 1219	14	—	—	—	EP
BG	BGN 80	BGN eq CHF 1330	eq CHF 15	—	eq CHF 200	eq CHF 300	EP RU
BH	BHD 70	USD 1367	15	—	—	—	AT EP US
BN	BND 150	BND eq CHF 1330	eq CHF 15	—	eq CHF 200	eq CHF 300	AU EP JP
BR	BRL 线上：175 纸质：260	BRL eq CHF 1330	eq CHF 15	—	eq CHF 200	eq CHF 300	AT BR EP SE US
BW	USD 32	USD 1367	15	—	—	—	EP
BY	USD 50	USD 1367	15	—	—	—	EP RU
BZ	BZD 300	USD 1367	15	—	—	—	CA EP
CA	CAD 300	CAD 1792	20	—	269	404	CA
CH	CHF 100	CHF 1330	15	—	200	300	EP
CL	CLP eq USD 130	CLP eq USD 1367	eq CHF 15	—	eq USD 206	eq USD 308	CL EP ES KR US

续表

CN	CNY 500	CNY eq CHF 1330	eq CHF 15	—	eq CHF 200	eq CHF 300	CN
CO	COP 952000	COP eq CHF 1330	eq CHF 15	—	eq CHF 200	eq CHF 300	AT BR CL EP ES RU
CR	USD 250	USD 1367	15	—	—	—	CL EP ES
CU	CUC 200	CUC 1367	15	—	206	308	AT BR CL EP ES RU
CY	EUR 191	EUR 1219	14	—	—	—	EP
CZ	CZK 1500	EUR 1219	14	—	183	275	EP XV
DE	EUR 90	EUR 1219	14	—	183	275	EP
DJ	USD 100 或 eq DJF	USD 1367	15	—	—	—	AT EG EP
DK	DKK 1500	DKK 9070	100	—	1360	2050	EP SE XN
DM	信息尚未公布						
DO	USD 275	USD 1367	15	—	206	308	CL EP ES US
DZ	DZD 无	CHF 1330	15	—	200	300	AT EP
EA	RUB 1600	USD 1367	15	—	206	308	EP RU
EC	USD —	USD 1367	15	—	—	—	CL EP ES
EE	EUR 120	EUR 1219	14	—	183	275	EP
EG	USD 142	USD 1367	15	—	206	308	AT EG EP US
EP	EUR 130	EUR 1219	14	92	183	275	EP
ES	EUR 74.25	EUR 1219	14	—	183	275	EP ES
FI	EUR 135	EUR 1219	14	—	183	275	EP FI SE
FR	EUR 62	EUR 1219	14	—	183	275	EP
GB	GBP 75	GBP 1063	12	—	160	240	EP
GD	信息尚未公布						
GE	USD 100	USD 1367	15	—	206	308	AT EP IL RU US

续表

GH	GHS 2500 或 5000	USD 1367	15	—	—	—	AT AU CN EP SE	
GR	EUR 115	EUR 1219	14	—	—	—	EP	
GT	GTQ eq USD 250	USD 1367	15	—	—	—	AT BR CL EP ES US	
HN	USD 200	USD 1367	15	—	—	—	EP ES	
HR	HRK 200	HRK eq CHF 1330	eq CHF 15	—	eq CHF 200	eq CHF 300	EP	
HU	HUF 11800	HUF 374700	4200	—	56300	84500	EP XV	
IB	CHF 100 或 EUR 87 或 USD 103	CHF 1330 或 EUR 1163 或 USD 1366	15 14 15	—	200 183 206	300 275 308	参考官方备注 15	
ID	IDR 1000000	IDR eq CHF 1330	eq CHF 15	—	eq CHF 200	eq CHF 300	AU EP JP KR RU SG	
IE	EUR 76	EUR 1219	14	—	—	—	EP	
IL	ILS 550	USD 1367	15	—	206	308	EP IL US	
IN	INR 17600 （纸质申请） INR 16000 （电子申请）	USD 1367	15	—	206	308	AT AU CN EP IN SE US	
IR	IRR 50000 （自然人） 500000 （法人）	IRR eq CHF 1330	eq CHF 15	—	eq CHF 200	eq CHF 300	CN EP IN RU	
IS	ISK 17300	ISK 143000	1600	—	21500	32300	EP SE XN	
IT	EUR 30.99	EUR 1219	14	—	—	—	EP	
JO	USD 100 或 eq JOD	USD 1367	15	—	206	308	AT AU EP	
JP	JPY 10000	JPY 151800	1700	—	—	34200	EP JP SG	

续表

KE	USD 250 或 KES equiv 加邮寄费用	USD 1367	15	—	—	—	AT AU CN EP SE
KG	无	USD 1367	15	—	—	—	EP RU
KH	USD 100	USD 1367	15	—	—	—	EP JP SG
KN	信息尚未公布						EP
KP	KPW eq CHF 50	KPW eq CHF 1330	eq CHF 15	—	—	—	AT CN RU
KR	KRW 45000	CHF 1330	15	—	—	300	AT AU JP KR
KZ	KZT 10264.80	USD 1367	15	—	—	—	EP RU
LR	USD 45	USD 1367	15	—	—	—	AT AU CN EP SE
LS	LSL —	LSL eq CHF 1330	eq CHF 15	—	—	—	AT EP
LT	EUR 92	EUR 1219	14	—	183	275	EP RU XV
LU	EUR 19	EUR 1219	14	—	—	—	EP
LV	EUR 70	EUR 1219	14	—	183	275	EP RU
LY	LYD —	CHF 1330	15	—	—	—	AT EP
MA	MAD 600	CHF 1330	15	—	—	—	AT EP RU SE
MC	EUR 54	EUR 1219	14	—	—	—	EP
MD	EUR 100	USD 1367	15	—	—	—	EP RU
ME	EUR —	EUR 1219	14	—	—	—	EP
MK	MKD 2700	MKD eq CHF 1330	eq CHF 15	—	—	—	EP
MN	无	CHF 1330	15	—	—	—	EP KR RU
MT	EUR 55	EUR 1219	14	—	—	—	EP
MW	MWK 6000	USD 1367	15	—	—	—	EP

MX	USD 323.70	USD 1367	15	—	206	308	AT CL EP ES KR SE SG US
MY	MYR 500 （电子申请） 550 （纸质申请）	MYR eq CHF 1330	eq CHF 15	—	eq CHF 200	eq CHF 300	AU EP JP KR
NI	USD 200	USD 1367	15	—	—	—	EP ES
NL	EUR 50	EUR 1219	14	—	183	275	EP
NO	NOK 800	NOK 11610 （自从 1.11.17： 10920）	130（120）	—（—）	1750 （1640）	2620 （2460）	EP SE XN
NZ	NZD 207	NZD 1880	21	—	283	424	AU EP KR US
OA	XAF —	XAF eq CHF 1330	eq CHF 15	—	—	—	AT EP RU SE
OM	OMR 40	OMR eq USD 1367	eq USD 15	—	eq USD 206	eq USD 308	AT AU EG EP US
PA	USD 200	USD 1367	15	—	206	308	BR CL EP ES US
PE	PEN 233.35	PEN eq USD 1367	eq USD 15	—	206	308	AT BR CL EP ES KR US
PG	PGK 250	USD 1367	15	—	—	—	AU
PH	PHP 4200	USD 1367	15	—	206	308	AU EP JP KR US
PL	PLN 300	PLN eq CHF 1330	eq CHF 15	—	eq CHF 200	eq CHF 300	EP XV
PT	EUR 10.52 （线上申请） EUR 21.04 （纸质申请）	EUR 1219	14	—	183	275	EP

续表

QA	QAR 400	QAR eq USD 1367	eq USD 15	—	eq USD 206	eq USD 308	EG EP US
RO	RON 445	EUR 1219	14	—	183	275	EP RU
RS	RSD 7620	RSD eq CHF 1330	eq CHF 15	—	—	—	EP
RU	RUB 850	USD 1367	15	—	206	308	EP RU
RW	信息尚未公布						
SA	USD 100	USD 1367	15	—	206	308	CA EG EP KR RU
SC	USD —	USD 1367	15	—	—	—	EP
SD	SDG 50	SDG eq CHF 1330	eq CHF 15c	—	—	—	EG EP
SE	SEK 1200	SEK 11710	130	—	1760	2640	EP SE XN
SG	SGD 150	SGD 1866	21	—	281	421	AT AU EP JP KR SG
SI	EUR 91	EUR 1219	14	—	183	275	EP
SK	EUR 66	EUR 1219	14	—	183	275	EP XV
SM	EUR 70	EUR 1219	14	—	—	—	EP
SV	USD 200	USD 1367	15	—	—	—	CL EP ES
SY	USD —	USD 1367	15	—	—	—	AT EG EP RU
TH	THB 3000	THB eq CHF 1330	eq CHF 15	—	—	—	AU CN EP JP KR SG US
TJ	TJS —	USD 1367	15	—	—	—	EP RU
TM	USD —	USD 1367	15	—	—	—	EP RU
TN	TND —	CHF 1330	15	—	—	—	EP
TR	无	CHF 1330	15	—	200	300	EP TR
TT	TTD 750	USD 1367	15	—	—	—	AT EP SE US

续表

UA	UAH 或 eq EUR 或 USD 1300	USD 或 eq UAH 或 EUR 1367	15	—	—	—	EP RU UA
US	USD 240 小实体：120 微实体：60	USD 1367	15	103	206	—	AU EP IL JP KR RU SG US
UZ	USD —	USD 1367	15	—	—	—	EP RU
VN	VND eq USD 150	VND eq CHF 1330	eq CHF 15	—	—	—	AT AU EP JP KR RU SE SG
ZA	ZAR 500	ZAR 17350	200	—	2610	3910	AT AU EP US
ZM	USD 50	USD 1367	15	—	—	—	AT SE
ZW	ZWD 6000	ZWD eq USD 1367	eq USD 15	—	—	—	AT AU CN EP RU

检索费

国际检索机构	检索费
AT	EUR 1864 CHF 2034 KRW * 2309000 SGD 2854 USD * * 2087 ZAR * 27020 *（自从 1.11.17：KRW 2506000 ZAR 28980）* *（自从 1.12.17：USD 2225）
AU	AUD 2200 CHF 1643 EUR 1505 KRW * 1864000 NZD 2322 SGD 2304 USD 1688 ZAR 23230 *（自从 1.11.17：KRW 1987000）
BR	线上：BRL 1685 CHF 495 EUR 456 USD 536 纸质：BRL 2525 CHF 742 EUR 684 USD 804
CA	CAD 1600 CHF 1187 EUR 1088 USD * 1220 *（自从 1.12.17：USD 1296）
CL	USD * 2000 CHF 1946 EUR * 1785 *（自从 1.12.17：EUR 1675） 如果由一个自然人或法人提交：USD 400 CHF 389 EUR * 357 *（自从 1.12.17：EUR 335） 如果由一所大学提交：USD 300 CHF 292 EUR * 268 *（自从 1.12.17：EUR 251）
CN	CNY 2100 CHF 306 EUR 267 USD 315

续表

EG	EGP 4000 CHF 214 EUR 197 USD 225
EP	EUR 1875 CHF 2046 DKK 13960 GBP 1636 HUF 576500 ISK 230200 JPY 244500 NOK 17780 NZD＊＊ 2892 SEK 18010 SGD 2870 USD＊＊ 2099 ZAR＊ 27180 ＊（自从1.11.17：ZAR 29150） ＊＊（自从1.12.17：NZD 3083 USD 2238）
ES	EUR 1875 CHF 2046 USD＊ 2099 ＊（自从1.12.17：USD 2238）
FI	EUR 1875 CHF 2046 USD＊ 2099 ＊（自从1.12.17：USD 2238）
IL	ILS 3518 CHF 932 EUR＊ 872 USD 963 ＊（自从1.11.17：EUR 821）
IN	INR 10000 CHF 154 EUR＊ 139 USD 150 ＊（自从1.12.17：EUR 131） 如果由个人提交：INR 2500 CHF 39 EUR＊ 35 USD 38 ＊（自从1.12.17：EUR 33）
JP	使用日语的国际申请：JPY 70000 CHF 613 EUR 537 KRW 718000 USD 616 使用英语的国际申请：JPY 156000 CHF 1367 EUR 1196 SGD 1928 USD 1372
KR	使用韩语的国际申请：KRW 450000 AUD＊ 531 CHF 397 EUR 336 NZD 560 SGD 556 USD 386 ＊（自从1.11.17：AUD 498） 使用英语的国际申请：KRW 1300000 AUD＊ 1534 CHF 1145 EUR 969 NZD 1619 SGD 1607 USD 1114 ＊（自从1.11.17：AUD 1439）
RU	使用俄语的国际申请：RUB 6750 CHF 115 EUR＊ 102 USD 116 ＊（自从1.11.17：EUR 97） 使用英语的国际申请：RUB 28000 CHF 479 EUR＊ 424 USD 482 ＊（自从1.11.17：EUR 401）
SE	SEK 18010 CHF 2046 DKK 13960 EUR 1875 ISK 230200 NOK 17780 USD＊ 2099 ＊（自从1.12.17：USD 2238）
SG	SGD 2240 CHF 1597 EUR 1463 JPY 181200 USD＊ 1552 ＊（自从1.11.17：USD 1645）
TR	TRY 7290 EUR 1875 CHF 2046 USD＊ 2099 ＊（自从1.12.17：USD 2238）
UA	EUR 300 CHF 327 USD＊ 336 ＊（自从1.12.17：USD 358）
US	USD 2080 CHF 2024 EUR＊ 1856 NZD 2861 ZAR 26940 ＊（自从1.12.17：EUR 1742） 小实体：USD 1040 CHF 1012 EUR＊ 928 NZD 1430 ZAR 13470 ＊（自从1.12.17：EUR 871） 微实体：USD 520 CHF 506 EUR＊ 464 NZD 715 ZAR 6740 ＊（自从1.12.17：EUR 436）
XN	DKK 13960 CHF 2046 EUR 1875 ISK 207400 NOK 16780 SEK 18010 USD＊ 2099 ＊（自从1.12.17：USD 2238）
XV	EUR 1875 CHF 2046 HUF 576500 USD＊ 2099 ＊（自从1.12.17：USD 2238）

补充检索费

国际检索机构	补充检索费	补充检索手续费
AT	检索德语的文件：CHF 928 检索欧洲和北美的文件：CHF 1299 检索 PCT 最低限度的文件：CHF 1855	CHF 200
EP	CHF 2046	CHF 200
FI	CHF 2046	CHF 200
RU	CHF 202 （323）	CHF 200
SE	CHF 2046	CHF 200
SG	CHF 1597	CHF 200
TR	全面检索：CHF 2046 只检索保管在当局的检索收集的使用土耳其语的文件：CHF 140	CHF 200
UA	只检索 PCT 最低限度的文件：CHF 109 只检索苏联的俄语文件和乌克兰语的文件：CHF 164 只检索欧洲和北美的文件：CHF 218	CHF 200
XN	全面检索：CHF 2046 只检索丹麦语、冰岛语、挪威语和瑞典语的文件：CHF 590	CHF 200
XV	全面检索：CHF 2046 只检索捷克语、匈牙利语、波兰和斯洛伐克语的文件：CHF 600	CHF 200

初步审查费

国际初步审查机构 IPEA	初步审查费	手续费（CHF 200）
AT	EUR 1749	EUR 183
AU	AUD 590 820	AUD 268
BR	线上：BRL 630 纸质：BRL 945	BRL eq CHF 200
CA	CAD 800	CAD 269

续表

CL	USD 1500 如果由一个自然人或法人提交：USD 400 如果由一所大学提交：USD 300	USD 206
CN	CNY 1500	CNY eq CHF 200
EG	EGP 3000	USD 206
EP	EUR 1930	EUR 183
ES	EUR 583.65	EUR 183
FI	EUR 600	EUR 183
IL	ILS 1508	ILS 773
IN	INR 12000； 如果由个人提交：INR 3000	USD 206
JP	使用日语的国际申请：JPY 26000 使用英语的国际申请：JPY 58000	JPY 22800
KR	KRW 450000	KRW 227000
RU	使用俄语的国际申请：RUB 2700 4050 使用英语的国际申请：RUB 10500 15750	USD 206
SE	SEK 5000	SEK 1760
SG	SGD 830	SGD 281
TR	TRY 1000	CHF 200
UA	如果国际检索报告已经由此国际检索机构承办：EUR 160 如果国际检索报告已经由其他国际检索机构承办：EUR 180	EUR 183
US	USD 600 760 小实体：USD 300 380 微实体：USD 150 190	USD 206
XN	DKK 5000	DKK 1360
XV	EUR 900	EUR 183

海牙公约

（一）国际申请

费用编号	费用描述		金额（CHF）	金额（RMB）
1	基本费	一件设计	397	2769
		在同一国际申请中，每件额外的设计	19	133
2	公布费	将被公布的每个复制品	17	119
		除第一页外，展现一个或多个复制品纸张，（以纸件递交复制品）	150/页	1046/页
3	说明书超过100字的附加费		2/字	14/字
4	标准指定费	标准1 一件设计	42	293
		标准1 在同一国际申请中，每件额外的设计	2	14
		标准2 一件设计	60	418
		标准2 在同一国际申请中，每件额外的设计	20	139
		标准3 一件设计	90	628
		标准3 在同一国际申请中，每件额外的设计	50	349
5	个别的指定费（个别的指定费总额由有关的缔约国规定）			

（二）源于由1960年法案或1999年法案专门或部分管理的国际申请的国际登记续展

费用编号	费用描述		金额（CHF）	金额（RMB）
1	基本费	一件设计	200	1395
		在同一国际申请中，每件额外设计	17	119
2	标准的指定费	一件设计	21	146
		在同一国际申请中，每件额外设计	1	7
3	个别的指定费（个别的指定费总额由有关的缔约国规定）		—	—
4	滞纳金（宽限期）		续展的基本费的50%	续展的基本费的50%

（三）杂项记录

费用编号	费用描述		金额（CHF）	金额（RMB）
1	变更专利权		144	1004
2	变更专利权人姓名和/或地址	一件国际登记	144	1004
		同一请求中，同一所有人的每个额外的国际登记	72	502
3	放弃		144	1004
4	限制		144	1004

（四）关于公布的国际登记的信息

费用编号	费用描述		金额（CHF）	金额（RMB）
1	提供关于公布的国际登记的国际登记簿摘录		144	1004
2	提供国际登记簿或公布的国际登记文件中的项目的非认证副本	前5页	26	181
		如果副本是同一时间请求的，并且是关于同一国际登记，从第6页起	2	14
3	提供国际登记簿或公布的国际登记文件中的项目的认证副本	前5页	46	321
		如果副本是同一时间请求的，并且是关于同一国际登记，从第6页起	2	14
4	提供样本的照片		57	398
5	提供国际登记簿或公布的国际登记文件的内容的书面信息	关于一件国际登记	82	572
		如果同时请求同一信息，关于同一所有人的任意额外的国际登记	10	70
6	在国际登记的所有人列表中检索	通过指定的个人或实体的名称进行的每次检索	82	572
		除第一个外，每个国际登记	10	70
7	通过传真沟通摘录，副本，信息或检索报告的额外费（每页）		4	28

(五)国际局提供的服务		金额 (CHF)	金额 (RMB)
费用编号	费用描述		
1	此表中未包含的服务,国际局有权收取费用,金额自行规定		

世界知识产权组织成员国(截至2017年11月):阿富汗、新西兰、澳大利亚、奥地利、德国、中国、泰国、土耳其、美国、芬兰、法国、日本、马来西亚、多哥、瑞典、南非、爱尔兰、阿尔巴尼亚、阿曼、波兰、新加坡、斯洛伐克、利比里亚等185个成员国(持续添加中)。

PCT费用:http://www.wipo.int/export/sites/www/pct/en/fees.pdf

海牙公约:http://www.wipo.int/hague/en/fees/sched.htm

第二章 亚 洲

中国（CN）

专利官费-国内部分　　　　　　　　官方货币：人民币元

费用编号	费用描述	金额（RMB）
（一）申请费		
1	发明专利	900
2	实用新型专利	500
3	外观设计专利	500

费用编号	费用描述	金额（RMB）
（二）申请附加费		
1	权利要求附加费从第 11 项起每项加收	150
2	说明书附加费从第 31 页起每页加收	50
3	从第 301 页起每页加收	100

费用编号	费用描述	金额（RMB）
（三）公告、公布印刷费		
1	公告、公布印刷费	50

费用编号	费用描述	金额（RMB）
（四）优先权要求费（每项）		
1	优先权要求费（每项）	80

费用编号	费用描述	金额（RMB）
（五）发明专利申请实质审查费		
1	发明专利申请实质审查费	2500

费用编号	(六) 复审费 费用描述	金额（RMB）
1	发明专利	1000
2	实用新型专利	300
3	外观设计专利	300

费用编号	(七) 专利登记费 费用描述	金额（RMB）
1	发明专利	200
2	实用新型专利	150
3	外观设计专利	150

专利类型	(八) 年度	金额（RMB）
发明专利	1~3年（每年）	900
	4~6年（每年）	1200
	7~9年（每年）	2000
	10~12年（每年）	4000
	13~15年（每年）	6000
	16~20年（每年）	8000
实用新型专利、外观设计专利	1~3年（每年）	600
	4~5年（每年）	900
	6~8年（每年）	1200
	9~10年（每年）	2000

费用编号	(九) 年费滞纳金 费用描述	金额（RMB）
1	年费滞纳金	每超过规定的缴费时间1个月，加收当年全额年费的5%

（十）恢复权利请求费

费用编号	费用描述	金额（RMB）
1	恢复权利请求费	1000

（十一）延长期限请求费

费用编号	费用描述	金额（RMB）
1	第一次延长期限请求费（每月）	300
2	再次延长期限请求费（每月）	2000

（十二）著录事项变更费

费用编号	费用描述	金额（RMB）
1	发明人、申请人、专利权人的变更	200
2	专利代理机构、代理人委托关系的变更	50

（十三）专利权评价报告请求费

费用编号	费用描述	金额（RMB）
1	实用新型专利	2400
2	外观设计专利	2400

（十四）专无效宣告请求费

费用编号	费用描述	金额（RMB）
1	发明专利权	3000
2	实用新型专利权	1500
3	外观设计专利权	1500

（十五）专利文件副本证明费

费用编号	费用描述	金额（RMB）
1	专利文件副本证明费（每份）	30

注：对经济困难的专利申请人或专利权人的专利收费减缴按照《专利收费减缴办法》有关规定执行。

专利收费-PCT 申请收费-PCT 申请国际阶段部分

（一）国家知识产权局代世界知识产权组织国际局收取的费用		
费用编号	费用描述	金额（RMB）
1	国家知识产权局代世界知识产权组织国际局收取的费用—国家知识产权局代世界知识产权组织国际局收取的费用（国际申请费、手续费），其收费标准和减缴规定参照《专利合作条约实施细则》执行，实际收费以国家知识产权局确定的国际申请日所在月国家外汇管理局公布的汇率计算	—

（二）国家知识产权局收取的费用			
费用编号	费用描述		金额（RMB）
1	传送费		500
2	2.1	检索费	2100
	2.2	附加检索费	2100
3	优先权文件费		150
4	4.1	初步审查费	1500
	4.2	初步审查附加费	1500
5	单一性异议费		200
6	副本复制费（每页）		2
7	后提交费		200
8	恢复权利请求费		1000
9	滞纳金		按应交费用的 50% 计收，最低不少于传送费，最高不超过《专利合作条约实施细则》中国际申请费的 50%

专利收费-PCT 申请收费-PCT 申请进入中国国家阶段部分

（一）宽限费		
费用编号	费用描述	金额（RMB）
1	宽限费	1000

(二) 译文改正费

费用编号	费用描述	金额（RMB）
1	初审阶段	300
2	实审阶段	1200

(三) 单一性恢复费

费用编号	费用描述	金额（RMB）
1	单一性恢复费	900

(四) 优先权恢复费

费用编号	费用描述	金额（RMB）
1	优先权恢复费	1000

注：由中国国家知识产权局作为受理局受理的 PCT 申请在进入国家阶段时免缴申请费及申请附加费；提出实质审查请求时，减缴 50% 的实质审查费。

由中国国家知识产权局作出国际检索报告或专利性国际初步报告的 PCT 申请，在进入国家阶段并提出实质审查请求时，免缴实质审查费。

由欧洲专利局、日本特许厅、瑞典专利局三个国际检索单位作出国际检索报告的 PCT 申请，在进入国家阶段并提出实质审查请求时，减缴 20% 的实质审查费。

PCT 申请进入中国国家阶段的其他收费标准依照国内部分执行。

专利收费-依据约定收费

专利收费-依据约定收费
国家知识产权局在为其他国家和地区的专利申请提供检索和审查报务时，收取的专利收费标准按双方约定执行。

收费依据：《国家发展改革委 财政部关于重新核发国家知识产权局行政事业性收费标准等有关问题的通知》（发改价值［2017］270 号）

国家知识产权局代收税标准

(一) 印花税（代收）

费用编号	费用描述	金额（RMB）
1	印花税（办理登记手续时缴纳）	5 元/件

收费依据：《中华人民共和国印花税暂行条例》（国务院令第 11 号）
官方语言：中文
专利类型：发明专利、实用新型、外观设计

保护期限：发明专利：自申请日起 20 年
　　　　　实用新型：自申请日起 10 年
　　　　　外观设计：自申请日起 10 年
了解中国专利官费更多信息请扫描下方二维码：
http://www.sipo.gov.cn/zhfwpt/zlsqzn/zlsqfy/gjzscqjsfgs.pdf

中国香港（HK）

发明专利　　　　　　　　　　　　　　　　　　　官方货币：港币

（一）			
费用编号	费用描述	金额（KHD）	金额（RMB）
1	将谁可申请批予标准专利或特许一事或特许的有效期或条款是否合理的问题转介专利注册处处长	190	163

（二）			
费用编号	费用描述	金额（KHD）	金额（RMB）
1	申请由专利注册处处长作出授权以代表接获在《专利条例》第13（3）（c）或13（4）条下的指示的人执行该等指示	190	163

（三）			
费用编号	费用描述	金额（KHD）	金额（RMB）
1	提交反对通知书或反陈述	325	280

（四）			
费用编号	费用描述	金额（KHD）	金额（RMB）
1	申请增加专利注册记录册上当作标准专利的资料	—	—
2	申请删除专利注册记录册上当作标准专利的资料	—	—

（五）			
费用编号	费用描述	金额（KHD）	金额（RMB）
1	提交指定专利申请的记录请求	380	327
2	记录请求的公告费	68	58
3	逾期缴付记录请求的提交费或公告费的附加费	95	82

（六）			
费用编号	费用描述	金额（KHD）	金额（RMB）
1	提交将指定专利注册与批予标准专利的请求	380	327

续表

2	注册与批予请求的公告费	68	58
3	逾期缴付注册与批予请求的提交费或公告费的附加费	95	82

（七）			
费用编号	费用描述	金额（KHD）	金额（RMB）
1	提交短期专利的批予申请	755	649
2	短期专利的批予申请的公告费	68	58
3	逾期缴付短期专利的批予申请的提交费或公告费的附加费	95	82

（八）			
费用编号	费用描述	金额（KHD）	金额（RMB）
1	提交有关短期专利的发明权的陈述	—	—

（九）			
费用编号	费用描述	金额（KHD）	金额（RMB）
1	更正错误的请求	135	116
2	请求发表经更正的译本	190	163

（十）			
费用编号	费用描述	金额（KHD）	金额（RMB）
1	提出修订请求	—	—

（十一）维持标准专利的申请			
费用编号	费用描述	金额（KHD）	金额（RMB）
1	在第5年届满后再维持一年的维持申请	270	232
2	其后申请再维持任何继后的一年的维持申请	270	232
3	逾期缴付维持费的附加费	95	82

(十二) 标准专利的续期			
费用编号	费用描述	金额（KHD）	金额（RMB）
1	在第 3 年届满后请求再续期一年的续期请求	540	464
2	其后请求再续期任何继后的一年的续期请求	540	464
3	逾期缴付标准专利的续期费的附加费	270	232
4	短期专利的续期	1080	929
5	逾期缴付短期专利的续期费的附加费	270	232

(十三)			
费用编号	费用描述	金额（KHD）	金额（RMB）
1	请求领取注册记录册上的记项的核证副本或注册记录册的核证摘录	95	82
2	请求领取《专利条例》第 51（10）条所指的证明书	95	82
3	核证正式文本或摄影品或印刷品（注册记录册上的记项的核证副本或注册记录册的核证摘录除外）	95	82

(十四)			
费用编号	费用描述	金额（KHD）	金额（RMB）
1	恢复已因欠缴维持费而当作被撤回的标准专利申请	405	348
2	恢复已失效的标准专利	405	348
3	恢复已失效的短期专利	405	348

(十五)			
费用编号	费用描述	金额（KHD）	金额（RMB）
1	恢复已当作被撤回的专利申请的附加费	405	348
2	恢复权利的附加费	405	348

(十六)			
费用编号	费用描述	金额（KHD）	金额（RMB）
1	述及发明人	135	116

(十七)			
费用编号	费用描述	金额（KHD）	金额（RMB）
1	申请撤销标准专利	190	163
2	向专利注册处处长作出转介以撤销专利	190	163

(十八)			
费用编号	费用描述	金额（KHD）	金额（RMB）
1	提议放弃专利	—	—

(十九)			
费用编号	费用描述	金额（KHD）	金额（RMB）
1	请求提供寄存的微生物样本及请求专利注册处处长发出确认通知书	—	—

(二十)			
费用编号	费用描述	金额（KHD）	金额（RMB）
1	请求更改姓名或名称、地址、送达地址或代理人地址	—	—
2	请求更正地址、送达地址或代理人地址	—	—

(二十一)			
费用编号	费用描述	金额（KHD）	金额（RMB）
1	申请将在专利或专利的申请之中或之下取得的权利注册或发出关于该等权利的通知	325	280

(二十二)			
费用编号	费用描述	金额（KHD）	金额（RMB）
1	请求查阅专利申请及已批予专利	—	—

(二十三)			
费用编号	费用描述	金额（KHD）	金额（RMB）
1	请求领取文件的副本	6/页	5/页

(二十四)

费用编号	费用描述	金额（KHD）	金额（RMB）
1	延展费	215	185
2	逾期提交译本的惩罚性费用	190	163

外观设计专利

（一）提交费

费用编号	费用描述	金额（KHD）	金额（RMB）
1	不构成物品套件的物品的一项外观设计 （将应用该外观设计的每一物品）	785	675
2	一套物品套件的一项外观设计	1570	1350
3	不构成物品套件的物品的2项或2项以上外观设计 （只适用于同一大类的物品，请参阅"如何把物品分类？"） （将应用首项外观设计的首件物品） （将应用其他外观设计的每一物品）	785 590	675 507
4	构成物品套件的物品的2项或2项以上外观设计 （只适用于同一大类的物品，请参阅"如何把物品分类？"） （首项外观设计） （每项其他外观设计）	1570 1180	1350 1015

（二）公告费

费用编号	费用描述	金额（KHD）	金额（RMB）
1	在官方公报公告外观设计的注册（每一个设计）	155	133

（三）

费用编号	费用描述	金额（KHD）	金额（RMB）
1	提出修订外观设计的注册申请的请求	170	146
2	提出更正注册记录册内的错误的请求	170	146
3	提出更正任何文件的翻译或誊写上的错误或文书上的错误的请求	170	146

(四)			
费用编号	费用描述	金额（KHD）	金额（RMB）
1	提交请求恢复外观设计的注册申请的通知	245	211

(五)			
费用编号	费用描述	金额（KHD）	金额（RMB）
1	申请延展时期（每项外观设计）	390	335

(六)			
费用编号	费用描述	金额（KHD）	金额（RMB）
1	发出的有关任何交易、文书或事件详情的通知	590	507
2	将任何交易、文书或事件的详情注册的申请	590	507

(七)			
费用编号	费用描述	金额（KHD）	金额（RMB）
1	向处长作出转介	345	297

(八)			
费用编号	费用描述	金额（KHD）	金额（RMB）
1	提交法院就撤销外观设计注册或纠正外观设计注册记录册所作出的颁令、声明或证明书	—	—

(九)			
费用编号	费用描述	金额（KHD）	金额（RMB）
1	放弃外观设计注册通知	—	—

(十)			
费用编号	费用描述	金额（KHD）	金额（RMB）
1	提交反陈述或反对通知	590	507

(十一)			
费用编号	费用描述	金额（KHD）	金额（RMB）
1	申领本条例第69条及本细则第54条所指的注册记录册内的记项的核证副本或注册记录册的核证摘录	170	146
2	申领由注册处备存的文件的核证副本（未有在其他情况下收取费用者）	170	146
3	申领根据本条例第65（2）条及本细则第54条发出的外观设计注册处处长签署的证明书	170	146
4	申领本条例第69条及本细则第54条所指的注册记录册内的记项的副本或注册记录册的摘录	6/页	5/页
5	申领由注册处备存的文件的副本（未有在其他情况下收取费用者）	6/页	5/页

(十二) 年费			
费用编号	费用描述	金额（KHD）	金额（RMB）
1	1~5年度	—	—
2	6~10年度	790	679
3	11~15年度	1200	1032
4	16~20年度	1760	1514
5	21~25年度	2690	2313
6	申请将注册有效期续期而须缴交的附加费	490	421

(十三)			
费用编号	费用描述	金额（KHD）	金额（RMB）
1	请求更改姓名/名称、地址、送达地址或代理人地址 请求更正地址、送达地址或代理人地址	—	—

官方语言：中文、英语
专利类型：标准专利、短期专利和外观设计
保护期限：标准专利：自申请日起20年
　　　　　短期专利：自申请日起8年
　　　　　外观设计：自申请日起25年
了解中国香港专利官费更多信息请扫描下方二维码：http://www.ipd.gov.hk/sc/forms_fees/patents.htm

印度（IN）

发明-电子申请　　　　　　　　　官方货币：印度卢比

费用编号	费用描述	自然人和/或创业公司（INR）	小实体，单独或有自然人和/或创业公司（INR）	其他，单独或有自然人和/或创业公司和/或小实体（INR）	自然人和/或创业公司（RMB）	小实体，单独或有自然人和/或创业公司（RMB）	其他，单独或有自然人和/或创业公司和/或小实体（RMB）
1	申请专利，并随附临时说明书或完整的说明书	1600 1600×优先权个数	4000 4000×优先权个数	8000 8000×优先权个数	162 162×优先权个数	404 404×优先权个数	808 808×优先权个数
1.1	超过30页的说明书，除细则（9）的子细则（3）下的核甘酸序列表和/或氨基酸顺序，每张	160	400	800	16	40	81
1.2	多于10项权利要求，每项权利要求	320	800	1600	32	81	162
1.3	细则（9）的子细则（3）下的核甘酸序列表和/或氨基酸顺序的每页	160 最大值24000	400 最大值60000	800 最大值120000	16 最大值2424	40 最大值6060	81 最大值12120
2	在临时申请10项权利要求达到30页后申请完整的说明书	—	—	—	—	—	—
2.1	超过30页的说明书，除细则（9）的子细则（3）下的核甘酸序列表和/或氨基酸顺序，每张	160	400	800	16	40	81
2.2	多于10项权利要求，每项权利要求	320	800	1600	32	81	162

续表

2.3	细则（9）的子细则（3）下的核甘酸序列表和/或氨基酸顺序的每页	160 最大值 24000	400 最大值 60000	800 最大值 120000	16 最大值 2424	40 最大值 6060	81 最大值 12120
3	根据第8节，提交声明和承诺书	—	—	—	—	—	—
4.1	根据第53（2）和142（4）节，细则13（6），80（1A）和130，请求延期，每个月	480	1200	2400	48	121	242
4.2	根据细则24B下的子细则（5）请求延期，每个月	1000	2000	4000	101	202	404
4.3	根据细则24C下的子细则（11）请求延期，每个月	2000	5000	10000	202	505	1010
5	根据细则13下的子细则（6）申请关于发明权的声明	—	—	—	—	—	—
6	申请推迟日期	800	2000	4000	81	202	404
7	申请删除参考	800	2000	4000	81	202	404
8.1	第20（1）节下的声明	800	2000	4000	81	202	404
8.2	请求指导	800	2000	4000	81	202	404
9.1	授权专利的异议通知	2400	6000	12000	242	606	1212
9.2	提交反对专利授权的陈述	—	—	—	—	—	—
10	根据关于参加局长听证会的通知	1500	3800	7500	152	384	758
11	第28（2），28（3）或28（7）下的申请	800	2000	4000	81	202	404
12	请求公布	2500	6250	12500	253	631	1263

续表

13	申请撤回申请		—	—	—	—	—	—
14	请求审查专利申请	第11B节和细则24(1)规定的	4000	10000	20000	1010	1010	2020
		细则20(4)(ii)规定的	5600	14000	28000	566	1414	2828
15	请求加快审查专利申请		8000	25000	60000	808	2525	6060
16	转换提出的审查请求为细则加快审查请求		4000	15000	40000	404	1515	4040
17	申请修改专利		2400	6000	12000	242	606	1212
18	申请指导		2400	6000	12000	242	606	1212
19	请求授权一件专利		2400	6000	12000	242	606	1212
20	请求转换补充专利为独立专利		2400	6000	12000	242	606	1212
21	年费	第三年度	800	2000	4000	81	202	404
		第四年度	800	2000	4000	81	202	404
		第五年度	800	2000	4000	81	202	404
		第六年度	800	2000	4000	81	202	404
		第七年度	2400	6000	12000	242	606	1212
		第八年度	2400	6000	12000	242	606	1212
		第九年度	2400	6000	12000	242	606	1212
		第十年度	2400	6000	12000	242	606	1212
		第十一年度	4800	12000	24000	485	1212	2424
		第十二年度	4800	12000	24000	485	1212	2424
		第十三年度	4800	12000	24000	485	1212	2424
		第十四年度	4800	12000	24000	485	1212	2424
		第十五年度	4800	12000	24000	485	1212	2424

续表

21	年费	第十六年度	8000	20000	40000	808	2020	4040
		第十七年度	8000	20000	40000	808	2020	4040
		第十八年度	8000	20000	40000	808	2020	4040
		第十九年度	8000	20000	40000	808	2020	4040
		第二十年度	8000	20000	40000	808	2020	4040
22	申请修正专利申请或完整的说明书或其他相关文件	(1) 专利授权前	800	2000	40000	81	202	4040
		(2) 专利授权后	1600	4000	8000	162	404	808
		(3) 申请修正更改姓名或送达地址	320	800	1600	32	81	162
23	专利法第57（4），61（1）和87（2）节规定的的申请的异议通知或第63（3）节规定的放弃异议通知或第78（5）节规定的的请求异议通知		2400	6000	12000	242	606	1212
24	申请恢复专利		2400	6000	12000	242	606	1212
25	恢复的附加费		4800	12000	24000	485	1212	2424
26	放弃专利		1000	2500	5000	101	253	505
27	申请在专利登记簿上或在专利官方通知登记簿上登记为专利权人或专利权共有人或抵押人或被许可人		1600（关于每件专利）	4000（关于每件专利）	8000（关于每件专利）	162（关于每件专利）	404（关于每件专利）	808（关于每件专利）
28	申请变更专利登记簿或专利代理人登记簿中的登记		320	800	1600	32	81	162

续表

29	请求在专利登记簿中登记一个额外的送达地址	800	2000	4000	81	202	404
30	申请强制许可	2400	6000	12000	242	606	1212
31	申请撤回一件专利	2400	6000	12000	242	606	1212
32	申请修正许可证条款和条件	2400	6000	12000	242	606	1212
33	请求终止强制许可	2400	6000	12000	242	606	1212
34	申请登记为专利代理人	3200	不适用	不适用	323	不适用	不适用
35	请求参加资格考试	1600	不适用	不适用	162	不适用	不适用
36	延续登记专利代理人登记簿上的姓名 (1) 登记的同时缴纳第一年的费用	800	不适用	81	81	不适用	不适用
	(2) 在每年的四月一日缴纳除第一年后的每一年的费用	800	不适用	81	81	不适用	不适用
37	申请专利代理人的证书副本	1600	不适用	不适用	162	不适用	不适用
38	申请恢复专利代理人登记簿中的名字	1600（登记号34下，加延续费）	不适用 N	不适用	162（登记号34下，加延续费）	不适用	不适用
39	请求更正记录错误	800	2000	4000	81	202	404
40	申请审查或驳回审查员的决定或命令	1600	4000	8000	162	404	808
41	申请在印度以外的国家申请专利的许可	1600	4000	8000	162	404	808
42	申请专利副本	1600	4000	8000	162	404	808

续表

43.1	请求经证明的副本,或请求证书	1000（30页之后多余的每页30）	2500（30页之后多余的每页75）	5000（30页之后多余的每页150）	101（30页之后多余的每页3）	252（30页之后多余的每页8）	505（30页之后多余的每页15）
43.2	请求认证副本,或请求证书	2400（30页及之后的每页,额外的每页30）	6000（30页及之后的每页,额外的每页30）	12000（30页及之后的每页,额外的每页30）	242（30页及之后的每页,额外的每页3）	606（30页及之后的每页,额外的每页3）	1212（30页及之后的每页,额外的每页3）
44	认证的官方文件副本,打印每一份	800	2000	4000	81	202	404
45	请求查阅登记簿	320	800	1600	32	81	162
46	请求信息	480	1200	2400	48	121	242
47	专利代理人的授权形式	—	—	—	—	—	—
48	请愿书	1600	4000	8000	162	404	808
49	提供文件的复印件,每页	10	10	10	1	1	1
50	国际申请的传送费	3200	8000	16000	323	808	1616
51	准备优先权文本的认证的副本和向世界知识产权组织的国际局传送同样的文件	1000（30页之后多余的每页30）	2500（30页之后多余的每页75）	5000（30页之后多余的每页150）	101（30页之后多余的每页3）	253（30页之后多余的每页8）	505（30页之后多余的每页15）
52	关于发明专利在印度商业使用的声明	—	—	—	—	—	—
53	以声明小实体或创业公司的状态提交	—	—	—	—	—	—
54	请求延期审讯（每一次延期）	1000	2500	5000	101	253	505
55	当没有其他规定的表格时使用的杂项表格	适用	适用	适用	适用	适用	适用

续表

56	退款	请求审查的费用或请求加快审查的费用的90%	请求审查的费用或请求加快审查的费用的90%	请求审查的费用或请求加快审查的费用的90%	请求审查的费用或请求加快审查的费用的90%	请求审查的费用或请求加快审查的费用的90%	请求审查的费用或请求加快审查的费用的90%

发明-纸质申请

费用编号	费用描述	自然人和/或创业公司（INR）	小实体，单独或有自然人和/或创业公司（INR）	其他，单独或有自然人和/或创业公司和/或小实体（INR）	自然人和/或创业公司（RMB）	小实体，单独或有自然人和/或创业公司（RMB）	其他，单独或有自然人和/或创业公司和/或小实体（RMB）
1	申请专利，并随附临时说明书或完整的说明书	1750 1750×优先权个数	4400 4400×优先权个数	8800 8800×优先权个数	177 177×优先权个数	444 444×优先权个数	889 889×优先权个数
1.1	超过30页的说明书，除细则（9）的子细则（3）下的核甘酸序列表和/或氨基酸顺序，每张	180	440	880	18	44	89
1.2	多于10项权利要求，每项权利要求	350	880	1750	35	89	177
1.3	细则（9）的子细则（3）下的核甘酸序列表和/或氨基酸顺序的每页	不适用	不适用	不适用	不适用	不适用	不适用
2	在临时申请10项权利要求达到30页后申请完整的说明书	—	—	—	—	—	—

续表

2.1	超过30页的说明书,除细则(9)的子细则(3)下的核甘酸序列表和/或氨基酸顺序,每张	180	440	880	18	44	180
2.2	多于10项权利要求,每项权利要求	350	880	1800	35	89	182
2.3	细则(9)的子细则(3)下的核甘酸序列表和/或氨基酸顺序的每页	不适用	不适用	不适用	不适用	不适用	不适用
3	交声明和承诺书	—	—	—	—	—	—
4.1	根据第53(2)和142(4)节,细则13(6),80(1A)和130,请求延期,每个月	530	1300	2600	54	131	263
4.2	根据细则24B下的子细则(5)请求延期,每个月	1100	2200	4400	111	222	444
4.3	根据细则24C下的子细则(11)请求延期,每个月	2200	5500	11000	222	556	1111
5	申请关于发明权的声明	—	—	—	—	—	—
6	申请推迟日期	880	2200	4400	89	222	444
7	申请删除参考	880	2200	4400	89	222	444
8.1	第20(1)节下的声明	880	2200	4400	89	222	444
8.2	请求指导	880	2200	4400	89	222	444
9.1	授权专利的异议通知	2600	6600	13200	263	667	1333
9.2	提交反对专利授权的陈述	—	—	—	—	—	—

续表

10	根据关于参加局长听证会的通知	1700	4100	8300	172	414	838
11	第28(2),28(3)或28(7)下的申请	880	2200	4400	89	222	444
12	请求公布	2750	6900	13750	278	697	1389
13	申请撤回申请	—	—	—	—	—	—
14	请求审查专利申请	第11B节和细则24(1)下的	4400	11000	22000	444	1111	2222
		细则20(4)(ii)下的	6150	15400	30800	621	1555	3111
15	请求加快审查专利申请	不适用	不适用	不适用	不适用	不适用	不适用
16	转换提出的审查请求为加快审查请求	不适用	不适用	不适用	不适用	不适用	不适用
17	申请修改专利	2650	6600	13200	268	667	1333
18	申请指导	2650	6600	13200	268	667	1333
19	请求授权一件专利	2650	6600	13200	268	667	1333
20	请求转换补充专利为独立专利	2650	6600	13200	268	667	1333
21	年费	第三年度	880	2200	4400	89	222	444
		第四年度	880	2200	4400	89	222	444
		第五年度	880	2200	4400	89	222	444
		第六年度	880	2200	4400	89	222	444
		第七年度	2650	6600	13200	268	667	1333
		第八年度	2650	6600	13200	268	667	1333
		第九年度	2650	6600	13200	268	667	1333
		第十年度	2650	6600	13200	268	667	1333

续表

21	年费	第十一年度	5300	13200	26400	535	1333	2666
		第十二年度	5300	13200	26400	535	1333	2666
		第十三年度	5300	13200	26400	535	1333	2666
		第十四年度	5300	13200	26400	535	1333	2666
		第十五年度	5300	13200	26400	535	1333	2666
		第十六年度	8800	22000	44000	889	2222	4444
		第十七年度	8800	22000	44000	889	2222	4444
		第十八年度	8800	22000	44000	889	2222	4444
		第十九年度	8800	22000	44000	889	2222	4444
		第二十年度	8800	22000	44000	889	2222	4444
22	申请修正专利申请或完整的说明书或其他相关文件	（1）专利授权前	880	2200	4400	89	222	444
		（2）专利授权后	1750	4400	8800	177	444	889
		（3）申请修正更改姓名或送达地址	350	880	1750	35	89	177
23	申请的异议通知或放弃异议通知或请求异议通知		2650	6600	13200	268	667	1333
24	申请恢复专利		2650	6600	13200	268	667	1333
25	恢复的附加费		5300	13200	26400	535	1333	2666
26	提出放弃一个专利的通知		1100	2750	5500	111	278	556
27	申请在专利登记簿上或在专利官方通知登记簿上登记为专利权人或专利权共有人或抵押人或被许可人		1750（关于每件专利）	4400（关于每件专利）	8800（关于每件专利）	177（关于每件专利）	444（关于每件专利）	889（关于每件专利）

续表

28	申请变更一个专利登记簿或注册专利代理人的登记	350	880	1750	35	89	177
29	请求在专利登记簿中登记一个额外的送达地址	880	2200	4400	89	222	444
30	申请强制许可证	2650	6600	13200	268	667	1333
31	申请撤回一个专利	2650	6600	13200	268	667	1333
32	申请修正许可证条款和条件	2650	6600	13200	268	667	1333
33	请求终止强制许可	2650	6600	13200	268	667	1333
34	申请登记为专利代理人	3500	不适用	不适用	354	不适用	不适用
35	请求参加资格考试	1750	不适用	不适用	177	不适用	不适用
36	延续注册专利代理人上的姓名 (1) 登记时缴纳第一年的费用	880	不适用	不适用	89	不适用	不适用
	(2) 在每年的四月一日缴纳除第一年后的每一年的费用	880	不适用	不适用	89	不适用	不适用
37	申请专利代理人的证书副本	1750	不适用	不适用	177	不适用	不适用
38	申请恢复注册专利代理人中的一个人的名字	1750（登记号34下，加延续费）	不适用	不适用	177（登记号34下，加延续费）	不适用	不适用
39	请求更正记录错误	880	2200	4400	89	222	444
40	申请审查或驳回审查员的决定或命令	1750	4400	8800	177	444	889

续表

41	申请在印度以外的国家申请专利的许可	1750	4400	8800	177	444	889
42	申请专利副本	1750	4400	8800	177	444	889
43.1	请求经证明的副本，或请求证书	1100（30页之后多余的每页30）	2750（30页之后多余的每页75）	5500（30页之后多余的每页150）	111（30页之后多余的每页3）	278（30页之后多余的每页8）	556（30页之后多余的每页15）
43.2	请求认证副本，或请求证书	3300（30页之后多余的每页30）	6600（30页之后多余的每页30）	13200（30页之后多余的每页30）	333（30页之后多余的每页3）	667（30页之后多余的每页3）	1333（30页之后多余的每页3）
44	认证的官方文件副本，打印每一个	880	2200	4400	89	222	444
45	请求检查登记簿	350	880	1750	35	89	177
46	请求信息	530	1300	2650	54	131	268
47	专利代理人的授权形式	—	—	—	—	—	—
48	请愿书	1750	4400	8800	177	444	889
49	提供文件的复印件，每页	10	10	10	1	1	1
50	国际申请的传送费	3500	8800	17600	354	889	1778
51	准备优先权文本的认证的副本和向世界知识产权组织的国际局传送同样的文件	1100（30页之后多余的每页30）	2750（30页之后多余的每页75）	5500（30页之后多余的每页150）	111（30页之后多余的每页30）	278（30页之后多余的每页8）	556（30页之后多余的每页15）
52	关于发明专利在印度商业使用的声明	—	—	—	—	—	—
53	以一个小实体或创业公司的状态被提交	—	—	—	—	—	—

续表

54	请求延期审讯（每一次延期）	1100	2750	5500	111	278	556
55	当没有其他规定的表格时使用的杂项表格	适用	适用	适用	适用	适用	适用
56	退款	请求审查的费用或请求加快审查的费用的90%	请求审查的费用或请求加快审查的费用的90%	请求审查的费用或请求加快审查的费用的90%	请求审查的费用或请求加快审查的费用的90%	请求审查的费用或请求加快审查的费用的90%	请求审查的费用或请求加快审查的费用的90%

官方语言：印地语、英语
专利类型：发明专利、外观设计
保护期限：发明专利：自申请日起 20 年
　　　　　外观设计：自申请日起 15 年
了解印度专利官费更多信息请扫描下方二维码：
http：//ipindia. nic. in/writereaddata/Portal/IPOFormUpload/1_ 11_ 1/Fees. pdf

日本（JP）

官方货币：日元

（一）申请费-发明		
费用编号	费用描述	金额（JPY）	金额（RMB）
1	专利申请	14000	854
2	外语书面申请	22000	1342
3	递交说明书和附图，其中包含之前提交的申请的引用	14000	854
4	在日本进入国家阶段（通过PCT途径）	14000	854
5	专利权的期限延长的注册申请	74000	4514

申请费-实用新型		
注：申请人须在申请时一次性缴纳1~3年的注册费		
费用编号	费用描述	金额（JPY）	金额（RMB）
1	实用新型申请	14000	854
2	在日本进入国家阶段（通过PCT途径）	14000	854

申请费-外观设计		
费用编号	费用描述	金额（JPY）	金额（RMB）
1	外观设计申请	16000	976
2	保密外观设计申请	5100	311

（二）请求审查-发明		
费用编号	费用描述	金额（JPY）	金额（RMB）
1	请求审查	118000+4000/权利要求	7198+244/权利要求
2	请求审查-日本专利局已经做出国际检索报告（通过PCT途径）	71000+2400/权利要求	4331+146/权利要求
3	请求审查-日本以外的国际检索机构已做出国际检索报告（通过PCT途径）	106000+3600/权利要求	6466+220/权利要求
4	请求审查-指定检索机构已做出检索报告	94000+3200/权利要求	5734+195/权利要求

请求审查-实用新型			
费用编号	费用描述	金额（JPY）	金额（RMB）
1	请求登记报告	42000+1000/权利要求	2562+61/权利要求
2	请求登记报告-日本专利局已经做出国际检索报告（通过PCT途径）	8400+200/权利要求	512+12/权利要求
3	请求登记报告-日本以外的国际检索机构已做出国际检索报告（通过PCT途径）	33600+800/权利要求	2050+49/权利要求

（三）年费/注册费-发明			
(1988年1月1日及以后申请的，2004年4月1日及以后请求审查的)			
费用编号	费用描述	金额（JPY）	金额（RMB）
1	1~3年，每年	2100+200/权利要求	128+12/权利要求
2	4~6年，每年	6400+500/权利要求	390+31/权利要求
3	7~9年，每年	19300+1500/权利要求	1177+92/权利要求
4	10~25年，每年	55400+4300/权利要求	3379+262/权利要求
(1988年1月1日及以后申请的，2004年3月31日及以前请求审查的)			
5	1~3年，每年	10300+900/权利要求	628+55/权利要求
6	4~6年，每年	16100+1300/权利要求	982+79/权利要求
7	7~9年，每年	32200+2500/权利要求	1964+153/权利要求
8	10~25年，每年	64400+5000/权利要求	3928+305/权利要求
(1987年12月31日及以前申请的，2004年4月1日及以后请求审查的)			
9	1~3年，每年	1500+1000/权利要求	92+61/权利要求
10	4~6年，每年	4800+2900/权利要求	293+177/权利要求
11	7~9年，每年	14300+8800/权利要求	872+537/权利要求
12	10~25年，每年	47500+29600/权利要求	2898+1806/权利要求
(1987年12月31日及以前申请的，2004年3月31日及以前请求审查的)			
13	1~3年，每年	7500+4900/权利要求	458+299/权利要求
14	4~6年，每年	11900+7400/权利要求	726+451/权利要求

续表

15	7~9年，每年	23800+14800/权利要求	1452+903/权利要求
16	10~25年，每年	47500+29600/权利要求	2898+1806/权利要求

年费/注册费-实用新型			
费用编号	费用描述	金额（JPY）	金额（RMB）
1	1~3年，每年	2100+100/权利要求	128+6/权利要求
2	4~6年，每年	6100+300/权利要求	372+18/权利要求
3	7~10年，每年	18100+900/权利要求	1104+55/权利要求

年费/注册费-外观设计（2007年4月1日及以后申请）			
费用编号	费用描述	金额（JPY）	金额（RMB）
1	1~3年，每年	8500	519
2	4~20年，每年	16900	1031
（2007年3月31日及以前申请）			
3	1~3年，每年	8500	519
4	4~15年，每年	16900	1031

（四）异议/上诉/审查-发明			
费用编号	费用描述	金额（JPY）	金额（RMB）
1	异议	16500+2400/权利要求	1007+146/权利要求
2	异议-请求更正	49500+5500/权利要求	3020+336/权利要求
3	上诉	49500+5500/权利要求	3020+336/权利要求
4	上诉-请求更正	49500+5500/权利要求	3020+336/权利要求
5	审查，复审	49500+5500/权利要求	3020+336/权利要求
6	审查或复审专利权有效期限延长的注册	55000	3355
实用新型			
7	审查，复审	49500+5500/权利要求	3020+336/权利要求
8	外观设计		

续表

9	上诉	55000	3355
10	审查，复审	55000	3355

（五）其他费用

费用编号	费用描述	金额（JPY）	金额（RMB）
1	请求延长期限	2100	128
2	在期限届满后要求延长指定期限的请求（除了请求延长专利法第50条规定的时限外）	4200	256
3	请求延长专利法第50条规定的期限届满后的期限	51000	3111
4	继承通知（变更申请人姓名）	4200	256
5	请求其他证书-线上请求	1100	67
6	请求其他证书-窗口请求	1400	85
7	请求审查文件（纸质）	1500	92
8	请求审查文件（电子）-线上请求	600	37
9	请求审查文件（电子）-窗口请求	900	55
10	请求审查登记簿（纸质）	300	18
11	请求审查登记簿（电子）-线上请求	600	37
12	请求审查登记簿（电子）-窗口请求	800	49
13	申请文件副本（纸质）	1400	85
14	申请公布文件（电子）-线上请求	1000	61
15	申请公布文件（电子）-窗口请求	1300	79
16	请求登记副本（纸质）	350	21
17	请求公布登记-线上请求	800	49
18	请求公布登记-窗口请求	1100	67
19	将数据转换成电子格式的费用	1200+700/张	73+43/张

（六）注册后费用

费用编号	费用描述	金额（JPY）	金额（RMB）
1	权利转让登记-发明	15000	915
2	权利转让登记-实用新型	9000	549
3	权利转让登记-外观设计	9000	549

续表

4	权利转让登记-常规继承（遗产继承等）	3000	183
5	变更所有人（除转让）	1000	61

官方语言：日语
专利类型：发明专利、实用新型、外观设计
保护期限：发明专利：自申请日起20年
　　　　　实用新型：自申请日起10年
　　　　　外观设计：自申请日起20年
了解日本专利官费更多信息请扫描下方二维码：
http：//www.jpo.go.jp/tetuzuki_ e/ryoukin_ e/ryokine.htm

韩国（KR）

发明　　　　　　　　　　　　　　　　　官方货币：韩元

（一）申请费

费用编号	费用描述		金额（KRW）	金额（RMB）
1	专利申请（电子）		46000	271
2	专利申请（纸质）	基本费	66000	389
		当说明书，附图和摘要的总数超过20页，每页的附加费	1000	6
3	申请延长专利权利期限，每次申请		300000	1770

（二）审查费

费用编号	费用描述		金额（KRW）	金额（RMB）
1	申请优先权声明	基本费	18000（电子的） 20000（纸质的）	106（电子的） 118（纸质的）
		每个优先权声明的附加费	18000（电子的） 20000（纸质的）	106（电子的） 118（纸质的）
2	请求实质审查	基本费	143000	844
		每项专利的权利要求的附加费	44000	260
3	请求复审	基本费	100000	590
		每项发明专利的权利要求的附加费	10000	59
4	请求优先审查		200000	1180

（三）年费

费用编号	费用描述	金额（KRW）	金额（RMB）
1	1~3年 基本年费	15000	89
	每项权利要求的附加年费	13000	77
2	4~6年 基本年费	40000	236
	每项权利要求的附加年费	22000	130

续表

3	7~9年	基本年费	100000	590
		每项权利要求的附加年费	38000	224
4	10~12年	基本年费	240000	1416
		每项权利要求的附加年费	55000	325
5	13~15年	基本年费	360000	2124
		每项权利要求的附加年费	55000	325
6	16~25年	基本年费	360000	2124
		每项权利要求的附加年费	55000	325

（四）其他费用

费用编号	费用描述	金额（KRW）	金额（RMB）
1	转换申请费		
1.1	发明专利申请转换为实用新型申请（线上）	46000	271
1.2	发明专利转换为实用新型申请（纸质）	基本费	66000	389
		当说明书，附图和摘要的总数超过20页，每页的附加费	1000	6
1.3	实用新型申请转换为发明专利申请（线上）	20000	118
1.4	实用新型申请转换为发明专利申请（纸质）	基本费	30000	177
		当说明书，附图和摘要的总数超过20页，每页的附加费	1000	6
2	双重申请费（在1999年7月1日和2006年9月30日之间提交的申请）	发明专利申请	38000	224
		实用新型申请	17000	100

实用新型

（一）申请费

费用编号	费用描述	金额（KRW）	金额（RMB）
1.1	实用新型申请（线上）	20000	118

续表

1.2	实用新型申请（纸质）	基本费	30000	177
		当说明书，附图和摘要的总数超过20页，每页的附加费	1000	6

（二）审查费

费用编号	费用描述		金额（KRW）	金额（RMB）
1	申请优先权声明	基本费	18000（电子申请）20000（纸质申请）	106（电子申请）118（纸质申请）
		每项优先权声明的附加费	18000（电子申请）20000（纸质申请）	106（电子申请）118（纸质申请）
2	请求实质审查	基本费	71000	419
		每项实用新型的权利要求的附加费	19000	112
3	请求复审	基本费	50000	295
		每项实用新型的权利要求的附加费	5000	30
4	请求优先审查		100000	590

（三）年费

费用编号	费用描述		金额（KRW）	金额（RMB）
1	1~3年	基本年费	12000	71
		每项权利要求的附加年费	4000	24
2	4~6年	基本年费	25000	148
		每项权利要求的附加年费	9000	53
3	7~9年	基本年费	60000	354
		每项权利要求的附加年费	14000	83
4	10~12年	基本年费	160000	944
		每项权利要求的附加年费	20000	118
5	13~15年	基本年费	240000	1416
		每项权利要求的附加年费	20000	118

(四) 其他费用

费用编号	费用描述		金额 (KRW)	金额 (RMB)
1	转换申请费			
1.1	发明专利转换为实用新型专利申请（线上）		46000	271
1.2	发明专利申请转换为实用新型专利申请（纸质）	基本费	66000	389
		当说明书，附图和摘要的总数超过20页，每页的附加费	1000	6
1.3	实用新型专利申请转换为发明专利申请（线上）		20000	118
1.4	实用新型专利申请转换为发明专利申请（纸质）	基本费	30000	177
		当说明书，附图和摘要的总数超过20页，每页的附加费	1000	6
2	双重申请费（在1999年7月1日和2006年9月30日之间提交的申请）	发明专利申请	38000	224
		实用新型专利申请	17000	100
3	请求实用新型的技术评估	每项权利要求的基本费	86000	507
		每项权利要求的附加费	14000	83
		在1999年7月1日和2006年9月30日之间提交并且注册确立权利的申请免收请求实用新型的技术鉴定的费用	—	—

外观设计

(一) 申请费

费用编号	费用描述		金额 (KRW)	金额 (RMB)
1	请求实质审查	外观设计申请费（电子的）	94000	555
		外观设计申请费（纸质的）	104000	614
2	请求非实质审查费	每件设计的外观设计申请费（电子的）	45000	266
		每件设计的外观设计申请费（纸质的）	55000	325

（二）审查费

费用编号	费用描述	金额（KRW）	金额（RMB）
1	申请优化设计，每件优化设计 a. 基本费	18000（电子申请） 20000（纸质申请）	106（电子申请） 118（纸质申请）
2	请求复审，每件设计（电子的） a. 基本费	30000	177
3	请求复审，每件设计（纸质）	40000	236
4	请求优先审查	70000	413

（三）年费

费用编号	费用描述		金额（KRW）	金额（RMB）
1	实质审查	1~3年，每年	25000	148
		4~6年，每年	35000	207
		7~9年，每年	70000	413
		10~12年，每年	140000	826
		13~20年，每年	210000	1239
2	非实质审查	1~3年，每年，每件设计	25000	148
		4~20年，每年，每件设计	34000	201

（四）其他费用

费用编号	费用描述	金额（KRW）	金额（RMB）
1.1	转换非实质审查为实质审查（电子的）	53000	313
1.2	转换非实质审查为实质审查（纸质的）	63000	372
2	请求秘密设计，每件设计	18000（电子申请） 20000（纸质申请）	106（电子申请） 118（纸质申请）
3	请求披露外观设计申请，每件	21000（电子申请） 24000（纸质申请）	124（电子申请） 142（纸质申请）
4	提交注册异议，每件设计	50000	295

续表

			金额(KRW)	金额(RMB)
5	分案申请费	当分开一个多重外观设计申请,每件分开的申请(非必须审查)	10000	59
		当分开一个多重外观设计申请,每件分开的申请(必须审查)(在2005年7月1日后提交的申请)	59000	348
		其他的	申请费	申请费

PCT 费用

费用编号	费用描述		金额(KRW)	金额(RMB)
1	请求国际初步审查(IPEA/KR)	审查费	450000	2655
		手续费	227000	1339
2	请求PCT下的国际申请检索(ISA/KR)	韩语申请	450000	2655
		英语申请	1300000	7670

官方语言:韩语
专利类型:发明专利、实用新型、外观设计
保护期限:发明专利:自申请日起25年
　　　　　实用新型:自申请日起15年
　　　　　外观设计:自授权日起20年

发明专利:http://www.kipo.go.kr/kpo/user.tdf?a=user.english.html.HtmlApp&c=92004&catmenu=ek03_04_01#a1

实用新型专利:http://www.kipo.go.kr/kpo/user.tdf?a=user.english.html.HtmlApp&c=92004&catmenu=ek03_04_01#a2

外观设计:http://www.kipo.go.kr/kpo/user.tdf?a=user.english.html.HtmlApp&c=92004&catmenu=ek03_04_01#a3

中国澳门（MO）

实用新型专利   官方货币：澳门元

费用编号	费用描述		政府规定费用（MOP）	政府规定费用（RMB）
1	注册申请		400	335
2	额外费用		250	209
3	重新转为有效（欠缴费用加400澳门币）		—	—
4	内容与工业产权证书之内容相似之证明书		90	75
5	由有关国际组织给予之工业产权在本地区产生延伸效力之保护证明书		90	75
6	提出申请之证明书		90	75
7	宣布失效		1000	838
8	移转		200	168
9	使用许可		200	168
10	更正		100	84
11	延长期限		200	168
12	登记或注册之查阅		200	168
13	年费	第一年度	—	—
		第二年度	—	—
		第三年度	200	168
		第四年度	200	168
		第五年度	200	168
		第六年度	200	168
		第七年度	200	168
		第八年度	200	168
		第九年度	200	168
		第十年度	200	168

发明专利

费用编号	费用描述	政府规定费用（MOP）	政府规定费用（RMB）
1	注册申请	800	670

续表

2	实质审查费用		2500	2094
3	额外费用		250	209
4	重新转为有效（欠缴费用加 400 澳门币）		—	—
5	内容与工业产权证书之内容相似之证明书		90	75
6	由有关国际组织给予之工业产权在本地区产生延伸效力之保护证明书		90	75
7	提出申请之证明书		90	75
8	宣布失效		1000	838
9	移转		200	168
10	使用许可		200	168
11	更正		100	84
12	延长期限		200	168
13	登记或注册之查阅		200	168
14	年费	第一年度	—	—
		第二年度	—	—
		第三年度	—	—
		第四年度	500	419
		第五年度	500	419
		第六年度	800	670
		第七年度	800	670
		第八年度	800	670
		第九年度	800	670
		第十年度	800	670
		第十一年度	800	670
		第十二年度	800	670
		第十三年度	800	670
		第十四年度	800	670
		第十五年度	800	670
		第十六年度	800	670
		第十七年度	800	670

14	年费	第十八年度	800	670
		第十九年度	800	670
		第二十年度	800	670

其他专利

费用编号	费用描述		政府规定费用（MOP）	政府规定费用（RMB）
1	延伸申请		800	670
2	额外费用		250	209
3	重新转为有效（欠缴费用加400澳门币）		—	—
4	内容与工业产权证书之内容相似之证明书		90	75
5	由有关国际组织给予之工业产权在本地区产生延伸效力之保护证明书		90	75
6	提出申请之证明书		90	75
7	宣布失效		1000	838
8	移转		200	168
9	使用许可		200	168
10	更正		100	84
11	延长期限		200	168
12	登记或注册之查阅		200	168
13	年费	第一年度	—	—
		第二年度	—	—
		第三年度	—	—
		第四年度	500	419
		第五年度	500	419
		第六年度	800	670
		第七年度	800	670
		第八年度	800	670
		第九年度	800	670
		第十年度	800	670
		第十一年度	800	670

续表

13	年费	第十二年度	800	670
		第十三年度	800	670
		第十四年度	800	670
		第十五年度	800	670
		第十六年度	800	670
		第十七年度	800	670
		第十八年度	800	670
		第十九年度	800	670
		第二十年度	800	670

设计及新型

费用编号	费用描述	政府规定费用（MOP）	政府规定费用（RMB）
1	注册申请	1000	838
2	额外费用	250	209
3	重新转为有效	欠缴费用加400澳门币	欠缴费用加335人民币
4	内容与工业产权证书之内容相似之证明书	90	75
5	由有关国际组织给予之工业产权在本地区产生延伸效力之保护证明书	90	75
6	提出申请之证明书	90	75
7	宣布失效	1000	838
8	移转	200	168
9	使用许可	200	168
10	更正	100	84
11	延长期限	200	168
12	登记或注册之查阅	200	168
13	年费	第一年度至第五年度	—	—
		第六年度	500	419
		第七年度	500	419
		第八年度	500	419

续表

13	年费	第九年度	500	419
		第十年度	500	419
		第十一年度	500	419
		第十二年度	500	419
		第十三年度	500	419
		第十四年度	500	419
		第十五年度	500	419
		第十六年度	500	419
		第十七年度	500	419
		第十八年度	500	419
		第十九年度	500	419
		第二十年度	500	419
		第二十一年度	500	419
		第二十二年度	500	419
		第二十三年度	500	419
		第二十四年度	500	419
		第二十五年度	500	419

官方语言：中文、葡萄牙语

专利类型：发明专利、实用专利、其他专利、设计及新型

保护期限：发明专利：自申请日起20年

　　　　　实用专利：自申请日起10年

　　　　　其他专利：自申请日起20年

　　　　　设计及新型：自申请日起25年

了解中国澳门专利官费更多信息请扫描下方二维码：

http：//www.economia.gov.mo/zh/web/public/pg_ ip_ rf?_ refresh=true

马来西亚（MY）

发明专利/实用新型　　　　　　　官方货币：令吉

费用编号	费用描述		电子申请费（RM）	纸质申请费（RM）	电子申请费（RMB）	纸质申请费（RMB）
1	请求授予专利权		260	290	408	455
2	权利要求	前10项权利要求	—	—	—	—
		每项额外的权利要求（每项权利要求）	20	20	31	31
3	撤回申请的声明		—	—	—	—
4	进入国家阶段	前10项权利要求	260	290	408	455
		每个额外的权利要求（每个权利要求）	20	20	31	31
5	根据第78OA节请求恢复		650，延期的每个月	690，延期的每个月	1020，延期的每个月	1101，延期的每个月
6	请求实质审查		950	1100	1491	1726
7	请求修改实质审查		600	640	941	1004
8	请求延迟提交审查请求或提供信息		—	—	—	—
9	请求认证的副本或摘录		70	80	110	126
10	请求修改登记簿		70	80	110	126
11	请求恢复已终止的专利		130	140	204	220
12	请求许可开发专利发明		—	—	—	—
13	请求转换发明专利申请为实用新型证书申请，反之亦然		260	290	408	455
14	请求批准加快审查		200	250	314	392
15	请求加快审查		2000	2200	3138	3452
16	申请记录转让或传送		130	140	204	220
17	申请将任一可以获得许可证的个人登记到登记簿中		70	80	110	126
18	申请取消将任一可以获得许可证的个人登记到登记簿中		70	80	110	126

续表

19	请求在登记簿中记录许可合同的详情	130	140	204	220
20	请求在登记簿中记录许可合同的期满或终止	100	110	157	173
21	请求强制许可	100	110	157	173
22	请求修改决定	100	110	157	173
23	请求取消强制许可	100	110	157	173
24	申请授予实用新型证书	130	140	204	220
25	申请延长实用新型证书的期限	130	140	204	220
26	请求修改授权专利申请	70	80	110	126
27	请求修改专利	70	80	110	126
28	委托或更改代理人	70	80	110	126
29	申请登记专利代理人	2600	2670	4079	4189
30	申请登记为审查的申请者	130	140	204	220
31	申请复审	130	140	204	220
32	申请续展专利代理人登记	550	590	863	926
33	提供送达地址	130	140	204	220
34	请求延长期限	260	290	408	455
35	证明申请人专利/证书的权利声明	70	80	110	126
36	专利副本	40	40	63	63
37	检索报告副本	30	30	47	47
38	审查登记簿	15/小时	15/小时	24/小时	24/小时
39	认证副本或登记簿摘录	15/小时	15/小时	24/小时	24/小时
40	登记簿摘录的副本	3/页	3/页	5/页	5/页
41	公开检查与专利申请相关的信息的费用	30/小时	30/小时	47/小时	47/小时
42	信息的认证副本或摘录	前五页	100/页	100/页	157/页	157/页
		额外的每页	3/页	3/页	5/页	5/页
43	年费	专利授权后的第二年	260	290	408	455
		专利授权后的第三年	330	360	518	565
		专利授权后的第四年	390	420	612	659
		专利授权后的第五年	460	490	722	769

续表

43	年费	专利授权后的第六年	520	560	816	879
		专利授权后的第七年	600	640	941	1004
		专利授权后的第八年	650	690	1020	1083
		专利授权后的第九年	720	760	1130	1192
		专利授权后的第十年	780	820	1224	1287
		专利授权后的第十一年	850	890	1334	1396
		专利授权后的第十二年	900	940	1412	1475
		专利授权后的第十三年	1050	1100	1647	1726
		专利授权后的第十四年	1200	1250	1883	1961
		专利授权后的第十五年	1300	1350	2040	2118
		专利授权后的第十六年	1600	1660	2510	2605
		专利授权后的第十七年	1850	1900	2903	2981
		专利授权后的第十八年	2100	2200	3295	3452
		专利授权后的第十九年	2400	2500	3766	3923
		专利授权后的第二十年	2600	2700	4079	4236
44	恢复的额外费		相关年度费用的100%	相关年度费用的100%	相关年度费用的100%	相关年度费用的100%
45	放弃强制许可		80	90	126	141
46	放弃专利		80	90	126	141
47	实用新型证书的年费	授予证书后第三年	160	170	251	267
		授予证书后第四年	210	240	329	377
		授予证书后第五年	210	240	329	377
		授予证书后第六年	260	290	408	455
		授予证书后第七年	260	290	408	455
		授予证书后第八年	320	350	502	549
		授予证书后第九年	320	350	502	549
		授予证书后第十年	370	400	581	628
		授予证书后第十一年	520	560	816	879
		授予证书后第十二年	780	820	1224	1287
		授予证书后第十三年	910	950	1428	1491

续表

47	实用新型证书的年费	授予证书后第十四年	1050	1100	1647	1726
		授予证书后第十五年	1300	1350	2040	2118
		授予证书后第十六年	1450	1500	2275	2354
		授予证书后第十七年	1600	1650	2510	2589
		授予证书后第十八年	1700	1750	2667	2746
		授予证书后第十九年	1850	1900	2903	2981
		授予证书后第二十年	1950	2000	3060	3138
48	召开审讯		130	140	204	220
49	授予专利权的证书		—	—	—	—
50	实用新型证书		—	—	—	—
51	审查费		130，每个主题	140，每个主题	204，每个主题	220，每个主题
52	反对审查结果的上诉		260，每个主题	290，每个主题	408，每个主题	455，每个主题
53	延长期限，每个月或不满一个月		70	80	110	126
54	逾期缴纳年费的滞纳金		相关年费的100%	相关年费的100%	相关年费的100%	相关年费的100%
55	通过电脑公开检索		30	30	47	47
56	电脑印出（书目数据）		10	10	16	16
57	许可信息（应要求）	少于10页	130	140	204	220
		之后的每一页	7	7	11	11
58	准备国际申请的费用		3/页	3/页	5/页	5/页
59	传送费	前30张	500	550	785	863
		超过30张的每一张	60	70	94	110
60	逾期提供国际检索目的的翻译的费用		条约规定的国际申请费的25%	条约规定的国际申请费的25%	条约规定的国际申请费的25%	条约规定的国际申请费的25%
61	逾期提供为实行国际公布的翻译的费用		条约规定的国际申请费的25%	条约规定的国际申请费的25%	条约规定的国际申请费的25%	条约规定的国际申请费的25%

续表

62	滞纳金	(i) 未缴纳费用的50% (ii) 与传送费相等的金额：更高的费用，滞纳金不能超过条约规定的国际申请费50%		(i) 未缴纳费用的50% (ii) 与传送费相等的金额：更高的费用，滞纳金不能超过条约规定的国际申请费的50%	
63	按照国家要求回应邀请的费用	130	140	204	220

PCT 费用

2017 年 12 月和 2018 年 1 月的 PCT 费用

（一）传送费（2011 年 2 月 15 日生效）					
费用编号	费用描述	电子申请费（RM）	纸质申请费（RM）	电子申请费（RMB）	纸质申请费（RMB）
1	前 30 张的传送费	500	550	785	863
2	超过 30 张的每张的传送费	60	70	94	110

（二）国际申请费					
费用编号	费用描述		2017 年 12 月（RM）	2018 年 1 月（RM）	2017 年 12 月（RMB）	2018 年 1 月（RMB）
1	前 30 张的国际申请费		5826	5708	9141	8956
1.1	减缴	如果国际申请是按照行政指示通过电子形式提交，请求书也不是以字符编码格式：（例如，只以 XML 格式请求），国际申请费按所列金额减少	4950	4849	7767	7608
1.1	减缴	如果国际申请是按照行政指示通过电子形式提交，请求书、说明书、权利要求书和摘要也不是以字符编码格式：（例如 XML）国际申请费按所列金额减少	4512	4420	7079	6935
2	超过 30 张的每一张		66/张	64/张	104/张	100/张

续表

费用编号	费用描述			
2.1	如果国际申请是由一个是自然人的申请人提交,国际申请费减少90%	583	571	915	896
2.2	如果国际申请是按照行政指示通过电子形式提交,请求书也不是以字符编码格式:(例如,只以XML格式请求)国际申请费按所列金额减少	495	485	777	761
2.3	如果国际申请是按照行政指示通过电子形式提交,请求书、说明书、权利要求书和摘要也不是以字符编码格式:(例如XML)国际申请费按所列金额减少	451	442	708	694
3	超过30张的每一张	7/张	6/张	11/张	9/张

(三)检索费(细则16/细则40.2规定的检索费)

费用编号	国家	2017年12月(RM)	2018年1月(RM)	2017年12月(RMB)	2018年1月(RMB)
1	澳大利亚	7298	7113	11451	11160
2	韩国	5958	5909	9348	9271
3	欧洲专利组织	9555	9398	14992	14745
4	日本	6995	6824	10975	10707

(四)优先权文件

费用编号	费用描述	金额(RM)	金额(RMB)
1	固定金额(前五张)	500	785
2	额外的每一张	3/张	5/张

外观设计

费用编号	费用描述	纸质申请费(RM)	电子申请费(RM)	纸质申请费(RMB)	电子申请费(RMB)
1.1	单一设计申请	500	480	785	753
1.2	申请规定的每件额外的设计(细则5)	500	480	785	753

续表

1.3	公布每次查看申请中的陈述（条例10和22）	200	200	314	314
2.1	6~10年度年费，单一外观设计	800	780	1255	1224
2.2	6~10年度年费，每件额外的外观设计	800	780	1255	1224
2.3	11~15年度年费，单一外观设计	800	780	1255	1224
2.4	11~15年度年费，每件额外的外观设计	800	780	1255	1224
2.5	16~20年度年费，单一外观设计（新费用）	800	780	1255	1224
2.6	16~20年度年费，每件额外的外观设计（新费用）	800	780	1255	1224
2.7	21~25年度年费，单一外观设计（新费用）	800	780	1255	1224
2.8	21~25年度年费，每件额外的外观设计（新费用）	800	780	1255	1224
2.9	滞纳金，每个月（不超过6个月）	200	200	314	314
3.1	请求恢复一个注册式外观设计（细则24）	800	780	1255	1224
3.2	子细则24（4）规定支付的额外费，每个月	100	100	157	157
4	反对恢复外观设计的通知（细则25）	300	280	471	439
5	申请记录转让，传送或其他依法运营	300	280	471	439
6	申请改正登记簿或请求撤回	600	580	941	910
7	向法院提交申请副本（细则28）	—	—	—	—
8	关于改正登记簿的法院命令的通知（细则29）	200	180	314	282
9	请求修改登记外观设计申请或注册式外观设计	200	180	314	282
10	委托或更改代理人并更改送达地址（细则32和40）	100	80	157	126
11	申请登记为（子细则33（2））外观设计代理人	1300	1280	2040	2008
12	申请延长登记为外观设计代理人的期限	600	580	941	910
13.1	请求延长期限	300	280	471	439
13.2	请求延长期限，每延长一个月（不超过3个月）	300	300	471	471

续表

14	请求登记簿或文件的认证副本或副本或摘录	请求认证副本或副本或摘录	10	10	16	16
		认证的副本或摘录（每页）	5	5	8	8
		副本或摘录（每个证书）	100	100	157	157
		专利注册处处长附有认证的副本或摘录的证书（每页副本或摘录）（细则45）	20	20	31	31
15	公开检索		20	20	31	31
16	电脑输出（黑白）		5	5	8	8
17	电脑输出（彩色）（新费用）		20	20	31	31

官方语言：马来西亚语

专利类型：发明专利、实用新型、外观设计

保护期限：发明专利：自申请日起20年

　　　　　实用新型：自申请日起20年

　　　　　外观设计：自申请日起25年

了解马来西亚发明专利和实用新型专利官费更多信息请扫描下方二维码：http：//www.myipo.gov.my/en/patent-form-fees/?lang=en

了解马来西亚外观设计官费更多信息请扫描下方二维码：http：//www.myipo.gov.my/en/industrial-design-form-fees/?lang=en

新加坡（SG）

发明专利　　　　　　　　　　　　　　　　　　官方货币：新加坡元

费用编号	费用描述		金额（SGD）	金额（RMB）
1	请求授予专利权/授权专利发明权和权利声明		160	791
2	在授权之前或之后给予专利注册处处长的确权决定参考		450	2225
3	申请通过专利注册处处长代表给予指示的个人执行专利法授权		50	247
4	请求处理共同申请人争议的指示		450	2225
5	提及决定证书问题的专利注册处处长		450	2225
6	申请增加和/或移除发明人		450	2225
7	发明权声明和授予专利的权利声明		免费	免费
8	请求提前公布		50	247
9	请求检索报告或补充报告		1650	8157
10	请求检索和审查报告	国际检索报告/国际初步报告已经由新加坡知识产权局完成的情况下（PCT申请进入国家阶段）	1650，超过20项权利要求的每项加收40	8157，超过20项权利要求的每项加收198
		其他情况	1950，超过20项权利要求，每项加收40	9640，超过20项权利要求，每项加收198
11	提供规定的细节		免费	免费
12	提供规定的信息		免费	免费
13	有意依托关于专利性的国际审查报告的通知		免费	免费
14	请求审查报告		1350，超过20项的权力要求每项加收40	6674，超过20项的权力要求每项加收198
15	请求补充审查报告		免费	免费
16	在授权前请求审查报告和修改申请		1350	6674
17	在授权前请求修改申请		免费	免费
18	答复书面意见		免费	免费

续表

19	缴纳专利授权的费用	专利申请在 2014 年 2 月 14 日之前提出，并且提交的日期是在 2004 年 7 月 1 日之前	170	840
		专利申请是在 2014 年 2 月 14 日或之后提出的，并且提交的日期是在 2004 年 7 月 1 日之前	200 加，超过 20 项权利要求，每项 40，补充报告根据授权证据得出	989 加，超过 20 项权利要求，每项 198，补充报告根据授权证据得出
		专利申请提交的日期是在 2004 年 7 月 1 日及之后	在其他情况下，超过检索和审查报告或审查报告的专利说明书中最多 20 项权利要求的每项权利要求 40（根据具体情况而定），依据要求的授权证书的发布	在其他情况下，超过检索和审查报告或审查报告的专利说明书中最多 20 项权利要求的每项权利要求 198（根据具体情况而定），依据要求的授权证书的发布
20	续展费	专利第 5，6，7 年度，每年的续展	140	692
		专利第 8，9，10 年度，每年的续展	370	1829
		专利第 11，12，13 年度，每年的续展	520	2571
		专利第 14，15，16 年度，每年的续展	670	3312
		专利第 17，18，19 年度，每年的续展	820	4054
		专利第 20 年度的续展	970	4795
		专利第 20 年度之后，每年的续展	1200	5932
		逾期缴纳续展费不超过 1 个月	50	247
		逾期缴纳续展费，1 个月后的每个月（但不超过 6 个月）	100	494

续表

21	在授权后申请修改说明书		1250	6180
22	申请恢复专利		500	2472
23	恢复专利的附加费和续展费		300 加	1483 加
23.1	关于专利第5, 6, 7年度, 每年的续展		140	692
23.2	关于专利第8, 9, 10年度, 每年的续展		370	1829
23.3	关于专利第11, 12, 13年度, 每年的续展		520	2571
23.4	关于专利第14, 15, 16年度, 每年的续展		670	3312
23.5	关于专利第17, 18, 19年度, 每年的续展		820	4054
23.6	关于专利第20年度的续展		970	4795
23.7	在专利第20年度之后每年的续展		1200	5932
24	申请在注册处进行登记或撤销登记,使得专利许可证在权利范围内有效		40	198
25	申请解决权利许可条款		380	1879
26	给予注册处长以侵权争议之参考		280	1348
27	申请非侵犯公告		280	1348
28	申请专利相应申请的信息		100	494
29	申请撤回专利		500	2472
30	请求作为答复专利注册处处长指示的复审		900	4449
31	进入国家阶段		200	989
32	公布国际申请的翻译和/或任何国际申请的修改的费用		70	346
33	向专利注册处处长申请将国际申请视为专利法下的申请		160	791
34	宣传提议更正的额外费用		N/A	N/A
35.1	请求延长期限-在2014年2月14日之前提出 一个专利申请	细则108 (3) 下的请求	每次,每个阶段,每个月或不满一个月200	每次,每个阶段,每个月或不满一个月989
		细则108 (4) 或 (4A) 下的请求	200	989
		108 (6) 下的附加费的缴纳	每次,每个阶段,每个月或不满一个月200	每次,每个阶段,每个月或不满一个月989

续表

			每次，每个阶段，每个月或不满一个月 200	每次，每个阶段，每个月或不满一个月 989
35.2	在2014年2月14日及之后提出一个专利申请	细则108（3）或（4）下的请求	每次，每个阶段，每个月或不满一个月 200	每次，每个阶段，每个月或不满一个月 989
		细则10（5）下的请求	每次，每个阶段，每个月或不满一个月 200	每次，每个阶段，每个月或不满一个月 989
36	请求延长检索和审查的期限和专利授权的费用	此专利申请不是已经进入新加坡国家阶段的国际申请	1800	8899
		此专利申请是已经进入新加坡国家阶段的国际申请	免费	免费
37	缴纳PCT下的传送费		150	742
38	请求授权发放微生物样本的证书		N/A	N/A
39	限制专家获得微生物样本的意向通知		N/A	N/A
40	反对向专家发布微生物样本的通知		100	494
41.1	续展费-在注册处进行登记使得专利许可证在权利范围内有效之后的续展费用和任何其他费用	关于专利第5，6，7年度每年的续展	70	346
		关于专利第8，9，10年度每年的续展	185	915
		关于专利第11，12，13年度每年的续展	260	1285
		关于专利第14，15，16年度每年的续展	335	1656
		关于专利第17，18，19年度每年的续展	410	2027
		关于专利第20年度每年的续展	485	2398
		专利第20年度之后的每年的续展	600	2966

续表

41.2	附加费	逾期不足一个月缴纳年费	50	247
		逾期缴纳年费一个月以上的每个月（不超过6个月）	100	494
42	申请延长期限		950	4697
43	提交附图，说明书或部分说明书		免费	免费
44	补充，更正或延迟优先申报	细则9（2）下的申报或细则9（3）下的请求	120	593
		细则9A（2）下的请求	250	1236
45	异议通知	针对第24节下的申请	40	198
		授权后修改说明书	480	2373
		针对第54（1）或（3）节，申请取消登记簿中的一个登记	90	445
		改正过失，笔误或错误	100	494
46	请求委托，更改或移除代理人		免费	免费
47	请求更改代理人，申请人，所有者和其他利害关系人的姓名，地址和新加坡送达地址		免费	免费
48	请求放弃专利		免费	免费
49	请求更正错误	更正表格，更正专利登记簿或更正不是一件专利或一件专利申请的表格或说明书的文件	50	247
		更正一件专利或专利申请的说明书	120	593
50	申请登记，修改或终止证书		60，每件申请	297，每件申请
51	申请登记，修改或终止抵押权益		50，每件申请	247，每件申请
52	申请登记所有权转让		70，每件申请	346，每件申请
53	请求撤回申请		免费	免费
54	请求文件检验		30	148
55	申请记录法院命令		N/A	N/A

续表

56	请求登记到登记簿的认证副本或登记簿认证摘录/请求与专利或专利申请相关的认证的文件	电子形式证书（即软拷贝）	每个附件 28	每个附件 138
		纸质形式证书（即硬拷贝）	每个附件 35	每个附件 173
57	出席审讯的通知		715	3535
58	请求摘录专利注册处处长的税务证书		80	395
59	请求延长期限	首次请求延长期限	第一次请求免费	第一次请求免费
		第二次及之后请求延长期限	100×随后的请求的分类数量	494×随后的请求的分类数量
60	请求仅有一方当事人在场的诉讼		100	494
61	请求仅有一方当事人在场的诉讼决定的理由		700	3461
62	反驳声明		360	1780
63	使用细则 96K 中提及的服务机构中的服务通过电子化在线系统提交以下几项	专利表格 PF10, PF11, PF12, PF12B, PF45A 和随附的文件	120+每页文件 0.50	593+每页文件 2
		PF1, PF2, PF7, PF8, PF9, PF11A, PF11B, PF11C, PF12A, PF13, PF13A, PF14, PF15, PF17, PF19, PF20, PF28, PF35, PF36, PF37, PF38, PF45, PF46, PF47, PF53, PF54, PF56, PF57, CM1, CM3, CM4, CM6, CM7, CM8, CM9, CM12, HC1, HC2, HC3, HC4, HC5, HC6 和随附的文件	40+每页文件 0.50	198+每页文件 2

PCT 申请费用

	国际局规定的费用		
费用编号	费用描述	金额（SGD）	金额（RMB）
1	如果国际申请不超过 30 张	1859	9190
2	如果国际申请超过 30 张	1859，超过 30 张，每张加收 21	9190，超过 30 张，每张加收 104

新加坡受理局规定的费用			
费用编号	费用描述	金额（SGD）	金额（RMB）
1	传送费	150	742
2	优先权文件	35	173
3	滞纳金	未缴纳费用的 50%，但总额不少于 $150（传送费）并且不多于全部国际申请费的 50%（不包括国际申请超过 30 张的每张的费用）	未缴纳费用的 50%，单总额不少于 $150（传送费）并且不多于全部国际申请费的 50%（不包括国际申请超过 30 张的每张的费用）
4	恢复优先权	250	1236
5	以 XML 格式的电子申请将获得 SGD 421（CHF 300）		

国际检索费和对应的金额			
费用编号	国际检索机构	检索机构固定的货币 & 金额	金额（RMB）
1	AT-奥地利专利局	EUR 1864[1]	14796
2	AU-澳大利亚专利局	AUD 2200	11823
3	EP-欧洲专利局	EUR 1875	14884
4	KR-韩国知识产权局	KRW 1300000	7800
5	JP-日本专利局	JYP 156000	9516
6 新加坡知识产权局（IPOS）2015 年 9 月 1 日生效	检索费（PCT 细则 16）	SGD 2240[2]	11074
	附加检索费（PCT 细则 40.2）	SGD 2240	11074
	拒付费［PCT 细则 40.2(e)］	SGD650	3213
	国际检索报告中引用文件的副本的费用（PCT 细则 44.3）	每个文件 SGD 30	每个文件 148

（1）如果国际申请是由一个申请人或出每个申请人都是自然人并且奥地利专利局为国际检索机构的国家的国民并居住在此国家的两个或更多的申请人提交，这个检索费减少 75%。

（2）如果新加坡知识产权局受益于早期检索，此检索费将退还 25%~75%，取决于新加坡知识产权局受益于早期检索的程度。

国际检索机构（补充检索）-新加坡知识产权局（IPOS）
2015年9月1日生效

费用编号	费用描述	向国际局支付的瑞士法郎金额	金额（RMB）
1	补充检索费	CHF 1603	11136
2	补充检索手续费	CHF 200	1389
3	滞纳金	CHF 100	695
向IPOS支付的金额			
4	审查费［PCT细则45bis.6（c）］	SGD 650	3213
5	补充国际检索报告中引用文件的副本	每个文件 SGD 30	每个文件 148

国际初步审查机构-新加坡知识产权局（IPOS）
2015年9月1日生效

费用编号	费用描述	金额（SGD）	金额（RMB）
1	手续费（PCT细则57.1）	280	1384
2	初步审查费（PCT细则58）	830	4103
3	初步审查附加费	830	4103
4	拒付费［PCT细则68.3（e）］	650	3213
5	国际初步审查报告引用的文件的副本的费用	每个文件 30	每个文件 148
6	提交国际申请中包含的文件的副本费（PCT细则94.2）	每个文件 30	每个文件 148

外观设计

费用编号	费用描述	金额（SGD）	金额（RMB）
1	根据法案第11节，申请登记一件设计	250/设计	1236/设计
2	请求延期公布	每次请求 40	每次请求 198
3	根据法案第15节，申请为注册设计修改一件申请	45/设计	222/设计

续表

4	根据法案第 21 节和第 3（6）段，申请延长注册一个设计的期限	第一次延长 5 年	220	1088
		第二次延长 5 年	330	1631
		第三次延长 5 年	440	2175
		第四次延长 5 年	550	2719
5	根据法案第 21（6）节，申请恢复从登记簿中移除的设计登记		每次登记 135	每次登记 667
6	申请撤回设计登记		400/设计	1977/设计
7	请求委托，更改或移除代理人		免费	免费
8	请求更改名字，地址，送达地址或登记送达地址		免费	免费
9	请求放弃已注册设计		免费	免费
10	请求更正错误		50	247
11	由个人或一方请求延长细则或专利注册处处长规定的，为进行与非诉讼程序相关的行动或诉讼的特别的期限	第一次和第二次延长期限	NA	NA
		第三次及之后的每一次延长期限	50/设计	247/设计
12	申请登记授权，修改或终止许可		60/设计	297/设计
13	申请登记授权，修改或终止抵押权益		50/设计	247/设计
14	申请转让注册式外观设计或其中的任何权利		70/设计	346/设计
15	请求撤回申请		NA	NA
16	请求线上文件检查		30/设计	148/设计
17	请求登记簿中一个登记的认证副本或登记簿的认证摘录	认证副本，摘录或文件是电子版	28/设计	138/设计
		认证副本，摘录或文件是纸质版	35/设计	173/设计
18	请求恢复申请，权利或事项		100/设计	494/设计
19	逾期申请延长登记期限		50/登记，除第 No.10 款下的费用	247/登记，除第 No.10 款下的费用
20	出席审讯的通知		715	3535
21	请求摘录专利注册处处长的税务证书		80	395

续表

			NA	NA
22	由个人或一方请求延长细则或专利注册处处长规定的，为进行与非诉讼程序相关的行动或诉讼的特别的期限请求延长提交反驳声明的期限	第一次延长期限	NA	NA
		第二次及之后的每一次延长期限	100/设计	494/设计
23	请求仅有一方当事人在场的诉讼		100	494
24	请求专利注册处处长陈述审讯决定的理由		700	3461
25	提交反驳声明		360	1780
26	使用服务机构的服务通过电子化在线系统提交表格和文件，如果有的话，随附表格 CM1、CM3、CM4、CM6、CM7、CM8、CM9、CM12、D3、D5、D8、D13、HC1、HC2、HC3、HC4、HC5、HC6 和表格随附的文件		40/表格+0.50/页文件	198/表格+2/页文件

官方语言：马来语、英语、中文
专利类型：发明专利、外观设计
保护期限：发明专利：自申请日起 20 年
　　　　　外观设计：自申请日起 25 年
了解新加坡发明专利官费更多信息请扫描下方二维码：https：//www.ipos.gov.sg/resources/patent

了解新加坡外观设计官费更多信息请扫描下方二维码：https：//www.ipos.gov.sg/resources/design

中国台湾(TW)

官方货币:新台币

费用编号	费用描述	金额(TWD)	金额(RMB)
1	申请发明专利,申请改请为发明专利,发明申请分割,设计申请再审查	3500	781
2	申请新型专利,申请改请为新型专利,新型申请分割,申请设计专利,申请衍生设计专利,申请改请为设计专利或衍生设计专利,设计申请分割	3000	669
3	设计申请举发	8000	1784
4	发明申请实体审查(说明书、申请专利范围、摘要及图式合计在50页以下且请求项合计在10项以内者) 发明申请再审查(说明书、申请专利范围、摘要及图式合计在50页以下且请求项合计在10项以内者)	7000	1561
5	发明申请实体审查、发明申请再审查,其请求项超过10项者,每项加收800元 发明、新型申请举发,依举发声明所载之请求项按项加缴,每1请求项加收800元	800	178
6	发明申请实体审查、发明申请再审查,前二项其专利说明书、申请专利范围、摘要及图式超过50页者,每50页加收500元;其不足50页者,以50页计	500	112
7	申请新型专利技术报告(请求项合计在10项以内者)申请勘验 发明、新型申请举发(适用依请求项数逐项举发案)	5000	1115
8	申请新型专利技术报告,其请求项超过10项者,每项加收600元	600	134
9	发明申请举发(适用专利权期间延长、专利申请人不适格或违反互惠原则之情形)	10000	2230
10	新型申请举发(适用专利申请人不适格或违反互惠原则之情形)	9000	2007
11	申请举发案补充理由、证据。发明申请更正说明书、申请专利范围或图式。设计申请更正说明书或图式新型更正说明书、申请专利范围或图式(与举发合并审查)。申请回复优先权主张。申请误译之订正	2000	446
12	申请提早公开发明专利申请案。申请面询。新型申请更正说明书、申请专利范围或图式	1000	223

续表

13	以商业上之实施所必要，或适用支持利用专利审查高速公路加速审查作业方案，或所请发明为绿能技术相关者，申请加速审查者	4000	892
14	申请变更申请人之姓名或名称、印章或签名。申请变更发明人、新型创作人或设计人，或变更其姓名 申请变更代理人。申请变更有关专利权授权、质权或信托登记之其他变更事项者，每件300元；其同时申请变更二项以上者，亦同	300	67
15	发明申请强制授权专利权。发明申请废止强制授权专利权	100000	22300
16	申请专利申请权或专利权让与或继承登记。申请专利权授权或再授权登记。申请专利权授权涂销登记。申请专利权质权设定登记 申请专利权质权消灭登记。申请专利权信托登记。申请专利权信托涂销登记。申请专利权信托归属登记	2000	446
17	发明、新型专利年费第一年至第三年，每年	2500	558
18	自然人、学校及中小企业得减免专利年费，发明、新型第一年至第三年每年减免800元，减免后每年	1700	380
19	发明专利年费第四年至第六年，每年核准延展之专利权，每件每年年费	5000	1115
20	自然人、学校及中小企业得减免发明专利年费，第四年至第六年每年减免1200元，减免后每年	3800	847
21	发明专利年费第七年至第九年，每年	8000	1784
22	发明专利年费第十年以上，每年	16000	3568
23	新型专利年费第四年至第六年，每年	4000	892
24	自然人、学校及中小企业得减免新型专利年费，第四年至第六年每年减免1200元，减免后每年	2800	624
25	新型专利年费第七年以上，每年	8000	1784
26	设计专利年费第一年至第三年，每年	800	178
27	自然人、学校及中小企业得减免设计专利年费，第一年至第三年每年减免800元，减免后每年	0	0
28	设计专利年费第四年至第六年，每年	2000	446
29	自然人、学校及中小企业得减免设计专利年费，第四年至第六年每年减免1200元，减免后每年	800	178
30	设计专利年费第七年以上，每年	3000	669

续表

31	专利证书费。申请发给证明书件	1000	223
32	补发或换发专利证书费	600	134
33	申请核发、补发或换发专利师证书费	1500	335
34	申请补发或换发专利代理人证书费	1500	335

官方语言：中文

专利类型：发明专利、实用新型和外观设计

保护期限：发明专利：自申请日起20年

实用新型：自申请日起10年

外观设计：自申请日起12年

了解中国台湾专利官费更多信息请扫描下方二维码：https：//www.tipo.gov.tw/ct.asp?xItem=203067&CtNode=7390&mp=1

第三章 欧 洲

奥地利（AT）

官方货币：欧元

年费-国家发明专利和欧洲发明专利			
费用编号	费用描述	金额（EUR）	金额（RMB）
1	第二年度	0	0
2	第三年度	0	0
3	第四年度	0	0
4	第五年度	0	0
5	第六年度	104	826
6	第七年度	208	1651
7	第八年度	313	2485
8	第九年度	417	3310
9	第十年度	522	4144
10	第十一年度	626	4969
11	第十二年度	731	5803
12	第十三年度	835	6628
13	第十四年度	940	7462
14	第十五年度	1044	8287
15	第十六年度	1148	9113
16	第十七年度	1253	9946
17	第十八年度	1357	10772
18	第十九年度	1566	12431
19	第二十年度	1775	14090
20	滞纳金	未缴纳的费用的20%	未缴纳的费用的20%

年费-补充保护证书		
费用编号	费用描述	金额（EUR）	金额（RMB）
1	第一年度	2611	20726
2	第二年度	3029	24044
3	第三年度	3448	27370
4	第四年度	3864	30672
5	第五年度	4282	33991
6	从第六年度起，每年度	3029	24044
7	滞纳金	未缴纳的费用的20%	未缴纳的费用的20%

年费-实用新型		
费用编号	费用描述	金额（EUR）	金额（RMB）
1	第二年度	0	0
2	第三年度	0	0
3	第四年度	52	413
4	第五年度	104	826
5	第六年度	261	2072
6	第七年度	313	2485
7	第八年度	365	2897
8	第九年度	417	3310
9	第十年度	470	3731
10	滞纳金	除第四年度不收取滞纳金外，其他年度收取20%	除第四年度不收取滞纳金外，其他年度收取20%
11	定额年费-第4~6年度	376	2985
12	定额年费-第7~10年度	1410	11193
13	第7~10年度滞纳金	282	2239

PRIO-临时专利申请			
费用编号	费用描述	金额（EUR）	金额（RMB）
1	印刷费	50	397
2	包含10项权利要求的升级费	292	2318
3	超过10项的权利要求的权利要求费，超过的每10项权利要求	104	826

国家专利			
费用编号	费用描述	金额（EUR）	金额（RMB）
1	检索和审查费（包括一般印刷费€50和10项权利要求）	342	2715
2	超过10项权利要求的权利要求费，每10项多余的权利要求	104	826
3	公布费	208	1651
4	16页后，每额外15页	135	1072
5	反对授权专利（包括一般印刷费€50）	206	1635
6	认证的专利登记簿摘录，每件专利（包括一般印刷费€23）	27	214
7	专利文件的副本	4	32
8	优先权文本（包括一般印刷费€75；当产生多件专利和实用新型副本时将免除收费，每件保护权利只收一次一般费）	100	794
9	请求延期	—	—

实用新型-登记			
费用编号	费用描述	金额（EUR）	金额（RMB）
1	检索费（包括一般印刷费€50和10项权利要求）	206	1635
2	实用新型公布费	135	1072

实用新型-加快登记			
费用编号	费用描述	金额（EUR）	金额（RMB）
1	检索费（包括一般印刷费€50和10项权利要求）	206	1635

续表

2	加快公布和登记的额外费	52	413
3	实用新型公布费	135	1072
4	总计	393	3120

实用新型-附加的共同费用			
费用编号	费用描述	金额（EUR）	金额（RMB）
1	超过10项权利要求的权利要求费；多出的每10项权利要求	104	826
2	认证的专利登记簿摘录，每件实用新型（包括一般印刷费€23）	27	214
3	一个实用新型文件的副本	4	32
4	优先权文件（包括一般印刷费€75；当产生一些专利和实用新型副本时免收费，每件保护权利只收一次一般印刷费）	100	794
5	请求延期	—	—

保护证书			
费用编号	费用描述	金额（EUR）	金额（RMB）
1	申请费（包括一般印刷费€50）	363	2881
2	申请延期（包括一般印刷费€50）	258	2048
3	保护证书登记簿的认证的摘录，每个保护证书（包括一般印刷费€23）	27	214

半导体			
费用编号	费用描述	金额（EUR）	金额（RMB）
1	申请费（包括一般印刷费€50）	311	2469
2	半导体保护登记簿的认证摘录（包括一般印刷费€23）	27	214

Discover.ip			
费用编号	费用描述	金额（EUR）	金额（RMB）
1	公司规模（员工人数）1~49人	—	—

续表

2	公司规模(员工人数)50~249人	500	3969
3	公司规模(员工人数)250人或更多	根据要求	根据要求

检索和专家意见(acc. to § 57a patg)			
费用编号	费用描述	金额(EUR)	金额(RMB)
1	检索(包括一般印刷费€50)	258	2048
2	现有技术已知情况下的专家意见(包括一般印刷费€50)	258	2048
3	如果申请在起草的意见之前被驳回或撤回,退款	160	1270
4	现有技术由奥地利专利局检索的情况下的专家意见(包括一般公布费€50)	363	2881
5	如果申请在起草意见之前被驳回或撤回,退款	240	1905

欧洲专利			
费用编号	费用描述	金额(EUR)	金额(RMB)
1	将一件欧洲专利申请转为国家专利或实用新型申请	52	413
2	申请准备补充检索报告	102	810
3	权利要求或专利说明书或修正的翻译的公布费(包括一般印刷费€30)	186	1476
4	16页后,每额外15页	135	1072

PCT申请			
费用编号	费用描述	金额(EUR)	金额(RMB)
1	传送费(受理局:奥地利专利局)	52	413
2	传送费(受理局:欧洲专利局)	130	1032
3	传送费(受理局:世界知识产权组织)	92	730
4	检索费	1.875	15
5	国际申请费	前30张的固定总额	1.219	10
6		第31张起,每张	14	111

续表

7	通过电子方式提交的情况下,减缴费用(以XML格式申请,说明书和权利要求书是PDF/TIFF格式)	183	1453
8	通过电子方式提交的情况下,减缴费用(以XML格式申请,说明书和权利要求书是XML格式)	275	2183
9	如果提交初步审查的申请,初步审查费	1.749	14

法律程序和手续费(所有保护权利的一般条文)			
费用编号	费用描述	金额(EUR)	金额(RMB)
1	反对授予专利权(包括一般印刷费€50)	206	1635
2	在专利局判决无效部门前知道所有申请的费用(无效,宣告处理,宣告可信,权利丧失,申请驳回时指定发明人)(包括一般印刷费€230)	700	5557
3	申请在法律部或技术部处理之前进行口头审理	219	1738

官方语言:德语

专利类型:发明专利、实用新型、外观设计

保护期限:发明专利:自申请日起20年

　　　　　实用新型:自申请日起10年

　　　　　外观设计:自授权日起25年

了解奥地利发明专利和实用新型专利官费更多信息请扫描下方二维码:

https://www.patentamt.at/en/patents/apply-for-patents/fees/

比利时（BE）

官方货币：欧元

（一）比利时专利申请手续费		
费用编号	费用描述	金额（EUR）	金额（RMB）
1	申请费	50	397
2	逾期缴纳申请费的附加费	25	198
3	修正或增加优先权声明	50	397
4	起草检索报告的费用	300	2381

（二）欧洲专利申请的手续费和年费		
费用编号	费用描述	金额（EUR）	金额（RMB）
1	所有的欧洲专利申请的手续费和年费必须直接向欧洲专利局缴纳。比利时知识产权局不会收取这些费用并向专利局缴纳	—	—

（三）国际专利申请（PCT）的手续费－对于向比利时知识产权局提交的国际专利申请，OPRI 只收取以下费用。其他所有的手续费必须直接向 PCT 有关部门缴纳，比利时知识产权局不收取这些费用并向 PCT 有关部门缴纳

费用编号	费用描述	金额（EUR）	金额（RMB）
1	传送费	120	953
2	国际申请费	1219	9676
3	从第 31 页起，每页的额外费	14	111
4	检索费	1875	14884

（四）欧洲专利在比利时生效的费用		
费用编号	费用描述	金额（EUR）	金额（RMB）
1	欧洲专利在比利时生效的费用	—	—

（五）比利时专利（申请）和在比利时生效的欧洲专利的年费		
费用编号	费用描述	金额（EUR）	金额（RMB）
1	第三年年费	40	318
2	第四年年费	55	437

续表

3	第五年年费	75	595
4	第六年年费	95	754
5	第七年年费	110	873
6	第八年年费	135	1072
7	第九年年费	165	1310
8	第十年年费	185	1469
9	第十一年年费	215	1707
10	第十二年年费	240	1905
11	第十三年年费	275	2183
12	第十四年年费	320	2540
13	第十五年年费	360	2858
14	第十六年年费	400	3175
15	第十七年年费	450	3572
16	第十八年年费	500	3969
17	第十九年年费	555	4406
18	第二十年年费	600	4763
19	逾期缴纳第3~10年年费的附加费	85	675
20	逾期缴纳第11~20年年费的附加费	230	1826

（六）比利时申请的药品或植物用药物产品的补充保护证书手续费，药物的补充保护证书延期请求手续费

费用编号	费用描述	金额（EUR）	金额（RMB）
1	补充保护证书的申请费	200	1588
2	药品的补充保护证书延期的申请费	200	1588

（七）比利时补充保护证书（申请）的年费

费用编号	费用描述	金额（EUR）	金额（RMB）
1	第一年年费	650	5160
2	第二年年费	700	5557
3	第三年年费	750	5954
4	第四年年费	800	6350

续表

5	第五年年费	850	6747
6	逾期缴纳第1~5年年费的附加费	250	1985

（八）恢复费			
费用编号	费用描述	金额（EUR）	金额（RMB）
1	恢复优先权	350	2778
2	恢复专利或补充保护证书（申请）	350	2778

（九）其他费用			
费用编号	费用描述	金额（EUR）	金额（RMB）
1	专利申请的合法化	30	238
2	补充保护证书申请的合法化或植物用药物产品的补充保护证书的延期请求的合法化	30	238
3	更正专利申请的语言或修改错误（每个更正页或替换页）	12	95
4	与专利或补充保护证书（申请）相关的证书	12	95

官方语言：荷兰语、法语、德语

专利类型：发明专利

保护期限：自申请日起20年

了解比利时专利官费更多信息请扫描下方二维码：http：//economie.fgov.be/en/entreprises/Intellectual_ property/Aspects_ institutionnels_ et_ pratiques/Fees/#.Wciho2MmQjs

瑞士（CH）

发明　　　　　　　　　　　　　　官方货币：瑞士法郎

（一）申请费			
费用编号	费用描述	金额（CHF）	金额（RMB）
1	申请费	200	1389

（二）检索费			
费用编号	费用描述	金额（CHF）	金额（RMB）
1	检索费	500	3474

（三）从第11项权利要求开始，每项额外的权利要求			
费用编号	费用描述	金额（CHF）	金额（RMB）
1	从第11项权利要求开始，每项额外的权利要求	50	347

（四）审查费			
费用编号	费用描述	金额（CHF）	金额（RMB）
1	审查费	500	3474

（五）加速审查费（此审查费必须在审查前缴纳）			
费用编号	费用描述	金额（CHF）	金额（RMB）
1	加速审查费	200	1389

（六）年费			
费用编号	费用描述	金额（CHF）	金额（RMB）
1	提出申请后的第四年	100	695
2	之后的每一年	年费逐年增加CHF 50（第五年CHF 150，第六年CHF 200，直到提出申请后的第20年，年费为CHF 900）	347（第五年RMB 1042，第六年RMB 1389，直到提出申请后的第20年，年费为RMB 6252）
3	滞纳金	50	347

（七）进一步处理费

费用编号	费用描述	金额（CHF）	金额（RMB）
1	进一步处理费	100	695

（八）恢复费

费用编号	费用描述	金额（CHF）	金额（RMB）
1	恢复费	500	3474

（九）异议费

费用编号	费用描述	金额（CHF）	金额（RMB）
1	异议费	800	5558

（十）首次申请的国际检索（由欧洲专利局执行）

费用编号	费用描述	金额（CHF）	金额（RMB）
1	首次申请的国际检索（由欧洲专利局执行）	1315	9135

PCT 专利注册

（一）国际申请费（包含30页的申请表）

费用编号	费用描述	金额（CHF）	金额（RMB）
1	国际申请费（包含30页的申请表）	1330	9240
2	从第31页起，额外的每页	15	104

（二）电子申请的减缴

费用编号	费用描述	金额（CHF）	金额（RMB）
1	如果请求书是字符编码的格式	200	1389
2	如果请求书、说明书、权利要求书和摘要是字符编码的格式	300	2084

(三) 国际检索费

费用编号	费用描述	金额（CHF）	金额（RMB）
1	国际检索费	2046	14214

(四) 传送费

费用编号	费用描述	金额（CHF）	金额（RMB）
1	传送费	100	695

(五) 滞纳金

费用编号	费用描述	金额（CHF）	金额（RMB）
1	滞纳金	缴纳的费用的 50%（最少 CHF 100，最多 CHF 665）	缴纳的费用的 50%（最少 RMB 695，最多 RMB 4620）

(六) 初步审查费

费用编号	费用描述	金额（EUR）	金额（RMB）
1	初步审查费	1930	13408

(七) 初步审查的手续费

费用编号	费用描述	金额（EUR）	金额（RMB）
1	初步审查的手续费	175	1389

注：这些费用直接向欧洲专利局缴纳。

外观设计

(一) 存储

费用编号	费用描述	金额（CHF）	金额（RMB）
1	一件设计	200	1389
2	在同一申请中，每件额外的设计	100	695
3	在同一申请中，6件或以上设计（总计）	700	4863

（二）公布

费用编号	费用描述	金额（CHF）	金额（RMB）
1	基础费用中包括一副外观图片的公布费	—	—
2	同一申请中每个额外的公布（如第二个）	20	139

（三）年费

费用编号	费用描述	金额（CHF）	金额（RMB）
1	年费	与存储费相同[见（一）]	与存储费相同[见（一）]
2	滞纳金	50	347

（四）杂费

费用编号	费用描述	金额（CHF）	金额（RMB）
1	进一步处理	100	695

官方语言：德语、法语、意大利语和罗曼什语

专利类型：发明专利、外观设计

保护期限：发明专利：自申请日起20年

外观设计：自申请日起25年

了解瑞士发明专利官费更多信息请扫描下方二维码：

https：//www.ige.ch/en/protecting-your-ip/patents/before-you-apply/costs-and-fees.html

了解瑞士外观设计专利官费更多信息请扫描下方二维码：

https：//www.ige.ch/en/protecting-your-ip/designs/swiss-applications/registration-and-publication/schedule-of-fees.html

德国（DE）

发明专利　　　　　　　　　　　　官方货币：欧元

（一）授予程序-国家申请的申请程序

费用编号	费用描述	金额（EUR）	金额（RMB）
1	不超过10项权利要求-电子申请	40	318
2	超过10项权利要求-电子申请	40+20/额外的权利要求	318+159/额外的权利要求
3	纸质申请	1和2总和的150%	1和2总和的150%

（二）国际申请

费用编号	费用描述	金额（EUR）	金额（RMB）
1	包含10项权利要求	60	476
2	包含多于10项权利要求	60+30/额外的权利要求	476+238/额外的权利要求

（三）检索费

费用编号	费用描述	金额（EUR）	金额（RMB）
1	检索费	300	2381

（四）审查程序

费用编号	费用描述	金额（EUR）	金额（RMB）
1	已提交根据专利法第43章的请求	150	1191
2	未提交根据专利法第43章的请求	350	2778

（五）与补充保护证书相关的申请程序

费用编号	费用描述	金额（EUR）	金额（RMB）
1	与补充保护证书相关的申请程序	300	2381

（六）延长补充保护证书的期限

费用编号	费用描述	金额（EUR）	金额（RMB）
1	如果延长补充保护证书期限的请求和补充保护证书授权的请求一起提出	100	794
2	如果延长补充保护证书期限的请求在补充保护证书授权的请求后提出	200	1588

（七）维持专利或申请（年费）

费用编号	费用描述	金额（EUR）	金额（RMB）
1	第三年年费	70	556
1.1	如果有许可意愿的声明	35	278
1.2	滞纳金	50	397
2	第四年年费	70	556
2.1	如果有许可意愿的声明	35	278
2.2	滞纳金	50	397
3	第五年年费	90	714
3.1	如果有许可意愿的声明	45	357
3.2	滞纳金	50	397
4	第六年年费	130	1032
4.1	如果有许可意愿的声明	65	516
4.2	滞纳金	50	397
5	第七年年费	180	1429
5.1	如果有许可意愿的声明	90	714
5.2	滞纳金	50	397
6	第八年年费	240	1905
6.1	如果有许可意愿的声明	120	953
6.2	滞纳金	50	397
7	第九年年费	290	2302
7.1	如果有许可意愿的声明	145	1151
7.2	滞纳金	50	397
8	第十年年费	350	2778
8.1	如果有许可意愿的声明	175	1389

续表

8.2	滞纳金	50	397
9	第十一年年费	470	3731
9.1	如果有许可意愿的声明	235	1865
9.2	滞纳金	50	397
10	第十二年年费	620	4922
10.1	如果有许可意愿的声明	310	2461
10.2	滞纳金	50	397
11	第十三年年费	760	6033
11.1	如果有许可意愿的声明	380	3016
11.2	滞纳金	50	397
12	第十四年年费	910	7224
12.1	如果有许可意愿的声明	455	3612
12.2	滞纳金	50	397
13	第十五年年费	1060	8414
13.1	如果有许可意愿的声明	530	4207
13.2	滞纳金	50	397
14	第十六年年费	1230	9764
14.1	如果有许可意愿的声明	615	4882
14.2	滞纳金	50	397
15	第十七年年费	1410	11193
15.1	如果有许可意愿的声明	705	5596
15.2	滞纳金	50	397
16	第十八年年费	1590	12621
16.1	如果有许可意愿的声明	795	6311
16.2	滞纳金	50	397
17	第十九年年费	1760	13971
17.1	如果有许可意愿的声明	880	6985
17.2	滞纳金	50	397
18	第二十年年费	1940	15400
18.1	如果有许可意愿的声明	970	7700

续表

18.2	滞纳金	50	397
19	在第三年年费绝限缴纳第3~5年年费：减少第3~5年年费的费用	200	1588
19.1	如果有许可意愿的声明	100	794
19.2	滞纳金	50	397
20	第一年补充保护	2650	21036
20.1	如果有许可意愿的声明	1325	10518
20.2	滞纳金	50	397
21	第二年补充保护	2940	23338
21.1	如果有许可意愿的声明	1470	11669
21.2	滞纳金	50	397
22	第三年补充保护	3290	26116
22.1	如果有许可意愿的声明	1645	13058
22.2	滞纳金	50	397
23	第四年补充保护	3650	28974
23.1	如果有许可意愿的声明	1825	14487
23.2	滞纳金	50	397
24	第五年补充保护	4120	32705
24.1	如果有许可意愿的声明	2060	16352
24.2	滞纳金	50	397
25	第六年补充保护	4520	35880
25.1	如果有许可意愿的声明	2260	17940
25.2	滞纳金	50	397

（八）其他要求

费用编号	费用描述		金额（EUR）	金额（RMB）
1	进一步处理		100	794
2	弥补发明人	评估程序	60	476
		变更评估程序	120	953

续表

			25	198
3	发明的独占权	登记授权许可	25	198
		取消登记授权许可	25	198
4	异议程序		200	1588
5	限制或者撤销专利的程序		120	953
6	公布或更正翻译		—	—
6.1	欧洲专利申请的权利要求		60	476
6.2	欧洲专利申请的权利要求，指定共同体专利公约成员国		60	476
6.3	欧洲专利说明书		150	1191
6.4	传送国际申请		90	714

（九）与工业产权延期相关的请求

费用编号	费用描述	金额（EUR）	金额（RMB）
1	公布或更正扩展专利的翻译	150	1191
2	检索扩展专利	250	1985

（十）与补充保护证书相关的请求

费用编号	费用描述	金额（EUR）	金额（RMB）
1	请求改正时限	150	1191
2	请求取消延期	200	1588

实用新型

（一）注册程序

费用编号	费用描述	金额（EUR）	金额（RMB）
1	国家申请的申请程序	—	—
1.1	电子申请	30	238
1.2	纸质申请	40	318
2	国际申请	40	318
3	检索	250	1985

（二）年费

费用编号	费用描述	金额（EUR）	金额（RMB）
1	4~6年度	210	1667
2	7~8年度	350	2778
3	9~10年度	530	4207
4	滞纳金	50	397

（三）其他请求

费用编号	费用描述	金额（EUR）	金额（RMB）
1	进一步处理	100	794
2	撤销程序	300	2381

外观设计

（一）申请程序

费用编号	费用描述	金额（EUR）	金额（RMB）
1	申请程序	—	—
1.1	一件设计-电子申请	60	476
1.2	一件设计-纸质申请	70	556
1.3	多项申请的每件设计-2~10件设计-电子申请	60	476
1.4	多项申请的每件设计-每件额外的设计-电子申请	6	48
1.5	多项申请的每件设计-2~10件设计-纸质申请	70	556
1.6	多项申请的每件设计-每件额外的设计-纸质申请	7	56
1.7	延迟公布的设计	30	238
1.8	延迟公布的多项申请的每件设计-2~10件设计	30	238
1.9	延迟公布的多项申请的每件设计-每件额外的申请	3	24

(二) 延期费			
费用编号	费用描述	金额（EUR）	金额（RMB）
1	一件设计	40	318
2	要注册的多项申请的每件设计-2~10件设计	40	318
3	要注册的多项申请的每件设计-每件额外的申请	4	32

(三) 年费			
费用编号	费用描述	金额（EUR）	金额（RMB）
1	6~10年度-每件已注册的设计，包括多项申请的每件已注册设计	90	714
2	11~15年度-每件已注册的设计，包括多项申请的每件已注册设计	120	953
3	16~20年度-每件已注册的设计，包括多项申请的每件已注册设计	150	1191
4	21~25年度-每件已注册的设计，包括多项申请的每件已注册设计	180	1429
5	滞纳金	50	397

(四) 年费（根据设计外观设计法Sec.7(6)中需要存储的外观设计）			
费用编号	费用描述	金额（EUR）	金额（RMB）
1	6~10年度	330	2620
2	11~15年度	360	2858
3	16~20年度	390	3096
4	21~25年度	420	3334
5	滞纳金	50	397

(五) 共同体外观设计			
费用编号	费用描述	金额（EUR）	金额（RMB）
1	转达一件共同体设计申请，每件申请（一件多项申请被视为一件申请）	25	198

(六) 海牙协定下的设计			
费用编号	费用描述	金额（EUR）	金额（RMB）
1	转达一件共同体设计申请，每件申请（一件多项申请被视为一件申请）	25	198

(七) 其他请求			
费用编号	费用描述	金额（EUR）	金额（RMB）
1	进一步处理	100	794
2	无效诉讼（每件注册式设计）	300	2381

官方语言：德语

专利类型：发明专利、实用新型、外观设计

保护期限：发明专利：自申请日起 20 年

实用新型：自申请日起 10 年

外观设计：自申请日起 25 年

了解德国专利官费更多信息请扫描下方二维码：

https://www.dpma.de/docs/english/formulare/allg_eng/a9510_1.pdf

丹麦（DK）

发明专利　　　　　　　　　　　　　　　官方货币：丹麦克朗

\(一）申请费			
费用编号	费用描述	金额（DKK）	金额（RMB）
1	基本费	3000	3204
2	超过十项权利要求，每项权利要求的额外费	300	320

（二）国际型检索费-当瑞典专利局是检索机构时			
费用编号	费用描述	金额（DKK）	金额（RMB）
1	基本费-包括由丹麦专利商标局进行检察和审查	6450	6888
2	超过十项的权利要求，每项权利要求的额外费	115	123
3	手续费	500	534
当欧洲专利局是检索机构			
1	基本费　第一次申请	8991	9601
	所有其他情况	14102	15060
2	手续费	500	534

（三）后续提交国际申请的丹麦翻译件费用			
费用编号	费用描述	金额（DKK）	金额（RMB）
1	后续提交国际申请的丹麦翻译件费用	1100	1175

（四）恢复费			
费用编号	费用描述	金额（DKK）	金额（RMB）
1	恢复费	700	748

（五）专利授权费			
费用编号	费用描述	金额（DKK）	金额（RMB）
1	授权丹麦专利的公布费	2000	2136
2	没有缴纳任何的申请费的每件权利要求的附加费	300	320

(六)欧洲专利说明书的翻译的公布费

费用编号	费用描述	金额(DKK)	金额(RMB)
1	公布欧洲专利的公布费	2000	2136

(七)公布修正的丹麦专利说明书的费用

费用编号	费用描述	金额(DKK)	金额(RMB)
1	公布修正的丹麦专利说明书的费用	2000	2136

(八)公布修正的欧洲专利说明书的费用

费用编号	费用描述	金额(DKK)	金额(RMB)
1	公布修正的欧洲专利说明书的费用	2000	2136

(九)重建费

费用编号	费用描述	金额(DKK)	金额(RMB)
1	重建费	3000	3204

(十)年费

费用编号	费用描述	金额(DKK)	金额(RMB)
1	第一年度	500	534
2	第二年度	500	534
3	第三年度	500	534
4	第四年度	1100	1175
5	第五年度	1250	1335
6	第六年度	1400	1495
7	第七年度	1600	1709
8	第八年度	1800	1922
9	第九年度	2050	2189
10	第十年度	2300	2456
11	第十一年度	2550	2723
12	第十二年度	2800	2990
13	第十三年度	3050	3257

续表

14	第十四年度	3300	3524
15	第十五年度	3600	3844
16	第十六年度	3900	4165
17	第十七年度	4200	4485
18	第十八年度	4500	4806
19	第十九年度	4800	5126
20	第二十年度	5100	5446
21	滞纳金	20%	20%

(十一) 申请异议的费用

费用编号	费用描述	金额（DKK）	金额（RMB）
1	申请异议的费用	2500	2670

(十二) 行政复审费

费用编号	费用描述	金额（DKK）	金额（RMB）
1	行政复审费	7000	7475

(十三) 上诉费

费用编号	费用描述	金额（DKK）	金额（RMB）
1	上诉费	8000	8543

补充保护证书

(一) 申请费

费用编号	费用描述	金额（DKK）	金额（RMB）
1	申请费	3000	3204

(二) 延展证书的申请费

费用编号	费用描述	金额（DKK）	金额（RMB）
1	延展证书的申请费	2500	2670

（三）恢复费

费用编号	费用描述	金额（DKK）	金额（RMB）
1	恢复费	600	641

（四）重建费

费用编号	费用描述	金额（DKK）	金额（RMB）
1	重建费	3000	3204

（五）每年度的年费

费用编号	费用描述	金额（DKK）	金额（RMB）
1	每年度的年费	5100	5446
2	滞纳金	20%	20%

（六）行政复审费

费用编号	费用描述	金额（DKK）	金额（RMB）
1	行政复审费	1500	1602
2	在对基本专利进行复审的情况下	7000	7475

（七）上诉费

费用编号	费用描述	金额（DKK）	金额（RMB）
1	上诉费	4000	4272

实用新型

（一）申请费

费用编号	费用描述	金额（DKK）	金额（RMB）
1	申请费	2000	2136

（二）后续提交国际申请的丹麦翻译件费用

费用编号	费用描述	金额（DKK）	金额（RMB）
1	后续提交国际申请的丹麦翻译件费用	1100	1175

(三) 恢复费

费用编号	费用描述	金额（DKK）	金额（RMB）
1	恢复费	400	427

(四) 年费

费用编号	费用描述	金额（DKK）	金额（RMB）
1	第4~6年度	2000	2136
2	第7~10年度	3000	3204
3	滞纳金	20%	20%

(五) 在登记前或登记后的审查费

费用编号	费用描述	金额（DKK）	金额（RMB）
1	在登记前或后的审查费	4000	4272

(六) 处理删除请求的费用

费用编号	费用描述	金额（DKK）	金额（RMB）
1	处理删除请求的费用	2000	2136

(七) 公布修改的登记通知书和公布修改文本的费用

费用编号	费用描述	金额（DKK）	金额（RMB）
1	公布修改的登记通知书和公布修改文本的费用	1100	1175

(八) 上诉费

费用编号	费用描述	金额（DKK）	金额（RMB）
1	上诉费	5000	5340

外观设计

(一) 申请费

费用编号	费用描述	金额（DKK）	金额（RMB）
1	一件设计的基本费	1200	1281
2	在同一申请中的每件额外的设计	700	748
3	公布除第一件以外的每件复制品的补充费用	400	427

(二) 恢复费

费用编号	费用描述	金额（DKK）	金额（RMB）
1	恢复费	400	427

(三) 补充检索费

费用编号	费用描述	金额（DKK）	金额（RMB）
1	基本费	1500	1602
2	在同一申请中的每件额外的设计的补充费	900	961
3	在注册期限届满后缴纳包括额外费的年费	+20%	+20%

(四) 年费

费用编号	费用描述	金额（DKK）	金额（RMB）
1	基本费	2200	2349
2	在同一申请中的每件额外的设计的补充费	1100	1175
3	在注册期限届满后缴纳包括补充费的年费	+20%	+20%

(五) 每件设计的行政撤销，包括同一申请的所有设计

费用编号	费用描述	金额（DKK）	金额（RMB）
1	每件设计的行政撤销，包括同一申请的所有设计	3000	3204

(六) 以修订的形式公布注册

费用编号	费用描述	金额（DKK）	金额（RMB）
1	一件设计的基本费	400	427
2	除第一件外，公布每件复制品的补充费	400	427

(七) 恢复费（恢复原状）

费用编号	费用描述	金额（DKK）	金额（RMB）
1	恢复费（恢复原状）	3000	3204

（八）提出上诉的费用

费用编号	费用描述	金额（DKK）	金额（RMB）
1	提出上诉的费用	4000	4272

官方语言：丹麦语
专利类型：发明专利、实用新型、外观设计
保护期限：发明专利：自申请日起 20 年
　　　　　实用新型：自申请日起 10 年
　　　　　外观设计：自申请日起 25 年

了解丹麦发明专利和实用新型官费更多信息请扫描下方二维码：http://iprights.dkpto.org/patent--utility-model/prices-and-payment.aspx

了解丹麦外观设计官费更多信息请扫描下方二维码：http://iprights.dkpto.org/trademark/prices-and-payment.aspx

芬兰（FI）

发明专利　　　　　　　　　　　　官方货币：欧元

费用编号	费用描述		金额（EUR）	金额（RMB）
(一) 专利申请费用				
1	申请费		500	3969
2	电子提交申请的申请费		400	3175
3	超过15项权利要求，每项权利要求的附加费		50	397
4	在申请已经提交后或应该被视为提交后提交的权利要求，并且权利要求的总数量超过已缴纳申请费的权利要求的数量的额外费		50	397
5	根据芬兰专利法第31（1）或38（2）节，如果国际专利申请在芬兰进行，此申请包括一个还不是国际检索或国际初步审查的主体的发明，并且芬兰专利法第36或37节的规定没有被应用的特别额外费		500	3969
6	芬兰专利法第36或37节下的费用		350	2778
7	根据芬兰专利法第31（2）节，延期的附加费		125	992
8	官方审查意见书引用的文件的订购费	一个副本	20	159
		一式两份	30	238
9	恢复费	第一次恢复	70	556
		随后的恢复	140	1111
10	公布费		500	3969
11	公布修正翻译的费用		500	3969
12	当公布文件已经依照专利法规附录2通过电子提交的公布费		400	3175
13	翻译费		70	556

费用编号	费用描述	金额（EUR）	金额（RMB）
(二) 专利申请和专利的年费			
1	第一~三年度（共计）	200	1588
2	第四年度	125	992
3	第五年度	150	1191

续表

4	第六年度	200	1588
5	第七年度	250	1985
6	第八年度	300	2381
7	第九年度	350	2778
8	第十年度	400	3175
9	第十一年度	450	3572
10	第十二年度	500	3969
11	第十三年度	550	4366
12	第十四年度	600	4763
13	第十五年度	650	5160
14	第十六年度	700	5557
15	第十七年度	750	5954
16	第十八年度	800	6350
17	第十九年度	850	6747
18	第二十年度	900	7144
19	专利法下的第41（3）或42（3）节下的年费在绝限后缴纳费用增加20%		

（三）专利申请或专利的其他费用

费用编号	费用描述	金额（EUR）	金额（RMB）
1	异议费	800	6350
2	芬兰专利法第71a节下的决策费	450	3572
3	芬兰专利法53a节的限制的手续费	800	6350
4	登记专利登记簿的费用，每次登记	100	794
5	记录更改的姓名，地址和专利代理人	免费	免费
6	优先权证书	70	556
7	原始记录册的认证摘录	15	119
8	认证	15+1/张	119+8/张
9	专利登记簿摘录	15	119
10	递送费	5.5	44
11	发票费	6.5	52

（四）欧洲专利在芬兰生效的费用

费用编号	费用描述		金额（EUR）	金额（RMB）
1	欧洲专利的翻译的公布费，改措辞后授权的欧洲专利的翻译的公布费，更正的翻译的公布费或有限专利的公布费	公布费	500	3969
		翻译已经通过电子提交的公布费	400	3175
2	缴纳欧洲专利在芬兰生效的专利的年费与芬兰专利年费是一样的			
3	年费在绝限后缴纳需增加20%			
4	登记专利登记簿的费用，每次登记		100	794
5	记录更改的姓名，地址和专利代理人		免费	免费
6	决策费		450	3572
7	原始记录册的认证摘录		15	119
8	认证		15+1/张	119+8/张
9	专利登记簿摘录		15	119

（五）补充保护证书的费用

费用编号	费用描述		金额（EUR）	金额（RMB）
1	申请费		500	3969
2	补充保护证书的延期申请费		500	3969
3	恢复费	第一次恢复	70	556
		之后的恢复	140	1111
4	登记登记簿的费用，每次登记		100	794
5	记录更改的姓名，地址和专利代理人		免费	免费
6	决策费		450	3572
7	每年或不满一年的年费		900	7144
8	原始记录册的认证摘录		15	119
9	认证		15+1/张	119+8/张
10	专利登记簿摘录		15	119

(六)国际(PCT)专利申请费-PCT阶段I(申请和检索)

费用编号	费用描述		金额(EUR)	金额(RMB)
阶段I中的费用向受理局银行账户缴纳,即芬兰专利登记局(PRH),除了补充检索费是向世界知识产权组织缴纳				
1	国际申请费		1163	9232
1.1	超过30页,每页的附加费		13	103
2	国际申请费的减缴	电子形式提交申请:说明书,权利要求书和摘要的文本是字符编码格式(PCT Safe或Epoline软件,XML格式)	-262	-2080
		电子形式申请:说明书,权利要求书和摘要的文本不是字符编码格式(PCT Safe或Epoline软件,PDF格式)	-175	-1389
3	传送费		135	1072
芬兰专利登记局向世界知识产权组织传送原始申请,并向国际检索机构传送申请副本				
4	检索费[PCT规16.1(a)]-芬兰申请人可以有由芬兰专利登记局,瑞典专利登记局或欧洲专利局检索的国际申请	芬兰专利登记局,瑞典专利局,欧洲专利局	1875	14884
		附加检索费	1875	14884
		补充检索费(用瑞士法郎向世界知识产权组织缴纳)	1875	14884
		退还检索费	300	2381
如果芬兰专利登记局从芬兰专利登记局,北欧专利机构或欧洲专利局就主张优先权的专利已经实施的早期国家检索,国际检索,补充国际检索或国际性检索获益,芬兰专利登记局将退还申请人300欧元的国际检索费				
5	专利优先权证书费用		70	556
6	实用新型优先权证书费用		50	397
7	向世界知识产权组织转送优先权证书的费用(芬兰专利法令第47节)		15/证书	119/证书
8	请求恢复优先权费用		450	3572
9	决策费		450	3572
10	滞纳金		135~581.5	1072~4616

续表

滞纳金的金额是缴费通知书中规定的未缴纳的费用的50%，然而不少于与传送费相同的金额。滞纳金的金额必须不超过国际申请费的50%，不包括国际申请超过30张的每张的费用

11	逾期提供翻译的费用	290.75	2308
12	逾期提供的费用是国际申请费的25%，不包括国际申请超过30张的每张的费用		
13	逾期提供序列表的费用	200	1588
14	引用文件副本的费用，第一组副本不收费	20	159
15	副本	0.60/张	5/张

（七）国际（PCT）专利申请费-PCT阶段Ⅱ（初步审查）

费用编号	费用描述	金额（EUR）	金额（RMB）
阶段Ⅱ的费用向审查机构的银行账户缴纳，即委托审查申请的专利局（芬兰专利登记局，瑞典专利登记局或欧洲专利局）。请注意，各专利局的费用是不同的，以下是芬兰专利登记局的费用			
1	初步审查费	600	4763
1.1	附加的初步审查费	600	4763
2	手续费	183	1453
3	滞纳金	175~350	1389~2778
滞纳金的金额是缴费通知书中规定的未缴纳的费用的50%，然而不少于与手续费相同的金额，滞纳金的金额必须不超过手续费的两倍			
4	逾期提供序列表的费用	200	1588

（八）国际型检索费

费用编号	费用描述	金额（EUR）	金额（RMB）
1	芬兰专利局（PRH）	945	7501

（九）集成电路布图设计

费用编号	费用描述	金额（EUR）	金额（RMB）
1	登记费	450	3572
2	要求宣告无效的费用	215	1707
3	恢复费	70	556
4	登记专利登记簿的费用，每次登记	100	794

续表

5	记录更改的姓名，地址和专利代理人	免费	免费
6	原始记录册的认证摘录	15	119
7	认证	15+1/张	119+8/张
8	布图设计登记簿的摘录	15	119

（十）检索服务

费用编号	费用描述		金额（EUR）	金额（RMB）
1	基本费		120	953
2	工作，每小时		120	953
3	固定的新颖性检索费		850	6747
4	可专利性报告		850	6747
5	评论引用文件的内容		300	2381
6	视讯会议，每小时		120	953
7	附件	纸质附件（每单）	2	16
		纸质附件（每张）	1	8
		电子附件（每次公布）	5	40
8	投递费		5.5	44
9	发票费		6.5	52
10	发明的线上初步审查			
11	基本费，包括90分钟的审查		300	2381
11.1	包括在基本费内的90分钟以外的，每审查15分钟的附加费		40	318
12	发票的费用		6.5	52
13	名称检索 同族专利检索 国际监测竞争对手 监测国内专利申请		询问金额	询问金额

实用新型

费用编号	费用描述	金额（EUR）	金额（RMB）
（一）实用新型申请费用			
1	登记费（保护1~4年）	250	1985
2.1	根据实用新型条例附录1，一个电子申请的登记费	200	1588
2.2	超过5项权利要求，每项权利要求的附加费	20	159
3	延续期限的附加费	100	794
4	恢复费	50	397
5.1	续展注册费，4年（第5~8年）	250	1985
5.2	在注册期限届满后，续展费必须增加50	50	397
6.1	两年的续展费（第9~10年）	200	1588
6.2	在注册期限届满后，续展费必须增加50	50	397
7	决策费	450	3572
8	无效宣告请求费	70	556
9	登记到实用新型登记簿的费用，每次登记	100	794
10	记录姓名，地址和代理人的更改	免费	免费
11	翻译费，每张	70	556
12	优先权证书	50	397
13	原始记录册的认证摘录	15	119
14	认证	15+1/张	119+8/张
15	实用新型登记簿的摘录	15	119
16	检索费	300	2381
17	声明费	100	794
18	延期费	50	397
19	引用文件费	20	159
20	引用文件费，一式两份	30	238
21	递送费	5.5	44
22	发票费	6.5	52

（二）国际实用新型申请（PCT）进入国家阶段费用

费用编码	费用描述	金额（EUR）	金额（RMB）
1.1	登记费（实用新型法第 45 节）	250	1985
1.2	超过 5 项权利要求，每项的附加费	20	159
2	延续期限的附加费	100	794

外观设计

（一）申请和登记费

费用编号	费用描述		金额（EUR）	金额（RMB）
1	线上申请的费用		215	1707
2	申请费（邮寄或电子邮件等发送形式）		250	1985
3	与申请相关的附加费	除设计的第一类，多于的每一类的费用	55	437
		除第一件外，多重登记的每件设计	130	1032
		存储费，每个模型	55	437
		多于一个的每个提交的陈述的公布费	50	397
4	恢复费		55	437

（二）年费

费用编号	费用描述	金额（EUR）	金额（RMB）
1	续展注册	380	3016
2	与续展申请相关的附加费	—	—
3	除设计的第一类，多于的每一类的费用	55	437
4	除第一件外，多重登记的每件设计	130	1032
5	每个模型的保管费	55	437
6	如果年费是在注册期限届满后缴纳	55	437

（二）服务或产品

费用编号	费用描述	金额（EUR）	金额（RMB）
1	登记到外观设计登记簿的费用，每次登记（例如转让，抵押或许可）	100	794

续表

2	登记更改的姓名，居住地，地址或代理人	免费	免费
3	把一些其他机构的通信登记到外观设计登记簿中	免费	免费
4	关于外观设计权终止的通知	免费	免费
5	基于一件申请更改设计登记的费用-每件设计	200	1588
6	受理共同体外观设计申请的费用	60	476
7	一件申请的国际登记的传送费	60	476

（四）其他费用

费用编号	费用描述	金额（EUR）	金额（RMB）
1	优先权证书	17	135
2	原始记录的认证摘录	10	79
3	认证	10+1/张	79+8/张
4	登记簿的摘录	15	119
5	递送费	5.5	44
6	发票费	6.5	52

（五）从2013年1月1日起的审查和信息检索的价格列表
（这些商业费用包括VAT 24%）

费用编号	费用描述		金额（EUR）	增值税24%（EUR）	总计（EUR）	总计（RMB）
1	与外观设计初步审查相关费用	基本费	65	15.6	80.6	640
		每个额外分类的费用（包括每个子分类）	32.5	7.8	40.3	320
		递送费	8	1.92	9.92	79
2	由欧盟知识产权局保管的专业代理人列表的证书		49.18	11.80	60.98	484
3	咨询/小时		75	18	93	738
4	关于注册式外观设计的单独的服务/小时		52	12.48	64.48	512
5	基于设计文件的证书		18.03	4.33	22.36	177

续表

6	监测	询问金额	询问金额	询问金额	询问金额
7	递送费	5.5	1.32	6.82	54
8	发票费	6.5	1.56	8.06	64

官方语言：芬兰语
专利类型：发明专利、实用新型、外观设计
保护期限：发明专利：自申请日起20年
　　　　　实用新型：自申请日起10年
　　　　　外观设计：自申请日起25年
了解芬兰发明专利官费更多信息请扫描下方二维码：https：//www.prh.fi/en/patentit/pathakmaks/eurpatvoimsaat.html

了解芬兰实用新型官费更多信息请扫描下方二维码：https：//www.prh.fi/en/hyodyllisyysmallit.html

了解芬兰外观设计官费更多信息请扫描下方二维码：https：//www.prh.fi/en/mallioikeudet/hinnasto/hakemusmaksut.html

以色列（IL）

官方货币：以色列新锡克尔

费用编号	费用描述	金额（NIS）	金额（RMB）
1	提交一件专利申请的费用	2014	3710
2	提交专利申请的减缴费用-符合条件的有关方支付60%	1208	2225
3	常规专利申请费用和减缴专利申请费用之间的差额	806	1485
4	提交一个国家阶段PCT申请的费用	2014	3710
5	超过101页的说明书，额外的每50页的费用	252	464
6	超过50项的权利要求，每项权利要求的费用	517	952
7	提出一个延期两个月或不足两个月的请求费	402	740
8	提出一个延期三个月或不足三个月的请求的费用	603	1111
9	提出一个延期四个月或不足四个月的请求的费用	804	1481
10	提出一个延期五个月或不足五个月的请求的费用	1005	1581
11	提出一个延期六个月或不足六个月的请求的费用	1206	2221
12	提出一个延期一个月或不足一个月的请求的费用	201	370
13	改正专利登记簿的费用	235	433
14	更正一个公布说明书的笔误	235	433
15	更正说明书导致推迟申请的费用	235	433
16	记录专利或专利申请中权利的转让	235	433
17	请求反对授权一件专利的费用	2014	3710
18	请求修改说明书	705	1299
19	一件专利从提交专利申请起六年的续展费，此费用在授权日起三个月期限届满前缴纳	806	1485
20	一件专利接下来的四年的续展费用，此费用在提交专利申请时间起六年期限届满前缴纳	1611	2967
21	一件专利接下来的四年的续展费用，此费用在提交专利申请时间起十年期限届满前缴纳	2417	4452
22	一件专利接下来的四年的续展费用，此费用在提交专利申请时间起十四年期限届满前缴纳	4029	7421
23	一件专利接下来的两年的续展费用，此费用在提交专利申请时间起六年期限届满前缴纳	5640	10388

续表

24	一件专利从提交专利申请起二十年的续展费	12086	22261
25	在登记前请求复审的费用	235	433
26	请求取消专利-异议费的两倍	4028	7419
27	请求续展专利	705	1299
28	向专利登记处处长请求审讯的费用	705	1299
29	证书或文件的副本的费用	43	79
30	认证的文件和其副本的费用	86	158
31	根据细则35a,提出一个以国际格式制作一个检索报告的请求	1777	3273
32.1	请求延长专利期限的费用	1087	2002
32.2	在第一次延长期限的基础上,再次请求延长	2922	5382
32.3	在第二次请求延长的基础上再次请求延长,此费用在第二次延期年度时限届满前缴纳	3506	6458
32.4	在第三次请求延长的基础上再次请求延长,此费用在第三次延期年度时限届满前缴纳	4207	7749
32.5	在第四次请求延长的基础上再次请求延长,此费用在第四次延期年度时限届满前缴纳	5048	9298
32.6	在第五次请求延长的基础上再次请求延长,此费用在第五次延期年度时限届满前缴纳	6059	11160
33	请求反对专利延期的费用	2014	3710
34	请求取消专利延期-反对延期费用的两倍	4028	7419
35	向专利登记处处长请求审讯的费用	705	1299
36	收到有意授予专利权的通知时的减缴费用-符合条件的有关方支付60%	423	779
37	常规的公布费和减缴的公布费之间的差额	282	519
38	提交加速审查的请求费用	300	553
39	由申请人以外的人提出的加快请求的费用	9989	18399
40	许可加快审查后的费用	699	1287
41	由申请人以外的人提出的加快请求的费用	4995	9200

官方语言:希伯来语

专利类型:发明专利、外观设计

保护期限:发明专利:自申请日起20年

外观设计:自申请日起 15 年

了解以色列专利官费更多信息请扫描下方二维码:https://ecom.gov.il/Counter/general/homepage.aspx?counter=14&catalog=2&category=patents&language=en

https://ecom.gov.il/Counter/general/homepage.aspx?counter=14&catalog=2&category=patents&language=en

荷兰（NL）

官方货币：欧元

费用编号	费用描述		金额（EUR）	金额（RMB）
	(一) 申请费和新颖性检索费			
1	申请费	线上	80	635
		纸质	120	953
2.1	现有技术检索国家申请的费用		100	794
2.2	现有技术检索国际申请的费用		794	6303

费用编号	费用描述	金额（EUR）	金额（RMB）
	(二) 年费		
1	第一年度	—	—
2	第二年度	—	—
3	第三年度	—	—
4	第四年度	40	318
5	第五年度	100	794
6	第六年度	160	1270
7	第七年度	220	1746
8	第八年度	280	2223
9	第九年度	340	2699
10	第十年度	400	3175
11	第十一年度	500	3969
12	第十二年度	600	4763
13	第十三年度	700	5557
14	第十四年度	800	6350
15	第十五年度	900	7144
16	第十六年度	1000	7938
17	第十七年度	1100	8732
18	第十八年度	1200	9526

续表

19	第十九年度	1300	10319
20	第二十年度	1400	11113
21	第二十一年度	1600	12701
22	第二十二年度	1800	14288
23	第二十三年度	2000	15876
24	第二十四年度	2200	17464
25	第二十五年度	2400	19052
26	第二十六年度	1300	10320
27	滞纳金	50%	50%

注：从第二十一年度开始的年费是针对补充保护证书的。

(三) 其他费用			
费用编号	费用描述	金额(EUR)	金额(RMB)
1	国际申请的传送费	50	397
2	支付提交在荷兰授权的欧洲专利的荷兰语翻译的费用	25	198
3	提交补充保护证书的费用	544	4318
4	提交恢复之前状态的请求的费用	161	1278
5	与专利无效的适用范围相关的咨询报告的费用	340	2699
6	为了增加或删除申请中的发明人姓氏、教名和住处，由申请人和发明人共同提出请求的费用	22	175
7	登记转让契约的费用	27	214
8	登记许可协议的费用	27	214
9	登记专利或专利申请的名称变更的费用	11	87
10	当5个以上的专利或专利申请做名称变更时，每一个随后的专利或专利申请应缴纳的费用	5	40
11	国际申请的认证副本费	9	71
12	付款通知的认证副本费	9	71
13	提取每件专利（申请）的专利登记簿数据的认证摘录的费用	9	71
14	优先权文件的费用	9	71

官方语言：荷兰语

专利类型：发明专利、外观设计

保护期限：发明专利：自申请日起 20 年

外观设计：自申请日起 25 年

了解荷兰发明专利官费更多信息请扫描下方二维码：https://english.rvo.nl/topics/innovation/patents-other-ip-rights/patents/fees

挪威（NO）

发明专利　　　　　　　　　　　　官方货币：挪威克朗

费用编号	费用描述	金额（NOK）	金额（RMB）
（一）申请费			
1	拥有多于20名全职员工的公司（或等值的）	4650	3902
2	拥有20名以下全职员工的公司（或等值的）（小公司或个人）	850	713
3	超过10项权利要求，每项的附加费	250	210

费用编号	费用描述	金额（NOK）	金额（RMB）
（二）授权一件专利的费用			
1	基本费	1200	1007
2	超过14页，每页的附加费（翻译成挪威语的英语语言申请的权利要求和序列表，不收取此费用）	250	210
3	超过10项新的权利要求，每项的附加费	250	210

费用编号	费用描述	金额（NOK）	金额（RMB）
（三）年费			
1	第一年度	700	587
2	第二年度	700	587
3	第三年度	700	587
4	第四年度	1350	1133
5	第五年度	1650	1385
6	第六年度	2000	1678
7	第七年度	2200	1846
8	第八年度	2550	2140
9	第九年度	2850	2391
10	第十年度	3200	2685
11	第十一年度	3500	2937

续表

12	第十二年度	3850	3231
13	第十三年度	4200	3524
14	第十四年度	4500	3776
15	第十五年度	4850	4070
16	第十六年度	5200	4363
17	第十七年度	5500	4615
18	第十八年度	5800	4867
19	第十九年度	6200	5202
20	第二十年度	6500	5454
21	第二十一年度（补充保护证书）	6500	5454
22	第二十二年度（补充保护证书）	6500	5454
23	第二十三年度（补充保护证书）	6500	5454
24	第二十四年度（补充保护证书）	6500	5454
25	第二十五年度（补充保护证书）	6500	5454

（1）申请和挪威专利的年费在专利申请的第三年的起初首次到期。前三年的费用总计 NOK 2100。

（2）医药和植物保护产品在一些情况下可能申请五年的延期（补充保护证书）。

（四）生效和维持欧洲专利的费用			
费用编号	费用描述	金额（NOK）	金额（RMB）
1	已经在2016年1月16日之后由欧洲专利局以修正形式授权或维持的费用	5500	4615

（五）更正欧洲专利申请和生效的欧洲专利的翻译			
费用编号	费用描述	金额（NOK）	金额（RMB）
1	更正费	1200	1007

(六)其他费用

费用编号	费用描述		金额(NOK)	金额(RMB)
1	恢复费	第一次恢复	550	462
		第二次恢复	1950	1636
2	请求行政复审一件专利		8800	7384
3	请求专利限制		7000	5874
4	申请补充保护证书(SPC)		—	—
4.1	补充保护证书的费用		2200	1846
4.2	延长补充保护证书的费用		2000	1678
5	异议		—	—
6	权利人变更/合并的通知		—	—
7	优先权证书和证明		300	252

(七)提交PCT申请的费用

费用编号	费用描述		金额(NOK)	金额(RMB)
1	传送费		800	671
2	检索费,如果国际新颖性检索是由以下机构进行	北欧专利机构	17620	14785
		瑞典专利注册局	17620	14785
		欧洲专利局	17620	14785
3.1	国际申请费		10930	9171
3.2	超过30张,每张的附加费		120	101
4	发布和转达优先权文件的费用,若有的话(PCT细则17.1(b)),每个优先权文件		300	252
5	使用ePCT或PCT-SAFE和eOlf软件提交国际专利申请的费用减缴	以非字符编码格式提交XML文件,附件是如PDF的格式	1640	1376
		以字符编码格式提交XML文件(包括申请表格,说明书,权利要求书和摘要)	2460	2064

续表

根据PCT法规的细则16bis,如果上述费用没有在时限内缴纳,或在时限内未足额缴纳,挪威知识产权局会发送一个剩余的金额请求书。滞纳金是到期的金额的50%。滞纳金的金额不超过国际申请费并且不少于传送费

6	国际式检索的费用,由以下机构进行	6.1 北欧专利机构		5125	4300
		6.1.1 超过10项的权利要求,每项的附加费		250	210
		6.2 瑞典专利注册局		6950	5832
		6.2.1 超过10项的权利要求,每项的附加费		125	105
		6.3 欧洲专利局	6.3.1 第一个申请	11337	9513
			6.3.2 所有其他的申请	17781	14920

外观设计

(一) 申请费			
费用编号	费用描述	金额(NOK)	金额(RMB)
1	申请费	1900	1594
2	多于一件设计,每件的多项登记费	1300	1091
3	补充检索的费用,每件设计	900	755
4	由挪威知识产权局存储的每个模型的存储费	1200	1007

(二) 续展专利			
费用编号	费用描述	金额(NOK)	金额(RMB)
1	第一次续展的续展费	2900	2433
2	第二次续展的续展费	3500	2937
3	第三次续展的续展费	4100	3440
4	第四次续展的续展费	5000	4196
5	多于一件设计被续展,每件设计的多项登记费	1300	1091
6	由挪威知识产权局存储的每个模型的存储费	1200	1007
7	逾期缴纳续展费的附加费	550	462

(三) 其他费用			
费用编号	费用描述	金额(NOK)	金额(RMB)
1	恢复费	550	462
2	行政审查一件设计登记	4000	3356
3	世界知识产权组织的国际申请清算费	800	671
4	变更所有权的通知	免费	免费

官方语言：挪威语
专利类型：发明专利、外观设计
保护期限：发明专利：自申请日起 20 年
　　　　　外观设计：自申请日起 25 年
　　了解挪威发明专利官费更多信息请扫描下方二维码：https://www.patentstyret.no/en/services/patents/fees-patent/

　　了解挪威外观设计官费更多信息请扫描下方二维码：https://www.patentstyret.no/en/services/designs/fees-price-list-design/

瑞典（SE）

发明专利　　　　　　　　　　　官方货币：瑞典克朗

费用编号	费用描述	金额(SEK)	金额(RMB)
	（一）国家专利申请		
1	申请费（登记费 SEK 500，检索费 SEK 2500，都是强制性的）	3000	2496
2	申请国际专利的申请费（登记费 SEK 500，检索费 SEK 2500，都是强制性的）	3000	2496
3	超过 10 项的权利要求，每项的附加费（强制的）	150	125
4	请求延长提交国际申请的翻译或副本的时间的附加费	500	416
5	当进行包含一项不受特别的国际申请类型检索和国际初步可专利性审查约束的发明的国际申请的特别额外费，也不是专利法第 36 节或 37 节适用的	3000	2496
6	根据专利法第 36 或 37 节向专利机构缴纳费用	1000	832
7	驳回专利申请的恢复费	500	416
8	根据专利法第 19 节第 2 段的授权费，包含	—	
8.1	公布费	1400	1165
8.2	专利申请超过前八页的每个起始页的公布附加费（根据公布格式计算页数）	175	146
8.3	在申请提交后递交每个新的专利权利要求的附加费，适用于如果权利要求的数量超过已经支付申请费的权利要求的数量，申请被视为已提交	150	125
9	请求恢复的费用	1000	832
10	根据专利法第 104 节，申请抵押登记	500	416
11	规定的申请费已经向瑞典专利局缴纳的国家专利申请要求进行国际式检索的国际式检索费	5450	4534
12	在规定的申请费已经向另一北欧专利局缴纳的国家专利申请要求进行国际式检索的国际式检索附加费	8450	7030
13	发展中国家的专利申请的国际式检索的附加费	8450	7030
14	当该检索要求是针对独立于第一项权利要求的发明项，而每一个或一组发明连接组成单独的广义发明概念时，需缴纳国际式检索补充费	8450	7030

续表

15	当关于此申请的权利要求的国际式检索费还没有向瑞典专利局缴纳,超过10项的每一项权利要求的国际式检索补充费	150	125
16	瑞典专利法第22节,第5点,公示费	500	416

费用编号	(二) 年费 费用描述	金额 (SEK)	金额 (RMB)
1	第一年度（可以与第三年度年费一起缴纳）	300	250
2	第二年度（可以与第三年度年费一起缴纳）	450	374
3	第三年度	550	458
4	第四年度	1000	832
5	第五年度	1300	1082
6	第六年度	1600	1331
7	第七年度	1800	1498
8	第八年度	2200	1830
9	第九年度	2500	2080
10	第十年度	2800	2330
11	第十一年度	3100	2579
12	第十二年度	3400	2829
13	第十三年度	3800	3162
14	第十四年度	4100	3411
15	第十五年度	4400	3661
16	第十六年度	4700	3910
17	第十七年度	5000	4160
18	第十八年度	5400	4493
19	第十九年度	5700	4742
20	第二十年度	6000	4992
21	滞纳金	年费的20%	年费的20%

(三）授权专利的费用

费用编号	费用描述	金额（SEK）	金额（RMB）
1	请求恢复的费用	1000	832
2	抵押协议的登记费	500	416
3	申请登记新的或变更的专利权人	500	416
4	申请登记许可	500	416
5	申请登记地址变更	500	416

（四）补充保护相关费用

费用编号	费用描述	金额（SEK）	金额（RMB）
1	申请补充保护证书的费用	5000	4160
2	补充保护证书的年费	10000	8320
3	申请补充保护证书的延期费	3000	2496

（五）专利限制

费用编号	费用描述	金额（SEK）	金额（RMB）
1	请求专利限制或撤回专利的费用	8500	7072

外观设计

（一）设计保护条例（1970：486）规定的费用

费用编号	费用描述	金额（SEK）	金额（RMB）
1	注册设计申请费，一个五年期限	1900	1581
2	每个额外的五年期限	2500	2080

（二）年费

费用编号	费用描述	金额（SEK）	金额（RMB）
1	注册设计的年费，每五年	2500	2080
2	滞纳金	500	416

（三）附加费

费用编号	费用描述	金额（SEK）	金额（RMB）
1	在一个多项登记的分类下每次额外的将一个或多个设计分类的费用	500	416
2	额外的设计的多项登记费	1400	1165
3	每个样本的保管费	800	666
4	恢复费	500	416
5	每个额外的图像的公布费	200	166

（四）条例（2009：1576）规定的费用

费用编号	费用描述	金额（SEK）	金额（RMB）
1	申请登记一个新的专利权人	900	749
2	注册式外观设计的证书	900	749

（五）瑞典专利局 FS 2009：11 规定的费用

费用编号	费用描述	金额（SEK）	金额（RMB）
1	优先权文件	350	291
2	注册式外观设计的证书	100	83

（六）共同体外观设计

费用编号	费用描述	金额（SEK）	金额（RMB）
1	向欧洲内部市场协调局传送共同体外观设计的费用	500	416
2	公布理事会条例 No 6/2002 第 78.5 条提及的共同体外观设计的证书费用	1200	998.40

（七）新颖性检索和初步检索

费用编号	费用描述	金额（SEK）	金额（RMB）
1	关于已提交申请的新颖性检索，每件设计	1400	1165

续表

费用编号	费用描述	金额(SEK)	金额(RMB)
2	其他新颖性检索和初步检索	报价	报价
3	其他检索	报价	报价

（八）监测，包括月度报告			
费用编号	费用描述	金额(SEK)	金额(RMB)
1	新颖性监测	8000	6656
2	申请人或设计者姓名监测	5600	4659
3	特殊性产品的监测	5600	4659
4	特定的外观的监测	5600	4659
5	种类监测	5600	4659
6	日志监测	3200	2662
7	其他监测	报价	报价

（九）其他费用				
费用编号	费用描述		金额(SEK)	金额(RMB)
1	瑞典设计数据库（整个数据库）基本数据，每周更新一次，每年提前更新		5000	4160
2	非公布文件的资料副本，从第10页起每页加收		3	2
3	公布文件的副本和打印件免收增值税	少于10页	免费	免费
		10页	50	42
		超过10页，每一页	2	2
4	邮费，发票		30	25
5	邮费，存款账户		20	17

官方语言：瑞典语
专利类型：发明专利、外观设计
保护期限：发明专利：自申请日起20年
　　　　　外观设计：自申请日起25年
了解瑞典发明专利官费更多信息请扫描下方二维码：https://www.prv.se/en/patents/fees-and-payment/national-applications-and-patents/

了解瑞典外观设计官费更多信息请扫描下方二维码：https://www.prv.se/en/designs/fees-and-payment/

土耳其（TR）

发明专利、实用新型　　　　　　　　官方货币：土耳其里拉

费用编号	费用描述	费用（TL）	线上费用（TL）	费用（RMB）	线上费用（RMB）
1.1	申请费	—	45	—	86
1.2	申请费	90	—	171	—
2	有优先权的申请的申请费	105	70	200	133
3	以外语提供的申请的土耳其语翻译的时间请求费	355	235	676	448
4	在异议后公布欧洲专利的修改的分册的费用	850	570	1619	1086
5	公布欧洲专利的更正分册的费用	630	425	1200	809
6	由第三方评估的费用	585	390	1114	743
7	以外语提供的申请的土耳其语翻译的附加时间请求费	585	390	1114	743
8	附加时间请求费	140	95	267	181
9	准备优先权文件费	280	185	533	352
10	准备专利证书（授权）的费用	525	350	1000	667
11	附加准备专利证书费	525	350	1000	667
12	转让登记	915	610	1743	1162
13	许可登记	245	160	467	305
14	合并登记	800	530	1524	1009
15	许可意图登记	35	25	67	48
16	继承和转让登记	650	430	1238	819
17	抵押/担保登记	675	450	1286	857
18	研究费	235	—	448	—
19	准备许可的专利证书副本	280	185	533	352
20	调查档案（每个档案）	20	15	38	29
21	将发明专利申请转为实用新型申请的转换费	70	50	133	95

续表

22	年费	未缴纳年费的不可抗力费用（支付附加费）	—	—	—	—
		年费未在期限内缴纳（支付附加费）	—	—	—	—
		第二年的年费	385	255	733	489
		第三年的年费	400	265	762	505
		第四年的年费	475	315	905	600
		第五年的年费	720	480	1371	914
		第六年的年费	830	550	1581	1048
		第七年的年费	935	620	1781	1181
		第八年的年费	1040	690	1981	1314
		第九年的年费	1145	760	2181	1447
		第十年的年费	1250	830	2381	1581
		第十一年的年费	1430	950	2723	1809
		第十二年的年费	1660	1105	3162	2105
		第十三年的年费	1925	1280	3666	2438
		第十四年的年费	2190	1460	4171	2781
		第十五年的年费	2525	1685	4809	3209
		第十六年的年费	2765	1845	5266	3514
		第十七年的年费	3280	2050	5866	3904
		第十八年的年费	3295	2190	6275	4171
		第十九年的年费	3485	2320	6637	4418
		第二十年的年费	3625	2415	6904	4599
23	延展PCT申请费		1330	890	2533	1695
24	申请延展PCT的附加时间请求费		675	450	1286	857
25	延展PCT申请的优先权文件准备费		30CHF	30CHF	208	208
26	公布欧洲专利的权利要求的费用		1275	850	2428	1619
27	公布欧洲专利分册的费用		2040	1360	3885	2590
28	欧洲专利分册的土耳其语翻译的附加时间请求费		1150	770	2190	1467

续表

29	延期费（33个月后进入国家阶段的申请）	2300	1535	4380	2923
30	准备检索报告费	885	590	1686	1124
31	准备审查报告费	885	590	1686	1124
32	准备审查报告费（基于TPE准备的检索报告）	535	355	1019	676
33	准备第二和第三份审查报告	265	180	505	343
34	研究费	60	—	114	—

外观设计

费用编号	费用描述	费用（TL）	线上费用（TL）	费用（RMB）	线上费用（RMB）
1.1	一件设计的申请费	—	170	—	324
1.2	一件设计的申请费	255	—	486	—
1.3	在同一申请中的每件额外的设计的附加申请费	120	75	229	143
2	公布费（每个8×8厘米尺寸）	70	45	133	86
3	延迟公布费（每件设计）	50	30	95	57
4	一件设计的年费（在届满日前6个月内）	765	510	1457	971
5	在同一申请中的每件额外的设计的年费（在届满日前6个月内）	110	70	209	133
6	一件设计的年费（在届满日后6个月后）	1150	760	2190	1447
7	在同一申请中每件额外的设计的年费（在届满日后6个月内）	160	110	305	209
8	转让登记费	915	610	1743	1162
9	许可登记和许可续展费	950	635	1809	1209
10	继承登记费	650	435	1238	828
11	变更专利权人姓名	675	450	1286	857
12	变更专利权人类型	90	60	171	114
13	记录合并或投入实际资金	800	535	1524	1019

续表

14	登记优先权	300	195	571	371
15	准备认证的副本	280	185	533	352
16	准备优先权文件	280	185	533	352

官方语言：土耳其语

专利类型：发明专利、实用新型、外观设计

保护期限：发明专利：自申请日起 20 年

实用新型：自申请日起 10 年

外观设计：自申请日起 25 年

了解土耳其发明专利和实用新型官费更多信息请扫描下方二维码：http://www.turkpatent.gov.tr/TURKPATENT/fees/informationDetail?id=109

了解土耳其外观设计官费更多信息请扫描下方二维码：http://www.turkpatent.gov.tr/TURKPATENT/fees/informationDetail?id=111

第四章　北美洲

加拿大（CA）

发明专利

申请　　　　　　　　　　　　　　　官方货币：加拿大元

	（一）提交申请		
费用编号	费用描述	金额（CAD）	金额（RMB）
1	小实体专利	200	1077
2	标准专利	400	2155

	（二）完成对申请书作出答复的申请或避免被视为放弃		
费用编号	费用描述	金额（CAD）	金额（RMB）
1	完成对申请书作出答复的申请或避免被视为放弃	200	1077

	（三）请求审查			
费用编号	费用描述		金额（CAD）	金额（RMB）
1	如果此申请已经被专利局定为国际检索的主体	小实体专利	100	539
		标准专利	200	1077
2	其他情况	小实体专利	400	2155
		标准专利	800	4310

	（四）申请提前审查		
费用编号	费用描述	金额（CAD）	金额（RMB）
1	申请提前审查	500	2694

（五）在准许通知书发出后提交补正

费用编号	费用描述	金额（CAD）	金额（RMB）
1	在准许通知书发出后提交补正	400	2155

（六）最终费

费用编号	费用描述		金额（CAD）	金额（RMB）
1	1989年10月1日及之后提交的申请	小实体专利基础费	150	808
		标准专利基础费	300	1616
		说明书和附图超过100页，每页加收	6	32
2	1989年10月1日之前提交的申请	小实体专利基础费	350	1885
		标准专利基础费	700	3771
		说明书和附图超过100页，每页加收	4	22

（七）请求恢复已放弃的专利

费用编号	费用描述	金额（CAD）	金额（RMB）
1	请求恢复已放弃的专利	200	1077

（八）请求恢复已丧失的申请

费用编号	费用描述	金额（CAD）	金额（RMB）
1	请求恢复已丧失的申请	200	1077

国际申请

（一）传送费

费用编号	费用描述	金额（CAD）	金额（RMB）
1	传送费	300	1616

续表

2	检索费	1600	8619
3	PCT 细则 40 规定的额外费	1600	8619
4	初步审查费	800	4310
5	PCT 细则 68 规定的额外费	800	4310

（二）基础国家费			
费用编号	费用描述	金额（CAD）	金额（RMB）
1	小实体专利	200	1077
2	标准专利	400	2155

（三）滞纳金			
费用编号	费用描述	金额（CAD）	金额（RMB）
1	滞纳金	200	1077

专利

（一）提出申请以再公告一件专利			
费用编号	费用描述	金额（CAD）	金额（RMB）
1	提出申请以再公告一件专利	1600	8619

（二）专利的免责声明			
费用编号	费用描述	金额（CAD）	金额（RMB）
1	专利的免责声明	100	539

（三）请求复审专利的权利要求			
费用编号	费用描述	金额（CAD）	金额（RMB）
1	小实体专利	1000	5387
2	标准专利	2000	10774

（四）请求登记判决

费用编号	费用描述	金额（CAD）	金额（RMB）
1	请求登记判决	50	269

（五）向专利局递交申请

费用编号	费用描述	金额（CAD）	金额（RMB）
1	与此申请相关的第一项专利	2500	13468
2	与此申请相关的每件额外的专利	250	1347

（六）请求公告申请

费用编号	费用描述	金额（CAD）	金额（RMB）
1	请求公告申请	200	1077

（七）请求在加拿大专利局记录公布一个列有证书和销售有效的专利数量的公告，而不是在专利发布时列明每个专利的数量

费用编号	费用描述	金额（CAD）	金额（RMB）
1	请求在加拿大专利局记录公布一个列有证书和销售有效的专利数量的公告，而不是在专利发布时列明每个专利的数量	20	108

综合的

（一）请求更正记录错误

费用编号	费用描述	金额（CAD）	金额（RMB）
1	请求更正记录错误	200	1077

（二）请求登记文件

费用编号	费用描述	金额（CAD）	金额（RMB）
1	请求登记文件	100	539

（三）请求延期

费用编号	费用描述	金额（CAD）	金额（RMB）
1	请求延期	200	1077
2	滞纳金	没有缴纳的费用的50%，不低于50	没有缴纳的费用的50%，不低于269

信息和副本

（一）请求关于未决申请的信息

费用编号	费用描述	金额（CAD）	金额（RMB）
1	请求关于未决申请的信息	100	539

（二）基于在加拿大提出的并由一个序列号标识的申请，请求专利是否已经发布的信息

费用编号	费用描述	金额（CAD）	金额（RMB）
1	基于在加拿大提出的并由一个序列号标识的申请，请求专利是否已经发布的信息	20	108

（三）请求纸质的文件副本

费用编号		费用描述	金额（CAD）	金额（RMB）
1	请求纸质的文件副本	如果申请副本的人要求使用专利局设备制作副本	0.50/页	3/页
		如果专利局制作副本	1/页	5/页
2	请求电子的文件副本	每个请求	10	54
		与请求相关的每个专利或申请，每个加收	10	54
		如果对物理介质请求副本，除了第一个物理介质请求，每个加收	10	54
		每个额外的10兆字节或超过7兆字节的部分加收	10	54

（四）请求纸质的文件认证副本，而不是联邦法院细则的细则317或350的请求

费用编号	费用描述		金额（CAD）	金额（RMB）
1	请求纸质的文件认证副本，而不是联邦法院细则的细则317或350的请求	每个证书	35	189
		每页加收	1	5
2	请求电子的文件认证副本，而不是联邦法院细则的细则317或350的请求	每个证书	35	189
		与此请求相关的每个专利或申请加收	10	54
		每个额外的10兆字节或超过7兆字节的部分加收	10	54

（五）请求专利局提供关于专利申请或专利的状态信息，每件申请或专利

费用编号	费用描述	金额（CAD）	金额（RMB）
1	请求专利局提供关于专利申请或专利的状态信息，每件申请或专利	15	81

（六）请求音频磁带的副本

费用编号	费用描述	金额（CAD）	金额（RMB）
1	请求音频磁带的副本	50	269

（七）请求一个音频磁带的转录本，每页转录本

费用编号	费用描述	金额（CAD）	金额（RMB）
1	请求一个音频磁带的转录本，每页转录本	50	269

年费

（一）维持1989年10月1日及以后提交的申请有效

费用编号	费用描述（从申请日起算）	金额（CAD）标准费	金额（RMB）标准费	金额（CAD）小实体	金额（RMB）小实体
1	3~5年度	100	539	50	269

续表

2	6~10 年度	200	1077	100	539
3	11~15 年度	250	1347	125	673
4	16~20 年度	450	2424	225	1212

(二) 维持 1989 年 10 月 1 日及以后提交申请且已公布的专利的权利

费用编号	费用描述 (从申请日起算)	金额（CAD） 标准费	金额（RMB） 标准费	金额（CAD） 小实体	金额（RMB） 小实体
1	3~5 年度	100	539	50	269
2	6~10 年度	200	1077	100	539
3	11~15 年度	250	1347	125	673
4	16~20 年度	450	2424	225	1212
5	滞纳金	200	1077	200	1077

(三) 维持 1989 年 10 月 1 日以前提交申请并于 1989 年 10 月 1 日及以后公布的专利的权利

费用编号	费用描述 (从公布日起算)	金额（CAD） 标准费	金额（RMB） 标准费	金额（CAD） 小实体	金额（RMB） 小实体
1	3~5 年度	100	539	50	269
2	6~10 年度	200	1077	100	539
3	11~15 年度	250	1347	125	673
4	16~17 年度	450	2424	225	1212
5	滞纳金	200	1077	200	1077

外观设计

(一) 申请费

费用编号	费用描述		金额（CAD）	金额（RMB）
1	为注册设计对申请进行审查	基础费	400	2155
		多余 10 页的附图，每页加收	10	54

（二）维持费

费用编号	费用描述	金额（CAD）	金额（RMB）
1	外观设计的登记的5年维持费	350	1885

（三）滞纳金

费用编号	费用描述	金额（CAD）	金额（RMB）
1	在外观设计的登记的5年期限届满后6个月内缴纳	50	269

（四）记录

费用编号	费用描述	金额（CAD）	金额（RMB）
1	记录影响设计的转让或文件	100	539

（五）文件的纸质副本

费用编号	费用描述		金额（CAD）	金额（RMB）
1	提供文件的纸质副本，每页	此项服务的使用者用专利局的设备制作副本	0.50	3
		专利局制作副本	1	5

（六）文件的电子副本

费用编号	费用描述		金额（CAD）	金额（RMB）
1	提供文件电子版副本	每个请求	10	54
		与此请求相关的每个设计加收	10	54
		如果对物理介质请求副本，除了第一个物理介质请求，每个加收	10	54

（七）文件的纸质认证副本

费用编号	费用描述		金额（CAD）	金额（RMB）
1	提供文件的纸质认证副本，而不是联邦法院的细则 318 或 350 的请求	每个证书	35	189
		每页加收	1	5

（八）文件的电子认证副本

费用编号	费用描述		金额（CAD）	金额（RMB）
1	提供文件的电子认证副本，而不是联邦法院细则的细则 318 或 350 的请求	每个证书	35	189
		与此申请相关的每个设计加收	10	54

（九）延迟

费用编号	费用描述	金额（CAD）	金额（RMB）
1	延迟注册	100	539

（十）恢复已放弃的申请

费用编号	费用描述	金额（CAD）	金额（RMB）
1	恢复已经放弃的申请	200	1077

（十一）更正证书

费用编号	费用描述	金额（CAD）	金额（RMB）
1	请求发布不是由于专利局导致的过失的校正证书	50	269

（十二）加速审查

费用编号	费用描述	金额（CAD）	金额（RMB）
1	为注册设计而请求对申请进行加速审查	500	2694

官方语言：英语
专利类型：发明专利、外观设计
保护期限：发明专利：自申请日起 20 年
　　　　　外观设计：自授权日起 10 年
了解加拿大发明专利官费更多信息请扫描下方二维码：
http：//laws-lois.justice.gc.ca/eng/regulations/SOR-96-423/page-17.html#h-69

了解加拿大外观设计专利官费更多信息请扫描下方二维码：
http：//www.ic.gc.ca/eic/site/cipointernet-internetopic.nsf/eng/wr04216.html

美国（US）

官方货币：美元

(一) 专利申请费

费用编号	费用描述	金额（USD）			金额（RMB）		
		大实体	小实体	微实体	大实体	小实体	微实体
1	基础申请费-发明专利（纸质申请-根据1.16（t）规定，也需要非电子申请费）	300	150	75	2015	1008	504
2	基础申请费-发明专利（小实体电子申请）	n/a	75	n/a	n/a	504	1710
3	基础申请费-外观专利	200	100	50	1344	672	336
4	基础申请费-外观专利（延续审查案）	200	100	50	1344	672	336
5	基础申请费-植物专利	200	100	50	1344	672	336
6	临时专利申请提交费	280	140	70	1881	941	470
7	基础申请费-再公告专利申请费	300	150	75	2015	1008	504
8	基础申请费-再颁专利申请费（延续审查案）	300	150	75	2015	1008	504
9	额外费：逾期申请费，检索费，审查费或誓言或声明，或提交申请时，没有至少一项权利要求或引用权利要求	160	80	40	1075	537	269
10	额外费：过期临时申请费或封面	60	30	15	403	202	101
11	超过3项独立权利要求，每项权利要求	460	230	115	3090	1545	773
12	超过3项再颁独立权利要求，每项权利要求	460	230	115	3090	1545	773
13	超过20项权利要求，每项权利要求	100	50	25	672	336	168

续表

14	超过20项再颁权利要求，每项再颁权利要求	100	50	25	672	336	168
15	多项从属权利要求	820	410	205	5509	2754	1377
16	发明专利申请文件数量费用-超过100页，每50页	400	200	100	2687	1344	672
17	外观专利申请文件数量费用-超过100页，每50页	400	200	100	2687	1344	672
18	植物专利申请文件数量费用-超过100页，每50页	400	200	100	2687	1344	672
19	再公布专利申请文件数量费用-超过100页，每50页	400	200	100	2687	1344	672
20	临时专利申请文件数量费用-超过100页，每50页	400	200	100	2687	1344	672
21	非电子申请费-发明（纸质申请的附加费）	400	200	200	2687	1344	1344
22	非英语翻译	140	70	35	941	470	235
23	提交300MB~800MB序列表	1000	500	250	6718	3359	1680
24	提交800MB以上序列表	10000	5000	2500	67180	33590	16795

（二）专利检索费

费用编号	费用描述	金额（USD）			金额（RMB）		
		大实体	小实体	微实体	大实体	小实体	微实体
1	发明专利检索费	660	330	165	4434	2217	1108
2	外观专利检索费	160	80	40	1075	537	269
3	植物专利检索费	420	210	105	2822	1411	705
4	再颁专利检索费	660	330	165	4434	2217	1108

（三）专利审查费

费用编号	费用描述	金额（USD）			金额（RMB）		
		大实体	小实体	微实体	大实体	小实体	微实体
1	发明专利审查费	760	380	190	5106	2553	1276
2	外观专利审查费	600	300	150	4031	2015	1008

续表

3	植物专利审查费	620	310	155	4165	2083	1041
4	再颁专利审查费	2200	1100	550	14780	7390	3695

（四）专利获批准后的费用

费用编号	费用描述	金额（USD）			金额（RMB）		
		大实体	小实体	微实体	大实体	小实体	微实体
1	发明专利发布费用	1000	500	250	6718	3359	1680
2	再公布专利发布费用	1000	500	250	6718	3359	1680
3	外观专利发布费用	700	350	175	4703	2351	1176
4	植物专利发布费用	800	400	200	5374	2687	1344
5	早期，自愿或正常公布的公布费	0	0	0	0	0	0
6	再颁的公布费	300	300	300	2015	2015	2015

（五）专利延期费

费用编号	费用描述	金额（USD）			金额（RMB）		
		大实体	小实体	微实体	大实体	小实体	微实体
1	延期的第1个月内	200	100	50	1344	672	336
2	延期的第2个月内	600	300	150	4031	2015	1008
3	延期的第3个月内	1400	700	350	9405	4703	2351
4	延期的第4个月内	2200	1100	550	14780	7390	3695
5	延期的第5个月内	3000	1500	750	20154	10077	5039

（六）专利维持费

费用编号	费用描述	金额（USD）			金额（RMB）		
		大实体	小实体	微实体	大实体	小实体	微实体
1	1~3.5年度	0	0	0	0	0	0
2	3.5~7.5年度	1600	800	400	10749	5374	2687
3	7.5~11.5年度	3600	1800	900	24185	12092	6046
4	11.5~20年度	7400	3700	1850	49713	24857	12428

续表

| 5 | 滞纳金-逾期6个月内缴纳 | 160 | 80 | 40 | 1075 | 537 | 269 |
| 6 | 恢复费 | 2000 | 1000 | 500 | 13436 | 6718 | 3359 |

（七）杂费

费用编号	费用描述	金额（USD）			金额（RMB）		
		大实体	小实体	微实体	大实体	小实体	微实体
1	请求优先审查	4000	2000	1000	26872	13436	6718
2	在第一次实质审查后变更发明权	600	300	150	4031	2015	1008
3	请求继续审查-第一次请求	1300	650	325	8733	4367	2183
4	请求继续审查-第二次及之后的请求	1900	950	475	12764	6382	3191
5	手续费-临时申请除外	140	70	35	941	470	235
6	其他公布手续费	130	130	130	873	873	873
7	请求自愿公开或再公开	130	130	130	873	873	873
8	请求加快外观设计申请审查	900	450	225	6046	3023	1512
9	信息提交披露声明	240	120	60	1612	806	403
10	第三方提交的文件费	180	90	n/a	1209	604	n/a
11	临时申请的处理费	50	50	50	336	336	336
12	最终驳回后提交的意见书	840	420	210	5643	2822	1411
13	每件被审查的增补的发明	840	420	210	5643	2822	1411

（八）专利公开后费用

费用编号	费用描述	金额（USD）			金额（RMB）		
		大实体	小实体	微实体	大实体	小实体	微实体
1	更正证书	150	150	150	1008	1008	1008
2	在专利中更正发明权的手续费	150	150	150	1008	1008	1008
3	请求单方面复审	12000	6000	3000	80616	40308	20154

续表

费用编号	费用描述					
4	复审的独立权利要求超过3项,并且超过复审中专利的权利要求数量	460	230	115	3090	1545	773
5	复审的权利要求超过20项,并且超过复审中专利的权利要求的数量	100	50	25	672	336	168
6	法定放弃权利要求,包括期末抛弃	160	160	160	1075	1075	1075
7	请求补充审查	4400	2200	1100	29559	14780	7390
8	要求作为补充审查结果的复审程序	12100	6050	3025	81288	40644	20322
9	补充审查文件数量费用-非专利文件21~50张	180	90	45	1209	605	302
10	补充审查文件数量费用-在非专利文件中每多余50张	280	140	70	1881	941	470

(九) 专利审判和上诉费用

费用编号	费用描述	金额(USD)			金额(RMB)		
		大实体	小实体	微实体	大实体	小实体	微实体
1	向首席行政专利法官请愿	400	400	400	2687	2687	2687
2	申述的通知	800	400	200	5374	2687	1344
3	提交简要说明以支持申述	0	0	0	0	0	0
4	在双方互审程序中提交简要说明以支持申述	2000	1000	500	13436	6718	3359
5	请求口审	1300	650	325	8733	4367	2183
6	向委员会转达申请中的申诉或单方复审程序	2240	1120	560	15048	7524	3762
7	双方互审请求费-最多20项权利要求	15500	15500	15500	104129	104129	104129
8	双方互审机构费-最多15项权利要求	15000	15000	15000	104129	104129	104129

续表

9	超过20项权利要求，双方互审请求的每项权利要求	300	300	300	2015	2015	2015
10	超过15项权利要求，机构请求的每项权利要求	600	600	600	4031	4031	4031
11	授权后或包含商务方法复审请求费-多达20项权利要求	16000	16000	16000	107488	107488	107488
12	授权后或包含商务方法复审机构请求费-最多15项权利要求	22000	22000	22000	147796	147796	147796
13	授权后或包含商务方法复审请求费-多达20项权利要求，每项权利要求	375	375	375	2519	2519	2519
14	授权后或包含商务方法复审机构请求费-多达15项权利要求，每项权利要求	825	825	825	5542	5542	5542
15	申请派生诉讼	400	400	400	2687	2687	2687
16	请求达成有效的转让协议和专利审查程序中提出的其他请求	400	400	400	2687	2687	2687

（十）专利请求费

费用编号	费用描述	金额（USD）			金额（RMB）		
		大实体	小实体	微实体	大实体	小实体	微实体
1	联邦法规第37编1.17条（f）款（第Ⅰ类）要求的请求费	400	200	100	2687	1344	672
2	联邦法规第37编1.17条（g）款（第Ⅱ类）要求的请求费	200	100	50	1344	672	336
3	联邦法规第37编1.17条（h）款（第Ⅲ类）要求的请求费	140	70	35	941	470	235

续表

费用编号	费用描述	大实体	小实体	微实体	大实体	小实体	微实体
4	请求已经放弃的专利再生效,请求逾期缴纳发布的每一个专利费用的专利再生效,或请求专利权人在复审程序中逾期答复的专利再生效	2000	1000	500	13436	6718	3359
5	请求逾期提交优先权或有利的权利要求	2000	1000	500	13436	6718	3359
6	请求宽免申请人在国际设计申请中未能在法定的时限内做出行动的行为	2000	1000	500	13436	6718	3359
7	请求根据美国法典第16章将国际设计申请转换为设计申请	180	90	45	1209	605	302
8	提出专利期限调整申请	200	200	200	1344	1344	1344
9	请求恢复被减少的期限	400	400	400	2687	2687	2687
10	复审请求书,除了那些在联邦法规第37编1.550条i款和1.937条d款特别列出来的	1940	970	485	13033	6516	3258
11	延长专利权有效期限	1120	1120	1120	7524	7524	7524
12	临时延长的原始申请(参见联邦法规第37编1.790)	420	420	420	2822	2822	2822
13	临时延长的后期申请(参见联邦法规第37编1.790)	220	220	220	1478	1478	1478

(十一) PCT费用-国家阶段

费用编号	费用描述	金额(USD)			金额(RMB)		
		大实体	小实体	微实体	大实体	小实体	微实体
1	基础国家阶段费用	300	150	75	2015	1008	504
2	国家阶段检索费-美国是国际检索单位和国际初步审查单位,并且权利要求满足PCT条款33(1)~(4)	0	0	0	0	0	0

续表

3	国家阶段检索费-美国是国际检索单位	140	70	35	941	470	235
4	国家阶段检索费-准备检索报告并向美国专利商标局提供	520	260	130	3493	1747	873
5	国家阶段检索费-其他所有情况	660	330	165	4434	2217	1108
6	国家阶段审查费-美国是国际检索单位和国际初步审查单位,并且权利要求满足PCT条款33(1)~(4)	0	0	0	0	0	0
7	国家阶段审查费-其他所有情况	760	380	190	5106	2553	1276
8	独立权利要求超过3项,每项	460	230	115	3090	1545	773
9	权利要求超过20项,每项	100	50	25	672	336	168
10	多项从属权利要求	820	410	205	5509	2754	1377
11	进入国家阶段后的检索费,审查费或誓言或声明	140	70	35	941	470	235
12	从优先权日起30个月后提交英文译本	140	70	35	941	470	235
13	国家阶段申请文件数量费用-超过100页,每50页	400	200	100	2687	1344	672

(十二) PCT费用-国际阶段

费用编号	费用描述	金额(USD)			金额(RMB)		
		大实体	小实体	微实体	大实体	小实体	微实体
1	转送费	240	120	60	1612	806	403
2	非电子提交费(纸质提交的附加费)	400	200	200	2687	1344	1344
3	检索费-不论是否有类似申请(35 U.S.C. 361(d)和PCT Rule 16)	2080	1040	520	13973	6987	3493
4	增加检索费,每件附加的发明	2080	1040	520	13973	6987	3493
5	作为受理局向国际局转送申请	240	120	60	1612	806	403

续表

6	初步审查费-国际检索单位是美国	600	300	150	4031	2015	1008
7	初步审查费-国际检索单位不是美国	760	380	190	5106	2553	1276
8	每件增补发明的追加审查费	600	300	150	4031	2015	1008
9	滞纳金	不定	不定	不定	不定	不定	不定

(十三) 国外机构的 PCT 费用 (金额依据汇率而改变)

费用编号	费用描述	金额（USD）			金额（RMB）		
		大实体	小实体	微实体	大实体	小实体	微实体
1	国际申请费（前 30 页 – 非 ePCT 或 PCT-EASY.zip 提交的电子提交）	1263	1263	1263	8485	8485	8485
2	国际申请费（前 30 页 – ePCT 或 PCT-EASY.zip 提交的电子提交）	1161	1161	1161	7800	7800	7800
3	国际申请费（前 30 页）	1366	1366	1366	9177	9177	9177
4	追加费（多余 30 页的每一页）	15	15	15	101	101	101
5	国际检索（EPO）	2202	2202	2202	14793	14793	14793
6	国际检索（ILPO）	995	995	995	6684	6684	6684
7	国际检索（IPAU）	1722	1722	1722	11568	11568	11568
8	国际检索（IPOS）	1646	1646	1646	11058	11058	11058
9	国际检索（JPO）	1385	1385	1385	9304	9304	9304
10	国际检索（KIPO）	1134	1134	1134	7618	7618	7618
11	国际检索（俄罗斯专利商标局）	691	691	691	4642	4642	4642
12	手续费	205	205	205	1377	1377	1377

续表

13	手续费—如果申请人符合标准，可以减少90%，标准详见：http://www.wipo.int/export/sites/www/pct/en/fees/fee_reduction.pdf（link is external）	20.5	20.5	20.5	1377	1377	1377

（十四）海牙公约-国际设计申请费

费用编号	费用描述	金额（USD）			金额（RMB）		
		大实体	小实体	微实体	大实体	小实体	微实体
1	转送费	120	60	30	806	403	202
2	应付世界知识产权组织的国际设计申请费	不定	不定	不定	不定	不定	不定

（十五）专利服务费

费用编号	费用描述	金额（USD）			金额（RMB）		
		大实体	小实体	微实体	大实体	小实体	微实体
1	非彩色专利印刷副本，通过美国邮政总局，美国专利与商标局信箱或电子媒介送交	3	3	3	20	20	20
2	专利申请公开（PAP）	3	3	3	20	20	20
3	彩色植物专利印刷副本	15	15	15	101	101	101
4	专利（与植物专利不同）含彩色附图的彩色副本	25	25	25	168	168	168
5	所提交的专利申请副本	35	35	35	235	235	235
6	专利文件包装副本，纸质	280	280	280	1881	1881	1881
7	个人申请文件，不是所提交的申请，每个文件	25	25	25	168	168	168
8	专利文件包装副本，电子	55	55	55	369	369	369
9	政府机关档案副本，除所提交的专利申请副本外	25	25	25	168	168	168

续表

10	转让记录,题录文摘和证明,每件专利	25	25	25	168	168	168
11	图书馆服务	50	50	50	336	336	336
12	PTMT 专利书目摘录和其他 DVD 副本	50	50	50	336	336	336
13	非美国文献副本	25	25	25	168	168	168
14	美国专利自定义数据摘录副本	100	100	100	672	672	672
15	国际式检索报告	40	40	40	269	269	269
16	记录每件专利转让,协议或其他文件,每个产权-如果是电子提交	0	0	0	0	0	0
17	记录每件专利转让,协议或其他文件,每个产权-如果不是电子提交	50	50	50	336	336	336
18	在官方公报公开	25	25	25	168	168	168
19	连夜递送的附加费	40	40	40	269	269	269
20	加急服务的附加费	160	160	160	1075	1075	1075
21	不完整或不正当申请的手续费	130	130	130	873	873	873
22	选择的技术报告副本,各技术区域	30	30	30	202	202	202

(十六) 专利注册费

费用编号	费用描述	金额(USD)	金额(RMB)
1	申请费(不可归还的)	100	672
2	由商业实体	200	1344
3	由 USPTO 检验	450	3023
4	USPTO-复审登记审查	450	3023
5	登记实施	200	1344
6	授予有限认可	200	1344
7	更改登记的代理为专业代理人	100	672

续表

8	授予信誉良好的代理或专业代理人证书,标准的	40	269
9	授予信誉良好的代理或专业代理人证书,适合的	50	336
10	复审注册处主任的决定和纪律-根据 11.2（c）	400	2687
11	复审注册处主任的决定和纪律-根据 11.2（d）	400	2687
12	USPTO-协助恢复注册处和 DIS 的 ID 或重建密码	70	470
13	USPTO-协助在注册处或更改地址	70	470
14	拖欠的费用	50	336
15	行政恢复费	200	1344
16	个人请求恢复,除由于道德理由或由其他机构准许	1600	10749
17	未特别提及的其他服务,劳务费除外	按成本	按成本

官方语言：英语
专利类型：发明专利、外观设计、植物专利
保护期限：发明专利：自申请日起 20 年
　　　　　外观设计：自授权日起 14 年，免收年费
　　　　　植物专利：自申请日起 20 年，免收年费
了解美国专利官费更多信息请扫描下方二维码：
https：//www.uspto.gov/learning-and-resources/fees-and-payment/uspto-fee-schedule

第五章 大洋洲

澳大利亚（AU）

一般费用　　　　　　　　　　　　　　　　　　官方货币：澳元

（一）提交专利申请，并随附临时说明书

费用编号	费用描述	金额（AUD）	金额（RMB）
1	通过认可的方式	110	591
2	通过其他方式	210	1129

（二）提交新型专利申请，并随附完整的说明书

费用编号	费用描述	金额（AUD）	金额（RMB）
1	通过认可的方式	180	967
2	通过其他方式	280	1505

（三）提交标准专利申请，并随附完整的说明书

费用编号	费用描述	金额（AUD）	金额（RMB）
1	通过认可的方式	370	1988
2	通过其他方式	470	2526

（四）如果专利局已经根据PCT第35条做出关于此申请的国际初步审查报告，而不是根据PCT细则44bis.1做出的报告，根据专利法第45节，提出审查PCT申请的完整的说明书和标准专利请求

费用编号	费用描述	金额（AUD）	金额（RMB）
1	如果专利局已经根据PCT第35条做出关于此申请的国际初步审查报告，而不是根据PCT细则44bis.1做出的报告，根据专利法第45节，提出审查PCT申请的完整的说明书和标准专利请求	300	1612

（五）如果第四条不适用，请求审查标准专利请求和完整的说明书

费用编号	费用描述	金额（AUD）	金额（RMB）
1	如果第四条不适用，请求审查标准专利请求和完整的说明书	490	2633

(六）如果在 2013 年 4 月 15 日及以后完成完整的申请，作为审查的一部分，由专利局检索关于标准专利的专利请求和完整的说明书

费用编号	费用描述	金额（AUD）	金额（RMB）
1	如果在 2013 年 4 月 15 日及以后完成完整的申请，作为审查的一部分，由专利局检索关于标准专利的专利请求和完整的说明书	950	5105

(七）由新型专利的专利权人提出审查与此新型专利相关的完整的说明书

费用编号	费用描述	金额（AUD）	金额（RMB）
1	由新型专利的专利权人提出审查与此新型专利相关的完整的说明书	500	2687

(八）由非新型专利的专利权人提出审查与此新型专利相关的完整的说明书

费用编号	费用描述	金额（AUD）	金额（RMB）
1	由请求的人支付费用	250	1344
2	由专利权人支付费用	250	1344

(九）请求审查员指导申请人请求审查

费用编号	费用描述	金额（AUD）	金额（RMB）
1	请求审查员指导申请人请求审查	100	537

(十）提出复审完整的说明书的请求

费用编号	费用描述	金额（AUD）	金额（RMB）
1	提出复审完整的说明书的请求	800	4299

(十一）延续费或年费

费用编号	费用描述	金额（AUD）认可的方式	金额（RMB）认可的方式	金额（AUD）其他方式	金额（RMB）其他方式
1	5～10 年度	300	1612	350	1881
2	11～15 年度	550	2956	600	3224
3	16～20 年度	1250	6718	1300	6986

续表

	如果一项标准专利的延期被授予				
4	21年度	2550	13704	2600	13972
5	21年度后,在延期内的每年度	2550	13704	2600	13972
6	滞纳金	100/月	537/月	100/月	537/月

(十二)年费

费用编号	费用描述	金额(AUD)认可的方式	金额(RMB)认可的方式	金额(AUD)其他方式	金额(RMB)其他方式
1	3~5年度	110	591	160	860
2	6~8年度	220	1182	270	1451
3	滞纳金	100/月	537/月	100/月	537/月

(十三)受理专利请求和完整的说明书

费用编号	费用描述	金额(AUD)	金额(RMB)
1	受理	250	1344
2	如果受理的说明书包含超过20项权利要求	超过20项权利要求,110/个	超过20项权利要求,591/个

(十四)提出申请或请求

费用编号	费用描述	金额(AUD)	金额(RMB)
1	提出申请或请求	600	3224

(十五)PCT申请进入国家阶段

费用编号	费用描述	金额(AUD)	金额(RMB)
1	许可的缴费方式	370	1988
2	其他方式	470	2526

（十六）根据第3.25（1）子款提出布达佩斯条约细则11.3（a）中提到的证书的请求

费用编号	费用描述	金额（AUD）	金额（RMB）
1	根据第3.25（1）子款提出布达佩斯条约细则11.3（a）中提到的证书的请求	600	3224

（十七）提出异议申请书

费用编号	费用描述	金额（AUD）	金额（RMB）
1	提出异议申请书	600	3224

（十八）提出延期申请

费用编号	费用描述	金额（AUD）	金额（RMB）
1	提出延期申请	500/月	2687/月

（十九）请求修改

费用编号	费用描述	金额（AUD）	金额（RMB）
1	（1）一个与标准专利申请相关的完整的说明书，在提交审查请求之前或在完整的说明书受理后 （2）与标准专利相关的完整的说明书	250	1344

（二十）在完整的说明书受理后，同意修改与标准专利或标准专利申请相关的完整的说明书

费用编号	费用描述	金额（AUD）	金额（RMB）
1	在完整的说明书受理后，同意修改与标准专利或标准专利申请相关的完整的说明书 （1）提出修改的完整的说明书多余20项权利要求 （2）提出的修改的影响是将增加完整的说明书的权利要求数量	在（2）段中描述的每项额外的权利要求110	在（2）段中描述的每项额外的权利要求591

（二十一）提出修改新型专利的专利请求为标准专利的专利请求

费用编号	费用描述	金额（AUD）	金额（RMB）
1	提出修改新型专利的专利请求为标准专利的专利请求	190	1021

（二十二）提出修改与新型专利相关的完整的说明书的请求

费用编号	费用描述	金额（AUD）	金额（RMB）
1	提出修改与新型专利相关的完整的说明书的请求 （1）在专利受理后但在请求审查前 （2）在专利认证后	250	1344

（二十三）根据专利法第223（2）子款以第223（2）（a）段规定的理由提出延期请求

费用编号	费用描述	金额（AUD）	金额（RMB）
1	根据专利法第223（2）子款以第223（2）（a）段规定的理由提出延期请求	100/月	537/月

（二十四）根据专利法第223（2）款以第223（2）（b）段规定的理由提出延期请求

费用编号	费用描述	金额（AUD）	金额（RMB）
1	根据专利法第223（2）款以第223（2）（b）段规定的理由提出延期请求	100/月	537/月

（二十五）根据专利法第223（2A）子款提出延期请求

费用编号	费用描述	金额（AUD）	金额（RMB）
1	根据专利法第223（2A）子款提出延期请求	100/月	537/月

（二十六）请求听审

费用编号	费用描述	金额（AUD）	金额（RMB）
1	请求听审	600	3224

（二十七）亲自或通过其他方式参加口头审理并作出陈词

费用编号	费用描述	金额（AUD）	金额（RMB）
1	第一天	1000，少于第二十六条相关的任何费用	5374，少于第二十六条相关的任何费用
2	如果审理进行多于一天	第一天后的每一天，1000	第一天后的每一天，5374

(二十八) 仅基于书面材料进行审理，此书面材料在审理通知书发布后或审理的邀请发布后提交

费用编号	费用描述	金额（AUD）	金额（RMB）
1	仅基于书面材料进行审理，此书面材料在审理通知书发布后或审理的邀请发布后提交	600，少于第二十六条相关的任何费用	3224，少于第二十六条相关的任何费用

(二十九) 请求提供不超过 3 个与单一专利申请或专利相关的文件

费用编号	费用描述	金额（AUD）	金额（RMB）
1	请求提供不超过 3 个与单一专利申请或专利相关的文件	每个文件 50	每个文件 269

(三十) 请求提供 3 个以上与单一专利申请或专利相关的文件

费用编号	费用描述	金额（AUD）	金额（RMB）
1	请求提供 3 个以上与单一专利申请或专利相关的文件	200/请求	1075/请求

(三十一) 提出国际式检索的请求

费用编号	费用描述	金额（AUD）	金额（RMB）
1	提出国际式检索的请求	950	5105

(三十二) 由审查局对专利请求和完整的说明书做出相关初步检索和意见

费用编号	费用描述	金额（AUD）	金额（RMB）
1	由审查局对专利请求和完整的说明书做出相关初步检索和意见	2200	11823

(三十三) 提出同意标准专利延期的请求

费用编号	费用描述	金额（AUD）	金额（RMB）
1	提出同意标准专利延期的请求	2000	10748

国际申请的一般费用

(一) 传送费

费用编号	费用描述	金额（AUD）	金额（RMB）
1	传送费	200	1075

（二）检索费

费用编号	费用描述	金额（AUD）	金额（RMB）
1	检索费	2200	11823

（三）额外的检索费

费用编号	费用描述	金额（AUD）	金额（RMB）
1	额外的检索费	2200	11823

（四）初步审查费

费用编号	费用描述	金额（AUD）	金额（RMB）
1	如果关于此国际申请的国际检索报告由专利局发布	590	3171
2	其他情况	820	4407

（五）国际初步审查的额外费

费用编号	费用描述	金额（AUD）	金额（RMB）
1	国际初步审查的额外费	590	3171

（六）文件副本

费用编号	费用描述	金额（AUD）	金额（RMB）
1	文件副本	50	269

（七）处理恢复优先权的请求

费用编号	费用描述	金额（AUD）	金额（RMB）
1	处理恢复优先权的请求	200	1075

国际局费用优惠

（一）国际申请费

费用编号	费用描述	金额（CHF）	金额（RMB）
1	国际申请费	国际申请超过30张，每张1330+15	国际申请超过30张，每张9240+104

(二) 手续费

费用编号	费用描述	金额（CHF）	金额（RMB）
1	手续费	200	1389

费用减缴：
1. 根据行政指示所规定的，如果国际申请是通过以下几种方式提交的，则国际申请费按以下金额减缴：
（1）电子提交，请求书不是字符编码格式-100瑞士法郎；
（2）电子提交，请求书是字符编码格式-200瑞士法郎；
（3）电子提交，请求书、说明书、权利要求书和摘要是字符编码格式-300瑞士法郎。
2. 如果国际申请通过以下方式提交，国际申请费（按照403项减缴）和手续费减缴90%。
（1）申请人是自然人，是一个国家的国民并居住在此国家，并且这个国家的平均国民收入低于3000美元（根据联合国用于决定1995年、1996年和1997年会费分摊比额表支付的出资的人均国民收入指数决定），或直到2009年12月31日，是以下国家其中之一：安提瓜和巴布达，巴林，巴巴多斯，阿拉伯利比亚民众国，阿曼，塞舌尔，新加坡，特立尼达和多巴哥和阿拉伯联合酋长国。
（2）申请人不论是否是自然人，是被联合国列为最不发达国家的国民并居住在此国家；如果有数个申请人，每个申请人必须满足（1）或（2）的条件。

外观设计

(一) 提交设计申请

费用编号	费用描述	金额（AUD）	金额（RMB）
1	通过认可的方式	由申请人确定的作为在申请中公开的单独的设计，每件设计收250	由申请人确定的作为在申请中公开的单独的设计，每件设计收1344
2	通过其他方式	由申请人确定的作为在申请中公开的单独的设计，每件设计收350	由申请人确定的作为在申请中公开的单独的设计，每件设计收1881

(二) 提交包括进一步设计的登记请求

费用编号	费用描述	金额（AUD）	金额（RMB）
1	通过许可的方式	此请求包含的每件进一步设计收250	此请求包含的每件进一步设计收1344
2	通过其他方式	此请求包含的每件进一步设计收350	此请求包含的每件进一步设计收1881

（三）由外观设计的登记所有人提交审查请求

费用编号	费用描述	金额（AUD）	金额（RMB）
1	由外观设计的登记所有人提交审查请求	420	2257

（四）由非外观设计的登记所有人个人提交审查请求

费用编号	费用描述	金额（AUD）	金额（RMB）
1	由提出请求的人支付	210	1129
2	由登记所有人支付	210	1129

（五）提交注册外观的年费的申请

费用编号	费用描述	金额（AUD）	金额（RMB）
1	通过许可的方式	320	1720
2	通过其他方式	370	1988
3	此费用在设计注册时限开始时起五年届满后缴纳	五年期限届满后每个月100（最多600）	五年期限届满后每个月537（最多3224）

（六）提出延长登记期限请求

费用编号	费用描述	金额（AUD）	金额（RMB）
1	第一次延期	55	296
2	第二次延期	90	484
3	第三次延期	135	725

（七）以专利法第137（2）（a）段规定的理由提出延期请求

费用编号	费用描述	金额（AUD）	金额（RMB）
1	以专利法第137（2）（a）段规定的理由提出延期请求	100/月	537/月

（八）以专利法第137（2）（b）段规定的理由提出延期请求

费用编号	费用描述	金额（AUD）	金额（RMB）
1	以专利法第137（2）（b）段规定的理由提出延期请求	100	537

(九)提交异议申请书

费用编号	费用描述	金额（AUD）	金额（RMB）
1	提交异议申请书	550	2956

(十)提出以下任一请求

费用编号	费用描述	金额（AUD）	金额（RMB）
1	请求决定	500	2687
2	请求指导	500	2687
3	请求撤销设计登记	500	2687
4	请求运用专利注册处处长的自由裁量权	500	2687
5	请求运用以上段落没有提到的专利注册处处长的自由裁量权	500	2687

(十一)请求听审

费用编号	费用描述	金额（AUD）	金额（RMB）
1	请求听审	600	3224

(十二)出席听审

费用编号	费用描述	金额（AUD）	金额（RMB）
1	第一天	600，少于条款10或11下与听审相关的缴纳的任一费用	3224，少于条款10或11下与听审相关的缴纳的任一费用
2	如果听审超过一天	600/天	3224/天

(十三)专利注册处处长请求提供

费用编号	费用描述	金额（AUD）	金额（RMB）
1	登记证书副本	250	1344
2	审查证书副本	250	1344

(十四）专利注册处处长请求补充登记簿摘录副本		
费用编号	费用描述	金额（AUD）	金额（RMB）
1	文件	50	269
2	如果文件需要检索	100	537

(十五）专利注册处处长请求补充除了簿摘录副本的文件副本		
费用编号	费用描述	金额（AUD）	金额（RMB）
1	文件	50	269
2	如果文件需要检索	100	537

(十六）提交一个文件的证明文件请求		
费用编号	费用描述	金额（AUD）	金额（RMB）
1	提交一个文件的证明文件请求	50	269

官方语言：英语

专利类型：标准专利、创新专利、外观设计

保护期限：标准专利：自申请日起 25 年

创新专利：自申请日起 8 年

外观设计：自申请日起 16 年（申请日在 2004 年 6 月 17 日以前）、自申请日起 10 年（申请日在 2004 年 6 月 17 日之后）

了解澳大利亚专利官费更多信息请扫描下方二维码：

https：//www.legislation.gov.au/Details/F2016C00971/Html/Volume_ 2#_ Toc466973726

新西兰（NZ）

发明专利　　　　　　　　　　　　　官方货币：新西兰元

（一）申请

费用编号	费用描述	金额（NZD）	金额（RMB）
1	临时说明书	100	504
2	完整的说明书	250	1260
3	巴黎公约申请	250	1260
4	PCT-进入国家阶段	250	1260
5	请求审查或复审	500	2520

（二）修改

费用编号	费用描述	金额（NZD）	金额（RMB）
1	修正完整的说明书	150	756

（三）申请维持

费用编号	费用描述	金额（NZD）	金额（RMB）
1	如果此费用在细则9（1）（a）规定的阶段缴纳，完整说明书提交日的第四周年及其后每一周年此日到期	100	504
2	如果此费用在细则9（1）（b）规定的阶段缴纳，完整说明书提交日的第四周年及其后每一周年此日到期	150	756

（四）年费

费用编号	费用描述	金额（NZD）	金额（RMB）
1	第4~9年度	100	504
2	第10~14年度	200	1008
3	第15~19年度	350	1764
4	滞纳金	50	252

（五）异议/审讯

费用编号	费用描述	金额（NZD）	金额（RMB）
1	反对者的异议通知书	350	1764

续表

2	请求审讯	850	4284
3	申请撤回专利	350	1764

(六) 恢复费			
费用编号	费用描述	金额（NZD）	金额（RMB）
1	请求恢复专利申请或专利	100	504

(七) 国际费用			
费用编号	费用描述	金额（NZD）	金额（RMB）
1	传送费	180	907
2	国际费	1897	9560
2.1	超过30页，每页	21	106
2.2	e-PCT PDF 申请减缴	285	1436
2.3	e-PCT XML 申请减缴	428	2157
4	澳大利亚检索费	2391	12050
5	欧洲专利局检索费	3083	15537
6	韩国检索费	1740	8769
7	美国检索费	2889	14559
8	美国小实体检索费	1445	7282
9	美国微实体检索费	722	3639

外观设计

(一) 申请费			
费用编号	费用描述	金额（NZD）	金额（RMB）
1	申请登记	100	504

(二) 年费			
费用编号	费用描述	金额（NZD）	金额（RMB）
1	6~10年度	100	504
2	11~15年度	200	1008

费用编号	费用描述	金额（NZD）	金额（RMB）
(三) 异议/审讯			
1	反对更正错误的通知书	300	1512
2	每一方的审讯费	750	3780
3	反对者的异议通知书	300	1512

官方语言：英语
专利类型：发明专利、外观设计
保护期限：发明专利：自申请日起 20 年
外观设计：自申请日起 15 年
了解新西兰发明专利官费更多信息请扫描下方二维码：
https：//www.iponz.govt.nz/about-ip/patents/fees/

了解新西兰外观设计更多信息请扫描下方二维码：
https：//www.iponz.govt.nz/about-ip/designs/fees/

第六章 非　洲

南非（ZA）

发明专利　　　　　　　　　　　　　　　　　　　官方货币：南非兰特

\(一\)申请专利并随附临时说明书			
费用编号	费用描述	金额（ZAR）	金额（RMB）
1	申请专利并随附临时说明书	60	31

（二）申请专利并随附完整的说明书			
费用编号	费用描述	金额（ZAR）	金额（RMB）
1	申请专利并随附完整的说明书	590	300

（三）逾期要求优先权			
费用编号	费用描述	金额（ZAR）	金额（RMB）
1	逾期要求优先权	50/月	25/月

（四）请求登记			
费用编号	费用描述	金额（ZAR）	金额（RMB）
1.1	检查登记簿和文件	4	2
1.2	加上提供文件副本或登记资料，每页	1	1
2	申请扩大代理人的权利	145	74
3	由已被暂停或名字已经在登记簿上删除的专利代理人提出申请	145	74
4	申请要求优先权	50	25
5	申请修改或提出一个新申请	50	25
6	将完整的说明书改为临时的说明书	50	25
7	推迟申请	50	25
8	申请撤回独立专利并授权补充专利为独立专利	90	46

续表

9	申请延长接受完整的说明书的时间	18个月	50	25
		之后，每个月（不超过3个月）	50	25
		在21个月后（每个月），申请返回已失效的专利	145	74
10	申请延长公布受理的期限		90	46
11	申请更正笔误和改正文件		90	46
12	申请校正登记簿		90	46
13	担保或取消担保		90	46
14	更改送达地址		20	10
15	取消抵押通知		50	25
16	专利注册处处长的理由		245	125
17	其他未提供的请求		26	13

（五）逾期存储文件

费用编号	费用描述	金额（ZAR）	金额（RMB）
1	逾期存储文件	50	25

（六）申请延长缴纳年费的期限

费用编号	费用描述	金额（ZAR）	金额（RMB）
1	申请延长缴纳年费的期限	90	46
2	其后的每个月（不超过5个月）	90	46
3	申请恢复已失效的专利	50	25
4	在恢复后，支付未缴纳的年费	286	146

（七）年费

费用编号	费用描述	金额（ZAR）	金额（RMB）
1	第四年度	130	66
2	第五年度	130	66
3	第六年度	130	66
4	第七年度	85	43

续表

5	第八年度	85	43
6	第九年度	100	51
7	第十年度	100	51
8	第十一年度	120	61
9	第十二年度	120	61
10	第十三年度	145	74
11	第十四年度	145	74
12	第十五年度	164	83
13	第十六年度	164	83
14	第十七年度	181	92
15	第十八年度	181	92
16	第十九年度	206	105
17	第二十年度	206	105
18	授予"许可权利"的专利（每年）	50	25

（八）申请改正临时说明书

费用编号	费用描述	金额（ZAR）	金额（RMB）
1	申请改正临时说明书	70	36

（九）在公开供公众查阅前申请改正完整的说明书

费用编号	费用描述	金额（ZAR）	金额（RMB）
1	在公开供公众查阅前申请改正完整的说明书	70	36

（十）在公开供公众查阅后申请改正完整的说明书

费用编号	费用描述	金额（ZAR）	金额（RMB）
1	在公开供公众查阅后申请改正完整的说明书	242	123

（十一）申请在专利说明书中做补充披露

费用编号	费用描述	金额（ZAR）	金额（RMB）
1	申请在专利说明书中做补充披露	50	25

续表

2	第一个申请	70	36
3	第二个及随后的申请	26	13

(十二) 申请登记为专利用户或专利代理人

费用编号	费用描述	金额(ZAR)	金额(RMB)
1	申请登记为专利用户或专利代理人	206	105

(十三) 请求从专利客户或专利代理人的登记簿上移除

费用编号	费用描述	金额(ZAR)	金额(RMB)
1	请求从专利客户或专利代理人的登记簿上移除	90	46

(十四) 异议申请书/撤销申请

费用编号	费用描述	金额(ZAR)	金额(RMB)
1	异议申请书	206	105
2	申请撤销	206	105

(十五) 自愿放弃专利的申请

费用编号	费用描述	金额(ZAR)	金额(RMB)
1	自愿放弃专利的申请	50	25

(十六) 进一步处理的通知

费用编号	费用描述	金额(ZAR)	金额(RMB)
1	进一步处理的通知	120	61

(十七) 复印的文件副本

费用编号	费用描述	金额(ZAR)	金额(RMB)
1	复印的文件副本,每页	1	1

(十八)传送费

费用编号	费用描述	金额(ZAR)	金额(RMB)
1	传送费	500	255

(十九)国际费

费用编号	费用描述	金额(ZAR)	金额(RMB)
1	国际费	2790	1420
1.1	基本费	2790	1420
1.1.1	如果申请不超过30张	2790	1420
1.1.2	超过30张,每张的增补	65	33
1.2	指定费,每次指定(PCT条例细则4.9(a)的任一指定,超过10次的不再另收费)	644	328
1.3	指定费,每次指定	644	328
1.4	国际检索机构是美国专利商标局	4290	2184

(二十)PCT申请国家阶段PCT

费用编号	费用描述	金额(ZAR)	金额(RMB)
1	PCT申请国家阶段	590	300

外观设计

(一)申请登记每个申请的一件设计

费用编号	费用描述	金额(ZAR)	金额(RMB)
1	申请登记每个申请的一件设计	240	122

(二)申请登记决定的理由声明

费用编号	费用描述	金额(ZAR)	金额(RMB)
1	申请登记决定的理由声明	220	112

(三)逾期存文件

费用编号	费用描述	金额(ZAR)	金额(RMB)
1	逾期存文件	44	22

（四）专利注册处处长

费用编号	费用描述	金额（ZAR）	金额（RMB）
1	请求检查登记簿和文件	4	2
2	在已提交登记外观设计申请后，申请要求优先权	44	22
3	申请撤销注册式外观设计	82	42
4	申请更正登记簿	82	42
5	申请记录更改送达地址	17	9
6	申请删除抵押记录	44	22
7	请求分类	220	112
8	恢复申请	260	132
9	其他未提供的请求	60	31
10	申请原始设计注册证书或副本	33	17
11	请求识别与第一个公约申请相关的提出的证书的另外的公约申请	44	22
12	请求提供文件的副本或登记资料	1	1

（五）申请延长缴纳年费的期限

费用编号	费用描述	金额（ZAR）	金额（RMB）
1	申请延长缴纳年费的期限	82	42
2	之后，每个月（不超过5个月）	44	22

（六）年费

费用编号	费用描述	金额（ZAR）	金额（RMB）
1	第四年度	120	61
2	第五年度	120	61
3	第六年度	120	61
4	第七年度	77	39
5	第八年度	77	39
6	第九年度	90	46
7	第十年度	90	46
8	第十一年度	110	56

续表

		金额（ZAR）	金额（RMB）
9	第十二年度	110	56
10	第十三年度	132	67
11	第十四年度	132	67
12	第十五年度	149	76

（七）申请更正笔误和改正文件

费用编号	费用描述	金额（ZAR）	金额（RMB）
1	申请更正笔误和改正文件	82	42

（八）申请记录影响设计申请或已注册设计的权利的事宜

费用编号	费用描述	金额（ZAR）	金额（RMB）
1	第一个申请	75	38
2	随后的每个申请	24	12

（九）申请自愿放弃注册式设计

费用编号	费用描述	金额（ZAR）	金额（RMB）
1	申请自愿放弃注册设计	42	21

（十）登记簿或文件的证书复印件

费用编号	费用描述	金额（ZAR）	金额（RMB）
1	登记簿或文件的证书复印件	32	16

官方语言：英语
专利类型：发明专利、外观设计
保护期限：发明专利：自申请日起 25 年
　　　　　外观设计：自申请日起 15 年
了解南非发明专利官费更多信息请扫描下方二维码：
http：//www.cipc.co.za/index.php/access/pate/

了解南非外观设计官费更多信息请扫描下方二维码：
http://www.cipc.co.za/index.php/access/designs/

附 录

附录1 汇 率

1 欧元 = 7.938 人民币元	1 俄罗斯卢布 = 0.112 人民币元
1 美元 = 6.718 人民币元	1 港元 = 0.86 人民币元
1 日元 = 0.061 人民币元	1 印度卢比 = 0.101 人民币元
1 澳门元 = 0.8377 人民币元	1 马来西亚令吉 = 1.569 人民币元
1 新加坡元 = 4.9437 人民币元	1 瑞士法郎 = 6.947 人民币元
1 挪威克朗 = 0.8391 人民币元	1 丹麦克朗 = 1.0679 人民币元
1 瑞典克朗 = 0.832 人民币元	1 新土耳其里拉 = 1.9045 人民币元
1 加元 = 5.387 人民币元	1 新西兰元 = 5.0396 人民币元
1 南非兰特 = 0.509 人民币元	1 澳元 = 5.374 人民币元
1 巴西雷亚尔 = 2.0148 人民币元	1 韩元 = 0.0059 人民币元
1 新台币 = 0.223 人民币元	1 以色列新锡克尔 = 1.8419 人民币元
1 英镑 = 8.8276 人民币元	1 冰岛克朗 = 0.0624 人民币元
1 波兰兹罗提 = 1.872 人民币元	1 塞尔维亚第纳尔 = 0.0658 人民币元
1 泰铢 = 0.1989 人民币元	1 乌克兰格里夫纳 = 0.0254 人民币元
1 越南盾 = 0.0003 人民币元	

注:此汇率仅供参考。

附录2 其他国家/地区/组织专利年费

保加利亚（BG）

发明专利

年度	政府规定费用（BGN）	政府规定费用（RMB）
1	50	200
2	50	200
3	50	200
4	50	200
5	150	599
6	200	799
7	250	998
8	300	1198
9	400	1597
10	500	1997
11	600	2396
12	700	2795
13	800	3195
14	900	3594
15	1000	3993
16	1100	4393
17	1200	4792
18	1300	5191
19	1500	5990
20	1700	6789

实用新型

年度	政府规定费用（BGN）	政府规定费用（RMB）
1~4	0	0
5~7	300	1198
8~10	400	1597

外观设计

年度	政府规定费用（BGN）	政府规定费用（RMB）
1~10	0	0
11~15	300	1198
16~20	400	1597
21~25	500	1997

官方语言：保加利亚语
官方货币：列弗
专利类型：发明专利、实用新型、外观设计
保护期限：发明专利：自申请日起 20 年
　　　　　实用新型：自申请日起 10 年
　　　　　外观设计：自申请日起 25 年

巴西（BR）

发明专利

年度	政府规定费用（BRL）	政府规定费用（RMB）
1	0	0
2	0	0
3	780	1597
4	780	1597
5	780	1597
6	780	1597
7	1220	2498
8	1220	2498
9	1220	2498
10	1220	2498
11	1645	3368
12	1645	3368
13	1645	3368
14	1645	3368
15	1645	3368
16	2005	4105
17	2005	4105
18	2005	4105
19	2005	4105
20	2005	4105

实用新型

年度	政府规定费用（BRL）	政府规定费用（RMB）
1	0	0
2	0	0
3	405	829
4	405	829
5	405	829

续表

6	405	829
7	805	1648
8	805	1648
9	805	1648
10	805	1648
11	1210	2477
12	1210	2477
13	1210	2477
14	1210	2477
15	1210	2477

外观设计

年度	政府规定费用（BRL）	政府规定费用（RMB）
1~5	0	0
6~10	425	870
11~15	570	1167
16~20	570	1167
21~25	570	1167

官方语言：葡萄牙语
官方货币：雷亚尔
专利类型：发明专利、实用新型、外观设计
保护期限：发明专利：自申请日起20年
　　　　　实用新型：自申请日起15年
　　　　　外观设计：自申请日起25年

比荷卢知识产权组织（BX）

外观设计

年度	政府规定费用（EUR）	政府规定费用（RMB）
1~5	0	0
6~10	95	754
11~15	95	754
16~20	95	754
21~25	95	754

官方语言：英语

官方货币：欧元

专利类型：外观设计

保护期限：自申请日起25年

捷克（CZ）

发明专利

年度	政府规定费用（CZK）	政府规定费用（RMB）
1	1000	305
2	1000	305
3	1000	305
4	1000	305
5	2000	611
6	2000	611
7	2000	611
8	2000	611
9	3000	916
10	4000	1222
11	6000	1832
12	8000	2443
13	10000	3054
14	12000	3665
15	14000	4276
16	16000	4886
17	18000	5497
18	20000	6108
19	22000	6719
20	24000	7330

实用新型

年度	政府规定费用（CZK）	政府规定费用（RMB）
1~4	0	0
5~7	200	61
8~10	500	153

外观设计

年度	政府规定费用（CZK）	政府规定费用（RMB）
1~5	0	0
6~10	200	61
11~15	500	153
16~20	500	153
21~25	500	153

官方语言：捷克语
官方货币：捷克克朗
专利类型：发明专利、实用新型、外观设计
保护期限：发明专利：自申请日起 20 年
　　　　　实用新型：自申请日起 4 年，可再续展 2 次，每次 3 年，最长保护期 10 年
　　　　　外观设计：自申请日起 25 年

塞浦路斯（CY）

发明专利

年度	政府规定费用（EUR）	政府规定费用（RMB）
1	0	0
2	0	0
3	50	397
4	60	476
5	80	635
6	100	794
7	120	953
8	140	1111
9	160	1270
10	180	1429
11	200	1588
12	240	1905
13	280	2223
14	320	2540
15	360	2858
16	420	3334
17	480	3810
18	540	4287
19	600	4763
20	660	5239

官方语言：希腊语、土耳其语
官方货币：欧元
专利类型：发明专利
保护期限：自申请日起 20 年

爱沙尼亚（EE）

发明专利

年度	政府规定费用（EUR）	政府规定费用（RMB）
1	26	206
2	26	206
3	64	508
4	77	611
5	96	762
6	120	952
7	135	1071
8	155	1230
9	180	1429
10	205	1627
11	245	1945
12	285	2262
13	320	2540
14	360	2858
15	405	3215
16	450	3572
17	495	3929
18	540	4287
19	585	4644
20	630	5001

实用新型

年度	政府规定费用（EUR）	政府规定费用（RMB）
1~4	0	0
5~8	195	1548
9~10	260	2064

外观设计

年度	政府规定费用（EUR）	政府规定费用（RMB）
1~5	0	0
6~10	130	1032
11~15	260	2064
16~20	260	2064
21~25	260	2064

官方语言：爱沙尼亚语
官方货币：欧元
专利类型：发明专利、实用新型、外观设计
保护期限：发明专利：自申请日起20年
　　　　　实用新型：自申请日起4年，可续展2次，第一次4年，第二次2年，最长保护期10年
　　　　　外观设计：自申请日起25年

西班牙（ES）

发明专利

年度	政府规定费用（EUR）	政府规定费用（RMB）
1	0	0
2	0	0
3	18.48	147
4	23.06	183
5	44.11	350
6	65.10	517
7	107.47	853
8	133.78	1062
9	167.88	1333
10	216.06	1715
11	270.82	2150
12	317.98	2524
13	365.05	2898
14	412.56	3275
15	440.59	3497
16	458.85	3642
17	490	3890
18	490	3890
19	490	3890
20	490	3890

实用新型

年度	政府规定费用（EUR）	政府规定费用（RMB）
1	0	0
2	0	0
3	18.48	147
4	23.06	183
5	44.11	350

续表

6	65.10	517
7	107.47	853
8	133.78	1062
9	167.88	1333
10	216.06	1715

外观设计

年度	政府规定费用（EUR）	政府规定费用（RMB）
1~5	0	0
6~10	97.67	775
11~15	97.67	775
16~20	97.67	775
21~25	97.67	775

官方语言：西班牙语
官方货币：欧元
专利类型：发明专利、实用新型、外观设计
保护期限：发明专利：自申请日起 20 年
　　　　　实用新型：自申请日起 10 年
　　　　　外观设计：自申请日起 25 年

法国（FR）

发明专利

年度	政府规定费用（EUR）	政府规定费用（RMB）
1	0	0
2	38	302
3	38	302
4	38	302
5	38	302
6	76	603
7	96	762
8	136	1080
9	180	1429
10	220	1746
11	260	2064
12	300	2382
13	350	2778
14	400	3175
15	450	3572
16	510	4049
17	570	4525
18	640	5081
19	720	5716
20	790	6271

实用新型

年度	政府规定费用（EUR）	政府规定费用（RMB）
1	0	0
2	38	302
3	38	302
4	38	302

续表

5	38	302
6	76	603

外观设计

年度	政府规定费用（EUR）	政府规定费用（RMB）
1~5	0	0
6~10	52	413
11~15	52	413
16~20	52	413
21~25	52	413

官方语言：法语
官方货币：欧元
专利类型：发明专利、实用新型、外观设计
保护期限：发明专利：自申请日起20年
　　　　　实用新型：自申请日起6年
　　　　　外观设计：自申请日起25年

英国（GB）

发明专利

年度	政府规定费用（GBP）	政府规定费用（RMB）
1	0	0
2	0	0
3	0	0
4	0	0
5	70	618
6	90	794
7	110	971
8	130	1147
9	150	1324
10	170	1501
11	190	1677
12	210	1854
13	250	2207
14	290	2560
15	350	3089
16	410	3619
17	460	4060
18	510	4502
19	560	4943
20	600	5294

外观设计

年度	政府规定费用（GBP）	政府规定费用（RMB）
1~5	0	0
6~10	70	618
11~15	70	618
16~20	110	971
21~25	140	1235

官方语言：英语
官方货币：英镑
专利类型：发明专利、外观设计
保护期限：发明专利：自申请日起 20 年
　　　　　外观设计：自申请日起 25 年

希腊（GR）

发明专利

年度	政府规定费用（EUR）	政府规定费用（RMB）
1	0	0
2	0	0
3	20	159
4	50	397
5	80	635
6	90	714
7	100	794
8	115	913
9	140	1111
10	190	1508
11	240	1905
12	300	2381
13	400	3175
14	500	3969
15	600	4763
16	700	5557
17	800	6350
18	900	7144
19	1000	7938
20	1100	8732

实用新型

年度	政府规定费用（EUR）	政府规定费用（RMB）
1	0	0
2	0	0
3	20	159
4	50	397
5	80	635

续表

6	90	714
7	100	794

外观设计

年度	政府规定费用（EUR）	政府规定费用（RMB）
1~5	0	0
6~10	100	794
11~15	150	1191
16~20	200	1588
21~25	250	1985

官方语言：希腊语
官方货币：欧元
专利类型：发明专利、实用新型、外观设计
保护期限：发明专利：自申请日起 20 年
　　　　　实用新型：自申请日起 7 年
　　　　　外观设计：自申请日起 25 年

匈牙利（HU）

发明专利

年度	发明人与申请人一致（HUF）	发明人与申请人一致（RMB）	发明人与申请人不一致（HUF）	发明人与申请人不一致（RMB）
1	8800	231	17600	461
2	8800	231	17600	461
3	8800	231	17600	461
4	44000	1153	88000	2306
5	55000	1441	110000	2882
6	74250	1945	148500	3891
7	74250	1945	148500	3891
8	74250	1945	148500	3891
9	74250	1945	148500	3891
10	74250	1945	148500	3891
11	74250	1945	148500	3891
12	74250	1945	148500	3891
13	77000	2017	154000	4035
14	77000	2017	154000	4035
15	77000	2017	154000	4035
16	77000	2017	154000	4035
17	79750	2089	159500	4179
18	79750	2089	159500	4179
19	82500	2162	165000	4323
20	82500	2162	165000	4323

发明专利滞纳金（宽限期的第4、5、6个月缴纳）

年度	发明人与申请人一致（HUF）	发明人与申请人一致（RMB）	发明人与申请人不一致（HUF）	发明人与申请人不一致（RMB）
1	13200	346	26400	692
2	13200	346	26400	692
3	13200	346	26400	692
4	66000	1729	132000	3458
5	82500	2162	165000	4323

续表

6	111375	2918	222750	5836
7	111375	2918	222750	5836
8	111375	2918	222750	5836
9	111375	2918	222750	5836
10	111375	2918	222750	5836
11	111375	2918	222750	5836
12	111375	2918	222750	5836
13	115500	3026	231000	6052
14	115500	3026	231000	6052
15	115500	3026	231000	6052
16	115500	3026	231000	6052
17	119625	3134	239250	6268
18	119625	3134	239250	6268
19	123750	3242	247500	6485
20	123750	3242	247500	6485

实用新型

年度	发明人与申请人一致（HUF）	发明人与申请人一致（RMB）	发明人与申请人不一致（HUF）	发明人申请人与不一致（RMB）
1	10700	280	21400	561
（说明书和附图六页及以上每页加收）	1750	46	3500	92
2	10700	280	21400	561
3	10700	280	21400	561
4	10700	280	21400	561
5	10700	280	21400	561
6	16000	419	32000	838
7	16000	419	32000	838
8	16000	419	32000	838
9	16000	419	32000	838
10	16000	419	32000	838

实用新型滞纳金（宽限期的第 4/5/6 个月内缴纳）

年度	发明人与申请人一致（HUF）	发明人与申请人一致（RMB）	发明人与申请人不一致（HUF）	发明人与申请人不一致（RMB）
1	16050	421	32100	841
（说明书和附图六页及以上每页加收）	2625	69	5250	138
2	16050	421	32100	841
3	16050	421	32100	841
4	16050	421	32100	841
5	16050	421	32100	841
6	24000	629	48000	1258
7	24000	629	48000	1258
8	24000	629	48000	1258
9	24000	629	48000	1258
10	24000	629	48000	1258

外观设计

年度	发明人与申请人一致（HUF）	发明人与申请人一致（RMB）	发明人与申请人不一致（HUF）	发明人与申请人不一致（RMB）
1~5	0	0	0	0
6~10	32000	838	64000	1677
11~15	42700	1119	85400	2237
16~20	53500	1402	107000	2803
21~25	80000	2096	160000	4192

官方语言：匈牙利语
官方货币：匈牙利福林
专利类型：发明专利、实用新型、外观设计
保护期限：发明专利：自申请日起 20 年
实用新型：自申请日起 10 年
外观设计：自申请日起 25 年

爱尔兰（IE）

发明专利

年度	政府规定费用（EUR）	政府规定费用（RMB）
1	0	0
2	0	0
3	60	476
4	90	714
5	114	905
6	134	1064
7	150	1191
8	176	1397
9	194	1540
10	220	1746
11	242	1921
12	265	2104
13	285	2262
14	311	2469
15	335	2659
16	356	2826
17	382	3032
18	408	3239
19	438	3477
20	468	3715

外观设计

年度	政府规定费用（EUR）	政府规定费用（RMB）
1~5	0	0
6~10	50	397
11~15	70	556
16~20	80	635
21~25	100	794

官方语言：英语
官方货币：欧元
专利类型：发明专利、外观设计
保护期限：发明专利：自申请日起 20 年
　　　　　外观设计：自申请日起 25 年

冰岛（IS）

发明专利

年度	政府规定费用（ISK）	政府规定费用（RMB）
1	11000	686
2	11000	686
3	11000	686
4	12700	792
5	13800	861
6	15000	936
7	16700	1042
8	18400	1148
9	20700	1292
10	23000	1435
11	25300	1579
12	27600	1722
13	30500	1903
14	34500	2153
15	38600	2409
16	42600	2658
17	47800	2983
18	52400	3270
19	57500	3588
20	63300	3950

外观设计

年度	政府规定费用（ISK）	政府规定费用（RMB）
1~5	0	0
6~10	21900	1367
11~15	21900	1367
16~20	21900	1367
21~25	21900	1367

官方语言：冰岛语
官方货币：冰岛克朗
专利类型：发明专利、外观设计
保护期限：发明专利：自申请日起 20 年
　　　　　外观设计：自申请日起 25 年

意大利（IT）

发明专利

年度	政府规定费用（EUR）	政府规定费用（RMB）
1	0	0
2	0	0
3	0	0
4	0	0
5	60	476
6	90	714
7	120	953
8	170	1349
9	200	1588
10	230	1826
11	310	2461
12	410	3255
13	530	4207
14	600	4763
15	650	5160
16	650	5160
17	650	5160
18	650	5160
19	650	5160
20	650	5160

实用新型

年度	政府规定费用（EUR）	政府规定费用（RMB）
1~5	0	0
6~10	500	3969

设计与样式

年度	政府规定费用（EUR）	政府规定费用（RMB）
1~5	0	0

续表

6~10	30	238
11~15	50	397
16~20	70	556
21~25	80	635

官方语言：意大利语
官方货币：欧元
专利类型：发明专利、实用新型、设计与样式
保护期限：发明专利：自申请日起 20 年
　　　　　实用新型：自申请日起 10 年
　　　　　设计与样式：自申请日起 25 年

立陶宛（LT）

发明专利

年度	政府规定费用（EUR）	政府规定费用（RMB）
1	0	0
2	0	0
3	81	643
4	92	730
5	115	913
6	139	1103
7	162	1286
8	185	1469
9	208	1651
10	231	1834
11	289	2294
12	289	2294
13	289	2294
14	289	2294
15	289	2294
16	347	2754
17	347	2754
18	347	2754
19	347	2754
20	347	2754

外观设计

年度	政府规定费用（EUR）	政府规定费用（RMB）
1~5	0	0
6~10	86	683
11~15	115	913
16~20	144	1143
21~25	173	1373

官方语言：立陶宛语
官方货币：欧元
专利类型：发明专利、外观设计
保护期限：发明专利：自申请日起 20 年
　　　　　外观设计：自申请日起 25 年

拉脱维亚（LV）

发明专利

年度	政府规定费用（EUR）	政府规定费用（RMB）
1	0	0
2	0	0
3	90	714
4	120	953
5	140	1111
6	160	1270
7	180	1429
8	220	1746
9	270	2143
10	320	2540
11	320	2540
12	320	2540
13	320	2540
14	320	2540
15	320	2540
16	420	3334
17	420	3334
18	420	3334
19	420	3334
20	420	3334

外观设计

年度	政府规定费用（EUR）	政府规定费用（RMB）
1~5	0	0
6~10	170	1349
11~15	225	1786
16~20	280	2223
21~25	335	2659

官方语言：拉脱维亚语
官方货币：欧元
专利类型：发明专利、外观设计
保护期限：发明专利：自申请日起 20 年
　　　　　外观设计：自申请日起 25 年

摩纳哥（MC）

发明专利

年度	政府规定费用（EUR）	政府规定费用（RMB）
1	18	143
2	20	159
3	32	254
4	35	278
5	55	437
6	75	595
7	90	714
8	105	833
9	120	953
10	135	1072
11	165	1310
12	195	1548
13	225	1786
14	260	2064
15	290	2302
16	300	2381
17	310	2461
18	315	2500
19	335	2659
20	355	2818

外观设计

年度	政府规定费用（EUR）	政府规定费用（RMB）
1	10	79
2	10	79
3	10	79
4	10	79
5	10	79

续表

6	10	79
7	10	79
8	10	79
9	10	79
10	10	79

官方语言：法语
官方货币：欧元
专利类型：发明专利、外观设计
保护期限：发明专利：自申请日起20年
　　　　　外观设计：自申请日起10年

马耳他（MT）

发明专利

年度	政府规定费用（EUR）	政府规定费用（RMB）
1	0	0
2	0	0
3	34.94	277
4	46.59	370
5	58.23	462
6	69.88	555
7	81.53	647
8	93.17	740
9	104.82	832
10	116.47	925
11	128.12	1017
12	139.76	1109
13	141.41	1123
14	163.06	1294
15	174.10	1382
16	186.35	1479
17	198	1572
18	209.64	1664
19	221.29	1757
20	232.94	1849

外观设计

年度	政府规定费用（EUR）	政府规定费用（RMB）
1~5	0	0
6~10	34.94	277
11~15	34.94	277
16~20	34.94	277
21~25	34.94	277

官方语言：马耳他语、英语
官方货币：欧元
专利类型：发明专利、外观设计
保护期限：发明专利：自申请日起 20 年
　　　　　外观设计：自申请日起 25 年

墨西哥（MX）

发明专利

年度	政府规定费用（USD）	政府规定费用（RMB）
1	1161.90	7806
2	1161.90	7806
3	1161.90	7806
4	1161.90	7806
5	1161.90	7806
6	1360.69	9141
7	1360.69	9141
8	1360.69	9141
9	1360.69	9141
10	1360.69	9141
11	1536.99	10326
12	1536.99	10326
13	1536.99	10326
14	1536.99	10326
15	1536.99	10326
16	1536.99	10326
17	1536.99	10326
18	1536.99	10326
19	1536.99	10326
20	1536.99	10326

实用新型

年度	政府规定费用（USD）	政府规定费用（RMB）
1	1099.39	7386
2	1099.39	7386
3	1099.39	7386
4	1122.83	7543
5	1122.83	7543

续表

6	1122.83	7543
7	1290.36	8669
8	1290.36	8669
9	1290.36	8669
10	1290.36	8669

外观设计

年度	政府规定费用（USD）	政府规定费用（RMB）
1	1107.20	7438
2	1107.20	7438
3	1107.20	7438
4	1107.20	7438
5	1107.20	7438
6	1107.20	7438
7	1107.20	7438
8	1107.20	7438
9	1107.20	7438
10	1185.35	7963
11	1185.35	7963
12	1185.35	7963
13	1185.35	7963
14	1185.35	7963
15	1185.35	7963

官方语言：西班牙语
官方货币：墨西哥比索
专利类型：发明专利、实用新型、外观设计
保护期限：发明专利：自申请日起20年
　　　　　实用新型：自申请日起10年
　　　　　外观设计：自申请日起15年

波兰（PL）

发明专利

年度	政府规定费用（PLN）	政府规定费用（RMB）
1	480	899
2	480	899
3	480	899
4	250	468
5	300	562
6	350	655
7	400	479
8	450	842
9	550	1030
10	650	1217
11	750	1404
12	800	1498
13	900	1685
14	950	1778
15	1050	1966
16	1150	2153
17	1250	2340
18	1350	2527
19	1450	2714
20	1550	2902

实用新型

年度	政府规定费用（PLN）	政府规定费用（RMB）
1	250	468
2	250	468
3	250	468
4	300	562
5	300	562

续表

6	900	1685
7	900	1685
8	900	1685
9	1100	2059
10	1100	2059

官方语言：波兰语

官方货币：兹罗提

专利类型：发明专利、实用新型

保护期限：发明专利：自申请日起 20 年

实用新型：自申请日起 10 年

葡萄牙（PT）

发明专利

年度	政府规定费用（EUR）	政府规定费用（RMB）
1	0	0
2	0	0
3	0	0
4	0	0
5	51.56	409
6	77.34	614
7	103.13	819
8	154.69	1228
9	309.38	2456
10	360.95	2865
11	360.95	2865
12	412.51	3275
13	464.07	3684
14	515.64	4093
15	567.19	4502
16	567.19	4502
17	670.33	5321
18	670.33	5321
19	721.89	5730
20	721.89	5730

实用新型

年度	政府规定费用（EUR）	政府规定费用（RMB）
1	0	0
2	0	0
3	0	0
4	0	0
5	47.06	374

续表

6	47.06	374
7	47.06	374
8	52.28	415
9	52.28	415
10	52.28	415
11	62.74	498
12	62.74	498
13	62.74	498
14	62.74	498
15	62.74	498

外观设计

年度	政府规定费用（EUR）	政府规定费用（RMB）
1~5	0	0
6~10	62.74	498
11~15	83.66	664
16~20	104.57	830
21~25	125.49	996

官方语言：葡萄牙语
官方货币：欧元
专利类型：发明专利、实用新型、外观设计
保护期限：发明专利：自申请日起 20 年
　　　　　实用新型：自申请日起 15 年
　　　　　外观设计：自申请日起 25 年

罗马尼亚（RO）

发明专利

年度	政府规定费用（EUR）	政府规定费用（RMB）
1	0	0
2	0	0
3	150	1191
4	160	1270
5	180	1429
6	200	1588
7	220	1746
8	240	1905
9	260	2064
10	280	2223
11	300	2381
12	320	2540
13	340	2699
14	370	2937
15	400	3175
16	500	3969
17	500	3969
18	500	3969
19	500	3969
20	500	3969

实用新型

年度	政府规定费用（EUR）	政府规定费用（RMB）
1~6	300	2381
7~8	200	1588
9~10	300	2381

外观设计

年度	政府规定费用（EUR）	政府规定费用（RMB）
1~10	0	0
11~15	100（不超过20个设计）	794
16~20	100（不超过20个设计）	794
21~25	100（不超过20个设计）	794

官方语言：罗马尼亚语
官方货币：罗马尼亚列伊
专利类型：发明专利、实用新型、外观设计
保护期限：发明专利：自申请日起20年
　　　　　实用新型：自申请日起6年，可续展2次，每次2年，最长保护期10年
　　　　　外观设计：自申请日起25年

塞尔维亚（RS）

发明专利

年度	政府规定费用（RSI）	政府规定费用（RMB）
1	0	0
2	0	0
3	10270	676
4	12470	821
5	14680	966
6	17610	1159
7	20530	1351
8	23470	1544
9	26420	1738
10	29360	1932
11	35230	2318
12	41100	2704
13	46970	3091
14	52840	3477
15	58710	3863
16	64580	4249
17	70450	4636
18	76320	5022
19	82190	5408
20	88060	5494

小专利

年度	政府规定费用（RSI）	政府规定费用（RMB）
1	0	0
2	0	0
3	10270	676
4	12470	821
5	14680	966

续表

6	17610	1159
7	20530	1351
8	20530	1351
9	20530	1351
10	20530	1351

外观设计

年度	政府规定费用（RSI）	政府规定费用（RMB）
1	0	0
2	0	0
3	0	0
4	0	0
5	0	0
6	8800	579
7	8800	579
8	8800	579
9	8800	579
10	8800	579
11	8800	579
12	8800	579
13	8800	579
14	8800	579
15	8800	579
16	8800	579
17	8800	579
18	8800	579
19	8800	579
20	8800	579
21	8800	579
22	8800	579
23	8800	579

续表

24	8800	579
25	8800	579

官方语言：塞尔维亚语
官方货币：塞尔维亚第纳尔
专利类型：发明专利、小专利、外观设计
保护期限：发明专利：自申请起 20 年
　　　　　小专利：自申请日起 10 年
　　　　　外观设计：自申请日起 25 年

俄罗斯（RU）

发明专利

年度	政府规定费用（RUB）	政府规定费用（RMB）
1~2	0	0
3	1700	190
4	1700	190
5	2500	280
6	2500	280
7	3300	370
8	3300	370
9	4900	549
10	4900	549
11	7300	818
12	7300	818
13	9800	1098
14	9800	1098
15	12200	1366
16	12200	1366
17	12200	1366
18	12200	1366
19	16200	1814
20	16200	1814

实用新型

年度	政府规定费用（RUB）	政府规定费用（RMB）
1	800	90
2	800	90
3	1700	190
4	1700	190
5	2500	280
6	2500	280

续表

7	3300	370
8	3300	370
9	4900	549
10	4900	549

外观设计

年度	政府规定费用（RUB）	政府规定费用（RMB）
1~2	0	0
3	1700	190
4	1700	190
5	2500	280
6	2500	280
7	3300	370
8	3300	370
9	4900	549
10	4900	549
11	7300	818
12	7300	818
13	9800	1098
14	9800	1098
15	12200	1366

官方语言：俄罗斯语
官方货币：卢布
专利类型：发明专利、实用新型、外观设计
保护期限：发明专利：自申请日起 20 年
　　　　　实用新型：自申请日起 10 年
　　　　　外观设计：自申请日起 15 年

斯洛文尼亚（SI）

发明专利

年度	政府规定费用（EUR）	政府规定费用（RMB）
1	0	0
2	0	0
3	30	238
4	34	270
5	42	333
6	50	397
7	60	476
8	70	556
9	80	635
10	110	873
11	154	1222
12	200	1588
13	234	1857
14	274	2175
15	310	2461
16	390	3096
17	510	4048
18	654	5191
19	870	6906
20	1101	8740

外观设计

年度	政府规定费用（EUR）	政府规定费用（RMB）
1~5	0	0
6~10	70	556
11~15	70	556
16~20	70	556
21~25	70	556

官方语言：斯洛文尼亚语
官方货币：欧元
专利类型：发明专利、外观设计
保护期限：发明专利：自申请日起 20 年
　　　　　外观设计：自申请日起 25 年

斯洛伐克（SK）

发明专利

年度	政府规定费用（EUR）	政府规定费用（RMB）
1~2	0	0
3	66	524
4	82.50	655
5	99.50	790
6	116	921
7	132.50	1052
8	149	1183
9	165.50	1314
10	199	1580
11	232	1842
12	265.50	2108
13	298.50	2370
14	331.50	2631
15	365	2897
16	398	3159
17	464.50	3687
18	531	4215
19	597	4739
20	663.50	5267

实用新型

年度	政府规定费用（EUR）	政府规定费用（RMB）
1~4	0	0
5~7	133	1056
8~10	266	2112

外观设计

年度	政府规定费用（EUR）	政府规定费用（RMB）
1~5	0	0
6~10	100	794
11~15	200	1588
16~20	300	2381
21~25	400	3175

官方语言：斯洛伐克语
官方货币：欧元
专利类型：发明专利、实用新型、外观设计
保护期限：发明专利：自申请日起 20 年
　　　　　实用新型：自申请日起 4 年，可延展 2 次，每次 3 年，最长保护期 10 年
　　　　　外观设计：自申请日起 25 年

圣马力诺（SM）

发明专利

年度	政府规定费用（EUR）	政府规定费用（RMB）
1	0	0
2	0	0
3	0	0
4	70	556
5	70	556
6	70	556
7	70	556
8	140	1111
9	140	1111
10	140	1111
11	140	1111
12	270	2143
13	270	2143
14	270	2143
15	270	2143
16	400	3175
17	460	3651
18	530	4207
19	600	4763
20	650	5160

外观设计

年度	政府规定费用（EUR）	政府规定费用（RMB）
1~5	0	0
6~10	140	1111
11~15	270	2143
16~20	270	2143
21~25	270	2143

官方语言：意大利语
官方货币：欧元
专利类型：发明专利、外观设计
保护期限：发明专利：自申请日起 20 年
　　　　　外观设计：自申请日起 25 年

泰国（TH）

发明专利

年度	政府规定费用（THB）	政府规定费用（RMB）
1	0	0
2	0	0
3	0	0
4	0	0
5	1000	199
6	1200	239
7	1600	318
8	2200	438
9	3000	597
10	4000	1034
11	5200	1313
12	6600	1631
13	8200	1989
14	10000	2387
15	12000	2824
16	14200	3302
17	16600	3819
18	19200	4376
19	22000	4973
20	25000	149

小专利

年度	政府规定费用（THB）	政府规定费用（RMB）
1	0	0
2	0	0
3	0	0
4	0	0
5	750	149

续表

6	1500	298
7~8	6000	1193
9~10	9000	1790

外观设计

年度	政府规定费用（THB）	政府规定费用（RMB）
1	0	0
2	0	0
3	0	0
4	0	0
5	500	99
6	650	129
7	950	189
8	1400	278
9	2000	398
10	2750	547

官方语言：泰语
官方货币：泰铢
专利类型：发明专利、小专利、外观设计
保护期限：发明专利：自申请日起20年
　　　　　小 专 利：自申请日起6年，可延展2次，每次2年，最长保护期10年
　　　　　外观设计：自申请日起10年

乌克兰（UA）

发明专利

年度	政府规定费用（RPH）	政府规定费用（RMB）
1	300	76
2	300	76
3	400	102
4	500	127
5	600	152
6	700	178
7	800	203
8	900	229
9	2100	533
10	2100	533
11	2100	533
12	2100	533
13	2100	533
14	2100	533
15	3800	965
16	3800	965
17	3800	965
18	3800	965
19	3800	965
20	3800	965
21	3800	965
22	3800	965
23	3800	965
24	3800	965
25	3800	965

实用新型

年度	政府规定费用（RPH）	政府规定费用（RMB）
1	300	76
2	300	76
3	400	102
4	500	127
5	600	152
6	700	178
7	800	203
8	900	229
9	2100	533
10	2100	533

外观设计

年度	政府规定费用（RPH）	政府规定费用（RMB）
1	100	25
2	100	25
3	200	51
4	300	76
5	450	114
6	700	178
7	900	229
8	1200	305
9	1500	381
10	1800	457
11	1800	457
12	1800	457
13	3300	838
14	3300	838
15	3300	838

官方语言：乌克兰语、俄语
官方货币：格里夫纳

专利类型：发明专利、实用新型、外观设计
保护期限：发明专利：自申请日起 25 年
　　　　　实用新型：自申请日起 10 年
　　　　　外观设计：自申请日起 15 年

越南(VN)

发明专利

年度	政府规定费用(VND)	政府规定费用(RMB)
1	300000	90
2	300000	90
3	480000	144
4	480000	144
5	780000	234
6	780000	234
7	1200000	360
8	1200000	360
9	1800000	540
10	1800000	540
11	2520000	756
12	2520000	756
13	2520000	756
14	3300000	990
15	3300000	990
16	3300000	990
17	4200000	1260
18	4200000	1260
19	4200000	1260
20	4200000	1260

实用新型

年度	政府规定费用(VND)	政府规定费用(RMB)
1	300000	90
2	300000	90
3	480000	144
4	480000	144
5	780000	234

续表

6	780000	234
7	1200000	360
8	1200000	360
9	1800000	540
10	1800000	540

外观设计

年度	政府规定费用（VND）	政府规定费用（RMB）
1	0	0
2	0	0
3	0	0
4	0	0
5	0	0
6	540000	162
7	540000	162
8	540000	162
9	540000	162
10	540000	162
11	540000	162
12	540000	162
13	540000	162
14	540000	162
15	540000	162

官方语言：越南语
官方货币：越南盾
专利类型：发明专利、实用新型、外观设计
保护期限：发明专利：自授权日起 20 年
实用新型：自授权日起 10 年
外观设计：自授权日起 15 年

附录3 索　引

以下为本手册中外专利官费和其他国家/地区/组织专利年费索引，以名称汉语拼音为序。

中外专利官费索引

澳大利亚（AU）	-181-
奥地利（AT）	-100-
比利时（BE）	-106-
丹麦（DK）	-121-
德国（DE）	-113-
非洲地区工业产权组织（AP）	- 1 -
芬兰（FI）	-128-
韩国（KR）	- 68 -
荷兰（NL）	-141-
加拿大（CA）	-159-
马来西亚（MY）	- 79 -
美国（US）	-169-
南非（ZA）	-195-
挪威（NO）	-144-
欧盟知识产权局（EU）	- 11 -
欧亚专利组织（EA）	- 7 -
欧洲专利局（EP）	- 14 -
日本（JP）	- 63 -
瑞典（SE）	-149-
瑞士（CH）	-109-
世界知识产权组织（WO）	- 24 -
土耳其（TR）	-155-
新加坡（SG）	- 87 -
新西兰（NZ）	-192-
以色列（IL）	-138-
印度（IN）	- 50 -
中国澳门（MO）	- 74 -
中国（CN）	- 37 -
中国台湾（TW）	- 97 -
中国香港（HK）	- 43 -

其他国家/地区/组织专利年费索引

- 爱尔兰（IE） ·· −225−
- 爱沙尼亚（EE） ·· −212−
- 巴西（BR） ·· −206−
- 保加利亚（BG） ·· −204−
- 波兰（PL） ·· −241−
- 比荷卢知识产权组织（BX） ································ −208−
- 冰岛（IS） ·· −227−
- 俄罗斯（RU） ·· −250−
- 法国（FR） ·· −216−
- 捷克（CZ） ·· −209−
- 拉脱维亚（LV） ·· −233−
- 立陶宛（LT） ·· −231−
- 罗马尼亚（RO） ·· −245−
- 马耳他（MT） ·· −237−
- 摩纳哥（MC） ·· −235−
- 墨西哥（MX） ·· −239−
- 葡萄牙（PT） ·· −243−
- 塞尔维亚（RS） ·· −247−
- 塞浦路斯（CY） ·· −211−
- 圣马力诺（SM） ·· −256−
- 斯洛伐克（SK） ·· −254−
- 斯洛文尼亚（SI） ·· −252−
- 泰国（TH） ·· −258−
- 乌克兰（UA） ·· −260−
- 西班牙（ES） ·· −214−
- 希腊（GR） ·· −220−
- 匈牙利（HU） ·· −222−
- 意大利（IT） ·· −229−
- 英国（GB） ·· −218−
- 越南（VN） ·· −263−